블루 먼데이 알코올

한 결 장편소설

블루 먼데이
알코올

슬로래빗

차 례

헌책방 마크툽

코요테와 코욜레와 코엘료, 그리고 이미 쓰여 있는 말

출입문에서 두 번째로 놓인 원목 서가엔 한쪽 귀퉁이가 뜯기거나 구겨진 그림책들이 오랜만에 찾아든 햇볕을 묵묵히 이고 있었다. 하드커버의 책등은 제각각의 판형과 색으로 들쭉날쭉한 무늬를 이루었고, 손님들이 즐겨 앉는 올리브색 소파에도 늦은 아침의 햇살이 제집인 양 눌러앉아 있었다. 며칠째 계속되는 비 때문에 장마철 같은 꿉꿉한 냄새가 온 실내에서 스멀거리던 터였다.

미자는 카운터에 턱을 괴고 앉아 서가에 비껴 든 햇살을 꽤 오랜 시간 눈으로 좇았다. 공기 중에 있는 자잘한 먼지 알갱이들이 유난히 눈에 띄었다. 흐린 날에는 볼 수 없는 것들이었다. 먼지들은 왈츠를 추듯 가볍게 몸을 띄워 이리저리 부유했다. 쌍쌍이 엮여 추는 춤은 제법 볼 만한 광경이었다.

'쿵짝짝 쿵짝짝.'

박자까지 맞추며 감상하던 미자는 이내 창밖으로 눈길을 돌렸다.

때늦은 늦가을의 정취는 와우산로 곳곳에서 절정에 달해 있었다. 거리는 노란 은행잎으로 뒤덮였고 하늘은 아득히 높아졌다. 미자는 창밖을 내다보다가 한쪽 눈을 찌푸렸다. 맞은편 앤티크 숍에 걸어 놓은 동그란 양철 간판이 흡사 빛의 폭격을 받은 듯 날카로운 역광을 쏘아 댔다. 그 때문에 '세상에단하나'란 간판 글씨가 보이다 말다를 반복했다.

골동품점치고 제법 괜찮은 이름이라고 미자는 생각했다. 한편으론 골동품점치고 티 나게 거만한 이름이라는 느낌도 들었다. 헌책방 '마크툽'에 비하면 말이다.

'세상에단하나'의 주인 순영은 오가는 손님에 상관없이 가게 안에서 담배를 피우고 있었다. 그런 순영의 모습에 미자는 잊은 것이 생각난 사람처럼 카운터 서랍을 열었다. 애인을 바라보는 듯한 눈길의 끝에서 무언가가 금속성으로 반짝였다. 그것은 휴대용 은제 술통이었는데, 묵직하게 누워 있는 모습이 몹시도 믿음직해 보였다.

〈라스베이거스를 떠나며〉에서 여주인공 세라가 알코올중독자 벤에게 선물한 휴대용 은제 술통과 거의 똑같은 것이었다. 미자는 술통의 뚜껑을 열다가 또다시 잊은 것이 생각난 듯 스팅의 〈마이 원 앤드 온리 러브〉를 재생시켰다.

클래식이 끊기고 팝송이 흘러나오자 인문 책 서가를 서성이던,

갓 고등학교를 졸업했을 것 같은 '어린' 남자가 카운터 쪽으로 고개를 돌렸다. 남자와 미자의 눈이 마주쳤다. 서부영화에서나 봤을 법한 은제 술통이 미자의 입술로 기울여졌다. 한 모금의 위스키가 식도를 뜨겁게 매만지며 그녀의 위장으로 떨어졌다.

'젠장, 너무 좋잖아.'

하마터면 입 밖으로 탄성을 내지를 뻔했다. 미자는 아무 일도 없었다는 듯 술통을 다시 서랍 속 어둠에 가뒀다. 만족스러운 표정이었다.

남자는 그런 그녀를 빤히 쳐다봤다. 외계인이라도 발견한 것 같은 얼굴이었다.

"오렌지주스예요. 재밌잖아요. 술통에 오렌지주스를 담는 거……."

미자는 남자의 얼굴에 허접한 거짓말로 응수했다. 빈정거리는 말투만 아니라면 남자는 그 말을 믿었을지도 모른다.

은제 술통에 위스키를 담을 때 미자도 자신이 알코올중독인지 아닌지를 심각히 고민했었다. 거울 속의 그녀는 나름 괜찮아 보였다. 잔주름을 빼고는 눈빛도 피부 빛도 건강한 사람의 것이었다. 책을 집어든 손끝도 떨리지 않았다. 아직은 아닌 것 같았다.

이유를 찾자면 단지 재미를 위해서였다. 미자에게 있어서 일탈이란 그런 시시한 것뿐이라는 게 문제라면 문제였다. 휴대용 술통도 그중 하나였다.

미자는 순영에게 휴대용 술통을 사 달라고 노골적으로 졸라 댔었다. 옻칠을 하고 나전으로 장식해 만든 목제 담배 케이스를 어렵게 구한 후였다. 순영은 대가를 바라는 선물 공세에 어이없다는 표정을 지었지만, 이미 그녀의 손가락은 심혈을 기울여 미자가 건넨 케이스에 담배를 담고 있었다. 심지어 그녀는 케이스 안에 가지런히 놓인 담배들을 꽤 오랫동안 바라보며 흡족해했다. 일주일 후, 결국 순영은 갓 잡아 올린 병어처럼 납작하고 반짝이는 은제 플라스크를 미자의 손에 쥐어 줬다.

"별로 재미있어 보이지 않는데요."

만만치 않은 '어린' 남자가 미자의 말에 대꾸를 해 왔다. 며칠 전부터 출입이 잦았지만 책을 사 간 적은 한 번도 없었다. 그저 서가를 한참 서성이거나 마음에 드는 책을 골라 여유롭게 읽기만 할 뿐이었다. 미자는 남자의 눈을 피해 들리지 않게 중얼거렸다.

"누가 너 보고 재밌으래?"

책을 뽑아 들던 남자가 다시 한 번 카운터 쪽을 쳐다보는 듯했지만 미자는 무시하고 창밖만 내다봤다.

한쪽 눈을 살짝 가린 앞머리, 진초록색 후드 티와 타이트한 청바지. 잘 해야 스물 정도겠네. 미자는 창에 비친 '어린' 남자를 훔쳐봤다. 성에 차지 않았다. 이번에는 아예 대놓고 곁눈질을 시도했다. 백칠십은 간신히 넘겼을 아담한 키, 가는 눈썹 아래 가는 눈초리, 의외로 깊어 보이는 눈동자, 튼튼해 보이는 상체, 책을 받치고 있는 길고 흰 손가락······.

그때 책을 보고 있던 남자가 갑자기 고개를 들어 주위를 살폈다. 당황한 미자는 카운터에 쌓여 있던 책들 중 하나를 집어 재빨리 얼굴을 가렸다. 그 바람에 아무렇게나 쌓여 있던 책 더미가 우당탕 소리를 내며 바닥으로 무너져 내렸다. 미자는 황급히 카운터 밖으로 나가 흩어진 책들을 정리하기 시작했다.

이윽고 쭈그려 앉은 미자의 등 뒤로 문 닫히는 소리가 요란히 들려왔다. 뒤돌아보니 남자는 이미 나간 후였고, 손님 하나 없는 마크툽 안에는 스팅의 노래만이 미적지근 감돌고 있었다.

잠시 멍한 얼굴로 엉거주춤 서 있던 미자는 재빨리 골목을 내다봤다. 진초록색 후드 티 남자가 '세상에단하나'를 지나 '연애소설'로 들어서려는 중이었다. 나이답게 경쾌한 걸음이었다. 미자는 벽에 걸린 시계를 확인했다. 술집에 들어가기에는 너무 이른 시각이었다. 순간 미자의 머릿속에 연애소설의 주인장 얼굴이 떠올랐다.

와우산로 소상인들의 유일한 친목 모임인 블먼알('블루 먼데이 알코올'을 줄여 그렇게 불렸다.)에서 가끔 들르기도 하는 그곳은 민기준이라는 이십대 후반의 젊은 사장이 운영하고 있었다. 그 또한 블먼알 사람이었다. 경성의 모던 보이였던 미남 시인 백석처럼 곱슬거리는 앞머리를 가진, 여자 여럿 울렸을 것 같은 우수에 찬 젊은 사장의 외모는 방금 마크툽을 빠져나간 남자와 무척 닮아 있었다.

미자는 남자가 연애소설의 격자무늬 미닫이문 뒤로 사라진 후에도 한동안 눈길을 떼지 못했다. 유리에 반사된 햇빛 때문에 미닫이문의 안쪽은 보이지 않았고 골목의 한적한 모습만이 투영돼 보였다.

미자는 자신이 본 것이 맞는지 다시 한 번 의심했다. 연애소설로 들어가기 직전 마크툽의 헌책이 분명 남자의 초록색 후드 티 속에서 미끄러지듯 나왔다. 언뜻 본 표지는 노란색이었고 꽤 볼륨감이 있었다. 남자는 줄곧 여섯 번째 서가를 서성였다. 그렇다면 표지에 청소년 권장도서 스티커가 붙어 있는 『교양 조선왕조실록』일 가능성이 많았다. 서가를 살펴보고 없어진 책을 확인했다. 추측이 맞아떨어졌다. 미자는 책이 꽂혀 있던 자리를 바라보며 중얼거렸다.

"생긴 거랑 다르게 취향이 참 남다르네."

남자는 출간년도가 십 년이나 지난 헌책, 그것도 꽤 쪽수가 나가는 지루한 역사책을 슬쩍한 것이다. 미자는 눈썹 사이를 찌푸리고는 짧은 한숨을 쉬었다. 그것으로 끝이었다. 미자는 소소한 절도 사건의 수사를 스스로 종결지었다. 그러고는 카운터로 돌아와 가게를 연 첫 날을 떠올리며 생각에 잠기었다.

비록 소소하지만 미자가 하나의 절도 사건을 누군가의 독특한 취향이나 취미 생활로 보는 것은 그녀가 손수 지은 헌책방의 이름과도 관련 있었다. 가게를 열고 굵은 고딕체의 간판을 올릴 때였다.

맞은편에서 앞집의 하는 양을 쭉 지켜보고 있던 순영이 미자 곁으로 다가섰다. 뒤에 바짝 붙어 서 라이터를 켜고 담뱃불을 붙이는데도 미자는 사람이 다가와 있는지를 전혀 모르는 것 같았다. 순영의 오동통한 손이 초조하게 담배를 만지작거렸다. 간판과 미자를 번갈아보던 순영은 얼마 지나지 않아 못 참겠다는 듯 고양이 눈을 하고 물었다.

"마크툽 헌책방? 마크툽이 무슨 뜻이에요?"

미자는 도로 한복판에 서서 가게 위로 올라가고 있는 간판을 설레는 마음으로 지켜보던 차였다. 그녀는 낯선 목소리의 출연에 움찔 놀라 뒤를 돌아다봤다. 목소리의 주인을 확인할 틈도 없이 매캐한 담배 연기가 그녀의 시야를 가렸다. 미자의 목에서 마른기침이 터져 나왔다.

"어머, 미안해요."

순영은 손바닥으로 황급히 연기를 헤쳤다. 보조개가 팬 볼로 아이처럼 웃는 순영이 그제야 미자의 시야에 들어왔다. 목소리의 정체를 확인한 미자가 무뚝뚝하게 대꾸했다.

"별 뜻 아니에요."

"에이, 별 뜻 같은데요."

까칠한 대답에도 순영은 미소를 잃지 않았다. 미자는 이 여자가 궁금한 점에 대해서는 포기하지 않는 타입이라는 것을 직감했다. 게다가 맞은편 상점의 이웃이니 대놓고 무시할 수도 없었다.

"코엘료 소설에 나오는 말이에요."

대답은 간결한 만큼 불친절했다. 순영은 담배를 맛나게 빨다가 제풀에 콜록댔다.

"코, 뭐요?"

"코엘료요. 파울로 코엘료."

"코요테도 아니고 코욜레라……."

'코욜레가 아니고 코엘료'라고 고쳐 주려다가 미자는 하는 수 없다는 표정을 보이고는 말도 없이 가게 안으로 들어가 버렸다. 상대의 예측 못한 행동에 순영은 닭 쫓던 개처럼 멀뚱한 눈으로 미자의 뒷모습만 좇았다. 간판은 이미 제자리를 찾은 상태였다.

가만히 보니 '마크툽 헌책방'이란 검정색 고딕체 상호 아래 알수 없는 글자들이 촘촘히 쓰여 있었다. 순영은 고개를 갸우뚱거렸다. 사우디아라비아 국기에서 저런 비슷한 글자를 본 듯도 했다.

피라미드 앞을 지나가는 사람들에게 수수께끼를 냈다던 전설의 스핑크스를 보는 것처럼 순영은 간판 앞에서 기묘하고도 난감한 기분이 들었다.

'간판 한번 되게 무뚝뚝하다. 주인이랑 똑같네.'

순영은 새로 이사 온 까칠한 이웃과 어떻게 지내야 할지를 고민하며 주인만큼 까칠한 디자인의 간판에서 눈을 떼지 못했다.

"여기요."

난감한 얼굴로 간판을 올려다보고 있는 순영의 눈앞에 불쑥 책한 권이 내밀어졌다. 얼떨결에 받아든 책을 살펴보니 순영도 오래전에 읽은 적이 있는 책이었다. 다만 책장이 온통 너덜거리고 색이 바래어 있었는데 이런 헌책도 사 가는 사람이 있을까 싶을 정도로 낡아 보였다.

미자는 책을 빼앗아 들더니 한쪽 귀퉁이가 세모꼴로 접혀 있는 페이지를 펼쳤다. 그러고는 빼곡한 활자들 한가운데를 집게손가락 끝으로 가리켰다. 순영은 최면이라도 걸린 듯 미자의 뜬금없는 행동에 집중했다. 손가락 끝이 가리킨 곳엔 '마크툽'이란 글자와 '이미 쓰여 있는 말'이란 글자가 적혀 있었다.

순영은 미자의 손가락이 가리키고 있는 곳을 뚫어져라 쳐다봤다. '이미 쓰여 있다니, 뭐가 쓰여 있다는 말이지?'

분명 자신도 읽은 적이 있던 눈앞의 책이 처음 본 것처럼 생소해졌다. 마치 '이미 쓰여 있는 말'이란 글자 안에 스핑크스가 낸 문제의 답이라도 있는 것처럼 여겨졌다. 순영은 천천히 고개를 들었다. 범상치 않아 보이는 여자가 집게손가락 끝으로 여전히 책장의 한 부분을 가리키고 있었다. 마치 자신도 처음 보는 대목인 양 진지한 얼굴로 글자를 응시하던 중이었다.

여자치고는 큰 키에 마른 편이었고, 건강해 보이는 갈색 피부에 다부진 입매를 하고 있었다. 쌍꺼풀이 없는 중성적인 눈은 수줍어 보이기도 했다. 미자를 살피던 순영은 턱을 약간 치켜들고 숨을 깊게 들이마셨다. 미자의 밤색 민무늬 머릿수건에서 어릴 적 과학 실험실에서 맡아지던 알코올 향이 났다. 옅은 향이었지만 자신이 피우는 담배 냄새보다는 훨씬 향긋했다.

"훔쳐 가는 걸 직접 보고도 가만있었어? 나라면 그냥 있지 않았을 거야. 바늘 도둑이 소도둑 되는 건 금방이잖아. 뭐, 우리 가게 물건들이 언니네 가게 헌책들처럼 같은 고물이기는 해도 훨씬 값 나가니까 하는 말이지만……."

"말 한번 잘했다. 그런 고물 나부랭이들을 앤틱이니 뭐니 해서 비싸게 팔아먹는 너야말로 진짜 도둑님이시지."

순영은 가끔 마크툽의 손버릇 나쁜 손님들 얘기를 들을 때마다 자기 일처럼 화들짝 뛰었다. 하지만 미자는 그런 순영에게 놀림 섞인 퉁을 주고는 곧 그녀 표정의 트레이드마크인 심드렁한 얼굴로 돌아갈 뿐이었다.

미자는 마크툽이란 상호 아래서 벌어지는 소소한 절도 행각을 간혹 '이미 쓰여 있는 말'의 변형으로 용인했다. 단, 상습적이지 않다는 주관적 판단이 뒷받침되어야 했지만 말이다.

실제로 "마크툽!"이라고 읊조리면 모든 것이 제자리를 찾아가는 기분이었다. 어쩌면 그냥 자기 것을 가져가는 행위에 지나지 않을지도 몰랐다. 적어도 마크툽에서는 그래야 한다고 믿었다.

미자는 처음 가게를 열고 간판을 올리던 날을 다시금 떠올렸다. 초록색 후드 티 속에서 재탄생한 조선왕조실록도 함께 떠올렸다. 그리고 하나도 재미있지 않다고 말대꾸를 하던, 눈이 가느다랗고 손가락이 긴 어린 남자애를 떠올렸다.

"마크툽!"

미자는 눈을 감고 작게 읊조렸다.

그녀의 머릿속을 헤집고 다니던 이미지들이 차츰 침잠해 갔다. 역시 이번에도 그냥 잊기로 했다. 그리고 각자의 자리를 찾아가듯 미자의 손은 다시 서랍 속 은제 플라스크로 향했다.

미자는 누구인가

빨간 구두와 아버지 그리고 세계의 이야기와 버려지는 것들

S대학가 근처에는 작고 수수한 골목들이 오밀조밀 많이 몰려 있었다. 이곳에 위치한 소규모 상점들은 큰길과는 좀 떨어져 있어 한적한 편이었지만 아기자기하고 소박한 맛이 있어 요란한 것을 좋아하지 않는 사람들의 발걸음이 섭섭지 않을 정도로 꾸준히 오고 갔다.

사실 와우산은 이름만 산이지 거의 언덕 수준에 불과했다. 그래도 주민들이 이용할 수 있는 생활체육 시설들과 어느 정도의 녹지가 조성되어 있어 '공원'이란 명칭은 그나마 적절해 보였다.

와우산로는 공원으로 올라가는 계단 바로 아래서 시작해 오십 미터 정도 되는 지점에서 두 갈래로 나뉘었는데, 마크툽은 그 갈림길의 모퉁이에 위치했다. 다시 말하면 와우산으로 통하는 골목과 S대학으로 가는 큰 길이 마크툽을 기준으로 갈라지는 형상이

었다. 미자는 카운터에 앉아 고개만 돌려도 두 길의 상황을 한꺼번에 파악하는 게 가능했는데, 그래 봤자 오늘이 어제 같은 풍경이었지만 계절이 바뀔 때의 풍경은 사뭇 달랐다.

겨울의 끝자락에는 봄을 알리는 몇몇 성미 급한 꽃들이 다투어 피어나 그 향기가 산자락의 바람을 타고 역시나 성미가 급하고 후각이 예민한 이들의 콧속을 간질였다. 또 여름의 끝자락에는 폭우에 젖은 나뭇잎들이 골목 끝까지 쓸려 내려와 장관인지 수해인지 모를 풍경이 펼쳐졌다.

가게 자리를 얻기 위해 처음 와우산로에 들어선 미자는 부동산 업자가 보여준 물건을 별 고민도 하지 않고 바로 계약해 버렸다. 순전히 골목길에 늘어선 풍성하고 다양한 수목들 때문이었다. 그중에서도 공원 초입으로 갈수록 목련이 있는 가정집들이 유독 많았다. 목련은 미자의 엄마가 제일 좋아하는 나무였다.

"목련처럼 살다 가면 얼마나 좋겠니. 청초하고, 향긋하고, 나무에 매달려 있는 마지막 순간까지 지나가는 사람들 모두 고개를 쳐들고 황홀한 표정으로 올려다보잖아."

목련꽃을 보며 엄마는 그렇게 말했었다.

어린 미자는 매달려 있는 꽃보다 떨어진 꽃잎에 주목했다. 꽃이 지고서 처참하게 짓이겨지는 모양은 목련을 따라갈 것들이 없었다. 미자는 가게를 계약하며 아직 봉오리로 달려 있는 목련을 보길 다행이라고 생각했다. 매달려 있는 목련꽃을 보고 있으면 젊은 시절의 청초했던 엄마가 떠올랐다. 만약 꽃잎이 떨어지는 계절에 와우산로에 들렀다면 미자는 처참한 길바닥을 보고 다른 곳으로 발길을 돌렸을 것이다.

미자가 세를 얻고 맨 처음 한 일은 가로 길이가 2미터쯤 되는 6단짜리 서가를 총 일곱 개 주문한 것이었다. 여섯 개의 서가가 북쪽 벽에 기대어 차례로 세워졌고, 나머지 하나는 미자의 개인 공간인 침실 벽 밖으로 길게 세워졌다. 그리 크지 않은 규모였지만 일곱 개의 서가에는 책들이 빈틈없이 들어찼다.

첫 번째부터 세 번째 서가까지는 각종 문학서들로 채워졌다. 네 번째와 다섯 번째 서가엔 그림책, 여섯 번째와 일곱 번째 서가엔 역사나 철학, 교양 과학 같은 기타 부류의 책들이 빼곡히 어깨를 맞댔다. 절반 정도는 미자가 소유하던 책들이었고, 나머지는 발품을 팔거나 원래 정가에 비하면 터무니없는 값을 치르고 들여온 것들이었다.

미자는 일단 마크툽에 들어온 책들에는 상태가 어떻건 간에 각별한 애정을 쏟았다. 책을 분류할 때도 의식을 행하듯 분야에 알맞은 서가에 자리를 마련해 줬다. 미자에게 있어서 『교양 조선왕조실록』이 몇 번째 서가의 몇 번째 칸쯤에 꽂혀 있는지를 아는 것은, 눈을 가리고 저글링을 하는 서커스 단원의 본능적 몸짓과 별반 다를 게 없었다.

새로 들어온 책들로 서가를 정리해야 하는 날에는 어김없이 베르디의 오페라 〈운명의 힘〉 서곡과 헨델의 오라토리오 〈솔로몬〉 중 〈시바여왕의 도착〉을 번갈아 들었다. 두 곡은 분위기가 사뭇 다른데, 베르디의 〈운명의 힘〉 서곡은 전투에서 처참히 패배한 이들의 앞으로의 힘겨운 운명을 예고하는 듯했고, 헨델의 〈시바여왕의 도착〉은 반대로 전투에서 승리한 이들의 화려한 귀국 퍼레이드를 연상케 했다.

미자는 〈운명의 힘〉 서곡이 흐르기 시작하면 장의사가 사연 많은 시신에 염을 하듯 비장해졌다. 얼룩지고, 바래고, 찢기고, 구겨진 책들을 닦고, 털고, 펴고, 봉하는 것으로 흠집을 바로잡을 때면, 현장 감식을 진행하는 과학수사대처럼 그녀의 눈빛은 날카롭게 번뜩였다.

〈운명의 힘〉 서곡이 장중하게 끝나고 곧이어 〈시바여왕의 도착〉이 흐르면 미자는 어느새 말끔해진 책들을 들고는 빠른 손놀림으로 최상의 자리에 안착시켰다. 그 모습은 마치 셔틀콕을 스매싱해 적소에 내리꽂고야 마는 배드민턴 선수와 비교할 만했다.

의식의 마지막은 역시 음주였다. 일곱 개의 서가를 일일이 모두 돌아본 후 카운터에 앉아 짧지만 독한 음주를 하는 것이다. 미자는 마지막 의식을 끝내고 나서야 불치병 환자를 완치로 이끈 의사처럼 비로소 희열을 느꼈다.

미자가 이렇게 헌책에 대한 애정이 남다른 이유는 다 따로 있었다. 그녀는 읽히자마자 버려지거나 채 읽히지도 못하고 팔려 나간 책들의 운명에 안타깝게도 자신의 인생을 대입시켰다.

미자가 아홉 살 때의 일이었다. 아버지는 어린 그녀의 손에 지폐 몇 장을 쥐어 주었다. 뒤돌아서는 아버지의 손에는 큼직한 가방이 들려 있었다.

"아빠, 어디 가?"

미자의 물음에 아버지는 걸음을 멈추었다. 꽤 오랜 동안 그렇게 뒤돌아 선 채였다. 지나가던 바람이 아버지의 바짓단에 흙바람을 일으켰다. 아버지는 말이 없었다. 잘 있으라는 인사도 없었다. 한참을 그렇게 있던 아버지는 다시 발걸음을 옮기기 시작했다.

아버지는 맞춤 구두를 제작하는 사람이었다. 엄마의 푸념에 의하면 아버지는 손님으로 오던 젊은 여자와 눈이 맞았다 했다. 미자의 기억에 의하면 아버지가 만든 마지막 구두는 여성용 빨간 구두였다. 색이 눈부실 정도로 곱고 굽이 아찔하게 높아 어린 미자는 그 빨간 구두에서 좀처럼 눈을 뗄 수가 없었다.

구두가 완성되던 날, 아버지가 떠났다. 빨간 구두도 아버지와 함께였다.

그렇다고 해서 아버지의 부재가 영원히 지속된 것도 아니었다. 미자는 가끔 몇 푼 되지 않는 생활비를 들고 일 년에 한두 번 정도 본가를 방문하는 아버지를 애증의 눈으로 맞이할 수밖에 없었다. 하지만 그러한 방문도 오래가지는 못했다. 미자가 대학에 들어갈 때쯤 아버지는 갑작스레 발길을 끊었고, 가족 중 누구도 아버지가 오지 않는다고 불평을 늘어놓는 일은 없었다. 그저 엄마의 허하고 멍한 눈이 점점 자주 허공을 바라봤을 뿐이었다.

사춘기 시절 미자는 아버지에 대한 그리움과 원망, 그리고 하루도 빼놓지 않는 엄마의 푸념과 신세 한탄을 잊기 위해서라면 영

혼이라도 팔 수 있을 것 같았다.

하지만 다행히도 그녀 곁에는 '이야기'가 있었다.

미자는 이야기를 찾아내고 그것을 독파하는 일을, 세상으로 향한 문을 닫는 길로 이용했다. 그것이 본능적으로 그렇게 된 것인지, 아니면 자발적으로 찾은 길이었는지는 알 수 없었다. 그녀는 초등학교 때 오빠의 고등학교 교과서까지 섭렵했다. 그야말로 손에 잡히는 대로 책을 읽은 것이다.

책 이외에도 이야기가 들어간 것이라면 무조건 환영했다. 그것이 〈부부탐정〉이나 〈미녀 첩보원〉 같은 멜로와 추리물이 결합된 외화 시리즈라면 더욱 그러했다. 아직 어린 나이였지만 미자는 드라마를 보며 멜로와 추리가 썩 잘 어울리는 소재라고 생각했다.

어느 날이었다. 엄마가 종이 칸 안에 아버지의 이름을 적고 있었다.

"뭐 하는 거야?"

어린 미자의 물음에 엄마는 한동안 아무 말이 없었다.

"저기 서랍장에서 도장이나 찾아와라."

흘러내린 앞머리를 쓸어 올리며 엄마는 비분강개한 표정으로 미자가 가져온 도장에 "하, 하……"거리며 뜨거운 입김을 불어댔다.

"네 애비 실종신고서다."

엄마는 그렇게 말했었다. 그러고는 종이 끄트머리에 대고 있는 힘껏 도장을 눌러 찍었다. 미자는 그런 엄마를 물끄러미 바라보았다. 어제 저녁에 본 〈미녀 첩보원〉에서 바람 난 남편에게 방아쇠를 당기던 후덕한 중년의 여인이 생각났다.

새로운 사랑을 찾아 떠났다는 것을 뻔히 알면서도 아버지를 실종 신고한 엄마의 마음처럼 멜로와 추리가 섞인 드라마에는 그 어떤 이야기도 따라가기 힘든 복잡 미묘한 공포와 스릴이 있었다.

미자가 이야기로 빠져든 데는 의도했든 의도하지 않았든 엄마의 공이 컸다. 어려운 형편에도 미자의 집에는 문고판 전집이 여러 벌 있었다. 장롱만 한 책장에 국내와 세계를 망라한 문학전집들이 가득 찰 정도였는데, 모두 외판 나온 영업사원들에게 할부로 끊은 것들이었다. 미자는 그중 세계문학전집에 부록으로 딸려서 온 42권짜리 '셜록 홈스' 시리즈를 가장 아끼고 사랑했다.

그녀는 추리물 말고도 도스토예프스키나 앙드레 지드 같은 대문호들의 작품을 읽기도 했다. 십대 초반의 나이였으니 읽어도 깊은 속뜻까지 이해하기는 버거운 것이 사실이었다. 미자는 그럴 때마다 남녀 간의 애정 신만을 쏙쏙 잘도 찾아내어 읽었는데, 그러한 애정 묘사만으로도 소설의 결말이나 인물들의 운명 같은 것을 어렵지 않게 예측할 수 있었다.

미자는 백과사전류도 즐겨 탐독했다. 무엇보다 컬러판 전집으로 나온 백과사전은 그녀가 범접하지 못한 또 다른 세상의 영역을 총천연색 파노라마로 펼쳐 냈다. 가장 좋아한 사전은 '취미와 실용'에 관한 것이었다. 금붕어 기르는 법이나 화단 가꾸는 법, 토끼가 새끼를 낳을 때 주의할 점 등을 색색의 도판으로 사실적으로 묘사한 것이었다. 이렇듯 컬러판 백과사전은 그녀를 경이로운 세계로 초대하기도 했고, 동시에 현실에선 그런 경이를 향유할 수 없다는 것을 자각하게 해 잔뜩 주눅이 들게도 했다. 그나마 총천연색 세상을 책으로라도 향유할 수 있게 한 엄마에게 고마울 따름이었다.

아버지로부터 버림받고 책에 빠져들게 된 어린 시절의 기억 이외에도 미자가 헌책에 대해 남다른 애정을 보이는 이유는 또 있었다. 그중 주목할 만한 것은 그녀가 이성을 사랑하는 방법에 있었다.

그것은 비현실적이면서도 불운한 사랑들이었다.

학력고사가 유난히 쉽게 출제된 해 미자는 다행스럽게도 대학에 진학할 수 있었다. 캠퍼스에 처음 들어선 날 그녀는 자신이 읽던 고전 명작의 애정 신이 현실에서 가능해진 것만으로도 가슴이 벅차올랐다. 베일에 가려진 사랑이란 감정은 도대체 무엇인지, 치정으로 어지러운 마음은 얼마나 낭만적인지 온몸으로 체득하고 싶었다.

하지만 미자의 기대가 무너지는 데는 그렇게 오랜 시간이 걸리지 않았다.

그녀에게 관심을 보이는 남자들은 많았다. 그 남자들의 대부분은 이별의 이유로 하나같이 미자의 집착을 얘기했다.

"너는 너무 나만 바라봐."

그들은 미자가 사랑을 완성시키는 일에 투쟁적이고, 비현실적인 몽상에 집착하는 경향이 있다고 말했다. 그것은 사실이었다. 아마도 그들의 말은 이렇게 바뀌어야 할 것이다.

"너는 너무 사랑 그 자체만 바라봐."

어쨌든 미자는 사랑을 완성시킨다는 것 자체가 비현실적인 것임을 깨닫기 시작했다.

그 후로는 사랑하는 남자라 해도 같이 있으면 왠지 불안해졌고, 그들과 나누는 육체적 교감이나 말의 화살이 서로 다른 방향에서 진전되고 있음을 너무도 빨리 눈치 챌 수 있었다. 한마디로 미자에게 있어서 연애는 자신이 알고 있던 고전 명작의 얘기들과는 판이하게 다른 것이었다.

그런데도 미자는 운명 같은 사랑을 위해 헛된 노력을 계속했다. 그녀가 먼저 남자를 차 버리는 경우는 극히 드물었다. 이유야 어떻든 일단 사랑하게 된 상대를 먼저 배신하는 일은, 그녀에게 있어서는 고결해야만 하는 심장에 칼을 꽂는 이기적 행동이었다. 남자들은 당연히 그녀의 열정 넘치는 순도 백 퍼센트의 사랑을 몹시도 부담스러워했다. 결과적으로 미자는 대부분 버림받는 입장이었다.

그녀는 실연을 극복하는 데 있어서도 상처 준 사람을 향해서가 아니라 자신을 향해 날카로운 칼날을 휘둘렀다. 실연 초기에 누구나 할 법한 위악적 방황은 정도를 넘어 강도를 더해 갔다. 정신을 잃을 정도로 술을 마시는 습관이 그렇게 됐고, 서로를 차 버릴 필요가 없는 가벼운 만남이 그러했다.

그것은 고통에 고통을 더하는 일이었지만, 바로 앞의 고통은 잊어버리게 하는 묘한 카타르시스를 느끼게 했다.

급기야 그마저 느껴지지 않게 된 미자는 뫼비우스의 띠 같은 실연의 순환을 종결짓기로 결심했다. 그것은 생각보다 간단했다.

마음의 빗장만 굳게 지르면 끝나는 일이었다.

후드 티 남자가 연애소설로 사라져 버린 후 마크툽에는 아침보다 더 많은 햇살이 비껴들었다. 손님들은 햇살을 등에 인 채 만족스러운 표정으로 서가 사이를 거닐었고, 어제 저녁 들어온 한 무더기의 그림책들은 카운터 위에서 미자의 의식을 기다리는 중이었다. 그녀는 어김없이 〈운명의 힘〉과 〈시바여왕의 도착〉을 틀고는 밤색 머릿수건을 둘렀다.

어젯밤, 책을 가져온 중년의 여자는 초등학교 일학년인 딸아이를 두었다고 했다. 꽤 유명한 일러스트 작가의 책들이라 헌책이라도 책값을 두둑이 쳐주어야 하는 건 아닌지 갈등하고 있던 차에 여자는 이렇게 말했다.

"책값은 됐어요. 그래 봤자 푼돈인데요 뭐. 버리기엔 좀 아깝고 도서관에 기증하려니 귀찮고, 여기가 제일 가깝더라고요. 이사할 때 짐만 되던 것들인데, 이제야 처리하네요. 이제 이런 거 볼 땐 지났잖아요. 초등학생 수준에 알맞은 책들을 읽혀야죠."

푼돈이란 여자의 말이 미자의 눈썹을 치뜨게 했다. 다행히 여자는 못 봤는지 얼굴 가득 미소를 머금고 있었다. 미자는 웃고 있는 여자의 표정이 하도 시원해 보여서 책값을 치르지 않아도 된다는 죄책감에서 손쉽게 벗어났다.

헌책방에 책을 팔러 오는 이들에게는 대체로 두 부류가 존재했다. 책을 짐으로 생각하는 사람과 책을 돈으로 생각하는 사람. 물론 전자가 훨씬 넘쳐났다. 몇 푼 안 되는 돈을 건네야 하는 미자에게는 다행스러운 일이 아닐 수 없었다.

여자가 가져온 책들은 동화책에 들어갈 삽화를 그리는 사람이라면 누구나 다 알 만한 인기 있는 해외 작가의 그림책들이었다. 이탈리아에서 해마다 열리는 아동 책 페스티벌의 수상작이라고 책 앞에도 버젓이 적혀 있었다.

여자의 딸아이는 분명 이 그림책들을 보며 잠을 자고, 음식을 먹고, 아이에게만 보인다는 '상상 친구'를 만났을 것이다. 그러다 어느덧 훌쩍 커 있을 딸은 신경질적인 엄마의 잔소리를 듣고 문득 이 그림책들을 떠올릴 게 분명했다. 그리고 곁에 없는 그림책들을 그리워하며 엄마에 대한 반항심만 잔뜩 키울지도 모른다. 미자의 눈에는 훤한 광경이었다.

다 읽고 버려진, 아이의 손때가 가득히 묻은 책들에선 가끔 초콜릿 향이나 딸기 웨하스 냄새가 났다. 미자는 그 냄새를 좋아했다. 여자가 가져온 책들에서도 달콤한 냄새가 짙게 풍겨 나왔다.

그녀의 자그마한 딸이 한 손에는 웨하스를, 또 다른 한 손에는 자기 손보다 몇 배나 커다란 그림책을 위태롭게 들고 있는 장면이 머릿속에 그려졌다. 아마 아이는 그림책의 무게가 버거웠겠지만 웨하스를 포기하진 못했을 것이다. 결국 웨하스 조각들이 책 여기저기 떨어졌겠지. 미자는 자기도 모르게 코를 찡긋하고 입맛을 다셨다.

아이들의 책에 달콤한 냄새가 가득하다면 어른들의 책에선 대부분 아무 냄새도 나지 않았다. 그렇지만 어른들의 것에는 표면이 매끈매끈한 아이들의 책에서는 볼 수 없는 것들도 있었다.

어른들의 책 대부분에는 책다듬이벌레가 살고 있었다. 책장을 펼치면 어쩌다 자신의 존재를 들켜 버린 녀석이 갑자기 밝아진 활자 사이를 허둥지둥 기어 다녔다. 노랗고 허연빛을 띤 녀석은 언뜻 종이 보풀처럼 보이기도 했다. 미자는 책다듬이를 발견할 때면 녀석의 동선을 조용히 따라가다 다시 조심스레 책장을 덮었다.

미자의 헌책에 대한 감정 이입은 나중에는 관련된 모든 것을 대상으로 했다. 먼지 쌓인 구석의 서가, 눅눅한 종이 냄새, 책에 기생하는 벌레, 머리말에 묻어 있는 커피 얼룩, 범인의 모습이 묘사된 곳에 흘린 라면 국물, 책에 딸려 온 별책부록이나 시디, 별로 공감 가지 않는 문장에 그은 밑줄, "네가 읽으면 좋을 책이야"라고 맨 앞장에 적어 넣은 못생긴 글씨, 옛 유적지의 무덤들처럼 해가 질 무렵 드리워지는 일곱 서가의 기다란 그림자, 필히 누군가를 공격하기 위해 무기로 던져졌을 게 예상되는 찢기고 구겨진 책등 모서리, 생각지 못한 보물을 찾은 듯 낡은 책을 들고 기뻐하는 빨간 립스틱의 여자, 한 무더기의 책들을 쌓아놓고 소파에 앉아 공짜 독서를 즐기는 대머리 남자, 옛 주인을 뒤로하고 새 주인을 만나 마크툽을 떠나는 책들.

이 모든 게 그녀 자신이자 그녀의 즐거움이었다.

어느덧 스피커에서는 시바여왕을 환영하는 오보에 한 쌍의 독주가 흘러나오고 있었다. 미자는 그림책이 꽂혀 있는 서가를 서성이며 딸기향이 아직 가시지 않은 사랑스러운 책들을 어디에 꽂을지 고심했다. 이미 눈에 잘 띄는 주요 자리에는 빈틈이 보이지 않았다. 맨 아랫단에는 비대한 사이즈의 꽤 무게가 나가는 그림책들이 듬성듬성 자리를 차지하고 있었다. 이렇게 되면 그림책 서가를 다시 뒤집는 수밖에 없다. 미자는 눈높이에 가장 알맞은, 다섯 번째 단에 있는 책들을 모조리 끄집어냈다.

그리고 딸기향이 곱게 밴 책에 그 자리를 내주었다.

불면알의 탄생

사람들이 모이면 일어나는 가장 흔한 일들

마크툽의 문이 삐걱하고 열리는 소리가 들렸다. 미자는 엉거주춤 일어나 서가 사이로 얼굴을 내밀었다. 땅딸막하지만 다부진 몸매의 한 사내가 햇빛을 가로막고는 거무스름한 그림자로 서 있었다. 사내는 미자가 있는 곳으로 성큼성큼 다가왔다. 류 선생이었다. 그는 S대학의 큰길로 빠지는 골목 중간쯤에서 '류 선생 피시월드'라는 수족관을 운영했다.

"나 사장님, 뭐하세요?"

류 선생은 어느 틈엔가 불쑥 다가와 미자의 손에 들린 책을 가로채 들었다.

"제법 무거운데요. 이런 일은 연애소설 사장한테 부탁 좀 하지 그래요. 바로 코앞인데."

대꾸할 새도 없이 벌어진 일이었다. 미자의 얼굴에 불만이 가득

했다.

"아니요. 제 일인걸요."

미자는 류 선생의 손아귀에서 책들을 억지로 빼내려 했다. 놓치지 않으려는 류의 손과 뺏으려는 미자의 손 안에서 레이스 앞치마를 두른 토끼들이 움찔거렸다. 그림책 표지 위의 토끼들이었다.

미자의 손에 힘이 좀 더 들어가자 민망해진 류 선생은 책을 잡은 손에서 힘을 풀었다. 그 바람에 미자는 뒷걸음을 치며 비틀댔다. 넘어지지 않으려고 허우적거리는 입장이나 그 모습을 당황스럽게 바라보는 입장 모두 순간적으로 서로를 원망했다.

"미안해요. 저는 도와주려고 한 건데……."

"……."

"그러고 보니 전할 얘기를 깜박했네요. 다산부동산에서 오늘 저녁 같이 먹자고 해서요. 친정에서 갓김치가 올라왔대요."

"네, 갈게요."

더도 덜도 없는 미자의 딱 떨어지는 대답에 류 선생은 잠시 미적거렸다. 미자는 침묵으로 일관했고, 류 선생은 잠시 책들을 둘러보다 멋쩍은 걸음으로 발길을 돌렸다.

류 선생도 다산부동산 내외도 '블루 먼데이 알코올'에 자주 참여하는 사람들이었다. 블루 먼데이 알코올, 줄여서 '블먼알'은 미자와 세상에단하나의 순영이 매주 월요일이면 함께 저녁을 먹고 술을 마시던 만남에서 시작되었다.

S대 학생들과 근처 회사원들은 와우산로 상인들의 주요 고객이

었다. 그들에게 있어서 월요일은 달콤한 휴식의 쓰디쓴 후유증을 맛봐야 하는 오지 말아야 할 요일이었다. 꽤 많은 사람들이 월요일에 술을 마시는 이유가 여기 있었다. 금요일 저녁엔 몇 시간 후면 시작될 황금 같은 주말을 축복하기 위해 마셨고, 월요일엔 주말 동안 헤어져 있던 친구, 동료들과 앞으로의 고된 일정을 위로하기 위해 마셨다.

일반적인 회사원이나 대학생들과는 좀 다른 이유였지만 자영업자들에게도 손님이 드문 월요일 저녁은 회포를 풀기에 적당한 날이었다. 마크툽에서도 두 싱글 여인은 월요일 밤이라는 이유를 핑계로 조촐한 때로는 거나한 술판을 벌였다.

미자는 혼자 마시는 것을 더 좋아하는 편이지만 순영의 애교와 수다를 특별 안주쯤으로 생각했고, 순영은 혼자 마시는 술을 무엇보다 끔찍하다고 생각하는 편이어서 이혼하고 혼자가 된 후에는 미자를 때마침 나타난 좋은 술친구라고 생각했다.

그러던 어느 날 마크툽에 단골로 출입하던 삼십대 초반의 남자 손님이 이 모임에 끼게 되었다. 그는 꽤나 부러운 눈빛으로 두 여인의 술판을 자꾸만 곁눈질하던 중이었다. 그는 헌책들에 둘러싸여 마시는 술이 어떤 맛일지 몹시도 궁금했다. 오래된 책의 쾌쾌한 냄새를 없애 주는 알싸하면서도 묵직한 맛은 아닐까 생각해 보기도 했다. 또한 손님이 있든 없든 나 몰라라 하는 저들의 무신경함이 자연스럽고 경쾌해 보였다.

남자가 그리 늦지 않은 야근을 마치고 마크툽에 들른 어느 저녁때였다. 순영은 자꾸만 곁눈질을 하며 입맛을 다시고 있는 남자를 향해 흔쾌히 이렇게 말했다.

"한잔 하실래요?"

반쯤 눈이 풀린 여인이 적대감이라곤 전혀 찾아볼 수 없는 얼굴로 웃고 있었다.

남자는 대답도 하지 않고 자신의 몸이 저절로 여인에게로 향하는 것을 느꼈다. 그는 수줍은 얼굴로 어색하게 술잔을 받아들었다. 받아선 안 될 이유가 그에게는 전혀 없었다.

순영은 술잔을 냉큼 비워 내는 남자에게 아예 옆자리를 내주었다. 미자는 묵묵히 순영의 하는 양을 지켜볼 뿐이었지만 단골손님의 합석이 싫은 기색은 아니었다.

책 만드는 일을 한다는, 언뜻 보기에도 '아카데믹한' 남자는 역시나 잡다한 지식이 많아 술자리의 이야깃거리를 떨어뜨리지 않았다. 마흔의 여인과 곧 마흔을 바라보는 여인은 이지적이고 샤프한 외모의 젊은 남자가 해 주는 끝이 없을 것 같은 이야기들에 어느새 푹 빠져들었다.

그 뒤 남자의 제안으로 월요일의 술자리는 '블루 먼데이 알코올'이라는 정기적인 모임이 됐고, 그동안 모임을 부러운 눈으로 지켜봐 오던 와우산로의 또 다른 소상인들도 적극적으로 자리에 합석하기 시작했다. 미자에게 가게 자리를 소개했던 '다산부동산' 내외가 새 멤버가 됐고, 다음으로 류 선생이 들어왔다.

수족관이나 앤티크 숍, 헌책방, 부동산과는 다르게 월요일 저녁의 술자리가 부담이 되는 업종도 있었다. 바로 술자리를 제공해야 하는 술집들이 그러했다. 퓨전 주점 '연애소설'도 사정은 마찬가지였다. 월요일부터 밤늦게까지 영업을 해야 하는 기준은 주변 상인들의 술자리를 내심 질투했다.

눈치 빠른 다산의 여사장은 기준에게 이렇게 말했다.

"한두 시간만 아르바이트생한테 맡기고 잠깐 와요."

어느덧 모임에 정기적으로 참여하게 된 사람은 순영의 딸 준이까지 포함해 여덟 명이나 되었다. 그리고 재미 삼아 '블먼알'이라고 줄여 부르던 모임의 이름을, 뒤따라 들어온 다른 이들도 아무이의 없이 따라 부르기 시작했다.

류 선생은 한껏 구부정한 등을 하고 모퉁이를 돌아 나갔는데, 미자는 그의 뒷모습이 사라지고 나서야 원망의 눈빛을 거둬들였다. 류와 미자 사이에서 휘둘리던 레이스 앞치마의 토끼는 그제야 미자의 손에서 안정을 찾았다.

류 선생은 수 년 전에 이 지역 고등학교의 생물 교사로 있었다고 했다. 자신의 입으로는 교직에 신물을 느껴 사표를 냈다고 했지만 들리는 소문에는 학생에게 가한 체벌이 형사 문제로 발전했다는 이야기도 있었다.

두 달 전 블먼알 모임 중 눈가가 발개진 류가 미자를 따로 불러냈을 때만 해도 그녀는 류에게 당연히 처자식이 있을 거라고 생각했다. 쉰이 다 돼 가는 나이였기 때문이기도 했고 옷매무새나

머리 모양 등이 깔끔했기 때문이었다.

"미자 씨……."

그날따라 류 선생은 고개를 푹 숙인 채 나 사장을 '미자 씨'라고 불렀다. 류에게 '나 사장'이라 불리는 것이 항상 마음에 걸리던 차였다. 왠지 헌책방 주인의 정체성에는 맞지 않는 호칭 같았다.

미자는 류 선생의 하는 양이 평소와 달라 팔짱을 끼고는 잔뜩 긴장된 표정으로 서 있었다.

"미자 씨, 이런 말 하면 어떻게 들릴지 모르겠지만……. 제가 오래전에 느지막이 결혼을 한번 했었어요."

과하다 싶게 마셔대던 류의 입안에서 시큼한 술 냄새가 풍겨 나왔다.

"근데 일 년도 못 살았어요. 아내가 사고로 죽었거든요……."

류의 뜻밖의 말에 미자는 팔짱을 풀었다. 왠지 차분히 얘기를 들어 줘야 할 것 같았다. 류는 잠시 침묵하더니 이야기를 계속했다.

"교통사고였어요. 즉사했죠. 이젠 얼굴도 가물가무울……하네요. 그냥…… 한순간에 화아악 가 버렸어요."

류의 혀가 꼬이고 있었다. 게다가 교통사고란 말에 미자는 머리가 아파 왔다.

응급실에 누워 있던 엄마의 영상이 또렷이 떠올랐고, 그와 동시에 류가 어떤 말을 하건 자리를 피해야겠단 생각이 들었다.

"류 선생님, 죄송하지만 제가 머리가 좀 아파서요."

미자는 몸을 돌렸다. 그러자 전봇대에 기대 있던 류가 황급히 그녀의 팔을 잡았다.

"조, 좋아합니다!"

미자는 잠시 자신이 들은 말을 의심했다.

"아주 오랜만에 느끼는 감정이에요."

류 선생의 확고한 목소리에 미자는 그제야 정신이 들었다. 뜻밖의 고백에 당황함을 넘어 황당함이 몰려왔다.

"류 선생님이랑 저는 그냥 이웃일 뿐이에요."

미자는 가능한 한 나지막하게 말하되, 단어 하나하나에 힘을 주었다. 차갑게 말하려고 작정한 사람처럼 보였다.

그날 이후 류 선생은 한 달 정도 모습을 보이지 않다가 요즘에야 다시 얼굴을 비추고 있었다.

모퉁이를 돌아 나가는 류의 뒷모습을 바라보며 괜찮은 이웃의 관계를 망친 건 류가 먼저라고 미자는 생각했다. 자기도 모르게 한숨이 내쉬어졌다. 누군가에게 마지막으로 고백을 받은 일이 언제였는지 기억도 나지 않았다. 마흔이 넘어서는 손거울 보는 것도 겁이 났다. 늙는다는 건 한순간이었다.

류가 요즘 많이 외로운가 보다. 미자는 그렇게 생각했다. 그 편이 마음이 편했다. 질러진 빗장은 누군가의 고백으로 풀릴 게 아니었다.

미자는 또다시 머리가 아파 왔다.

아내가 사고로 죽었거든요, 교통사고였어요, 즉사했죠.

류는 그렇게 말했다. 사실 마크툽의 탄생에는 엄마의 부재가 깊은 관련을 맺고 있었다. 그것은 미자의 '진짜 홀로서기'가 시작됐다는 말과 일맥상통했다.

미자의 엄마는 미자가 서른을 갓 넘겼을 때 류의 아내처럼 교통사고로 죽었다. 응급실에 누워 있는 엄마를 보았을 때 미자는 그 끔찍한 모습에 잠시 정신을 잃었었다. 엄마의 팔다리는 뒤틀리고 부러져 조각난 뼛조각이 몸 밖으로 튀어나와 있었고, 짧은 파마머리에는 온통 피떡이 엉겨 붙어 있었다. 아직도 가끔씩 미자의 꿈속에는 그때의 엄마가 나타났다. 꿈에서 보는 엄마는 현실보다 더욱 엉망이었다. 잔인하게 도륙된 짐승처럼 처참하게 파괴된 모습이었다.

엄마는 결국 헝클어진 제 몸을 수습하지 못하고 미자가 병원에 도착한 지 삼십 분 만에 숨을 놓아 버렸다.

미자는 엄마의 죽음 이후로 인생을 살아가는, 아니 하루하루를 버티고 살아 내기 위한 자신만의 방법을 발견해 갔다. 그것은 본능적으로 느껴지는 것이어서 말로 설명이 되지 않을뿐더러, 누군가에게 설명을 해 보려고 시도한 적도 없었다.

그녀의 미간은 날이 갈수록 좁아졌으며, 조그만 입은 늘 긴장해 있어 시원스럽게 벌어지거나 하지 않았다. 걸음걸이는 한없이 느려져서 그녀 이외의 세상은 어느 영화의 한 장면처럼 주인공을 제외하고는 초고속으로 플레이되는 화면 같았다.

말수는 하루가 다르게 없어졌고, 불필요한 의사소통은 거의 대부분 표정으로 대신했다. 가뭄에 콩 나듯 하던 타인과의 일상적 대화도 점점 외계어와 지구어의 소통처럼 돼 버렸다. 그녀의 어법을 이해하는 사람들이 간혹 존재하기도 했는데, 그런 대화는 그녀에게 축복과도 같은 것이었다.

그동안 사설 학원가에서 국어 강사로 꽤 차분히 경력을 쌓은 편인 미자는 자신의 직업에 큰 불만은 없었다. 해야 될 말만 하고 수업을 이끄는 편이어서 그나마 공부에 의욕이 있는 아이들에게는 나름 인기 강사로 통하기도 했다.

그녀의 수업에 문제가 생기기 시작한 건 엄마가 돌아가시고 하루가 다르게 말수가 없어지던 때부터였다. 어느 날 미자는 한국 근대 단편 소설들을 소개하다가 갑자기 입을 다물었다. 사회가 술을 권한다는 남편과 사회를 몹쓸 요릿집으로 생각하는 아내의 웃지도 못하고 울지도 못할 대화가 오고 가는 작품의 한 대목을 설명하던 중이었다.

휴대전화를 만지작거리거나 몰래 잡담을 나누던 아이들이 미자의 갑작스러운 침묵에 일제히 고개를 들었다. 고요와 적막이 강의실 안에 연기처럼 퍼졌다. 참을성이 없는 몇몇 아이들은 미자를 흘깃거리며 수군대기 시작했다. 굳게 입을 다문 미자는 마치 배터리가 다 된 북 치는 인형처럼 정지된 자세 그대로 한참 동안 허공만을 바라봤다.

사표를 던지는 일은 생각보다 매우 간단했다. 원장도 미자의 이상 행동을 감지했던 터라 별다른 반응 없이 사표를 수리했다. 미자는 학원에서 짐을 싸서 나오며 앞으로 다른 일자리를 찾아 떠돌아다닐 일은 결코 없을 것임을 어렴풋이 느꼈다.

그날 저녁 미자는 홀로 술을 마시다 잠이 들었다. 어떻게 잠들었는지 기억은 없었다. 그리고 꼬박 하루가 지나서야 잠에서 깨어났다.

이제 미자는 완벽한 백수가 되었다. 먹고 싶을 때 먹고, 자고 싶을 때 자고, 씻고 싶을 때 씻었다. 그녀는 자신에게 어울리는 세계를 비로소 찾은 듯했다.

햇빛을 쐬고 싶은 날에는 도심 곳곳의 헌책방을 찾아다녔다. 헌책방에 들어서면 낯익은 냄새가 났다. 그것은 쾨쾨한 먼지 냄새 또는 곰팡내였다. 미자는 그 냄새를 평소 자신한테서도 맡고 있었다. 처음에는 불쾌하고 민망해 하루가 멀다 하고 빨래를 했다. 방향제나 향수도 사용해 봤지만 냄새는 사라지지 않았다.

미자는 다섯 개의 감각 중 후각이 가장 빠르게 마비된다는 사실을 알고 있었다. 냄새가 날수록 냄새를 향해 뛰어드는 수밖에 없었다. 결국 헌책방 탐방은 어느덧 그녀의 주된 일과가 되었고, 미자의 코는 정면 돌파에 항복했으며, 불쾌감도 곧 사라졌다.

미자는 주로, 잘 알려지지 않은 절판된 문고판이나 무명의 작가들이 쓴 소설, 고전이지만 너무 어렵고 지루해 읽지 않는 해외 문학, 좀 벌레가 기어 다니는 세로쓰기 철학 서적, 한자가 가득한 두

꺼운 역사책, 조악한 인쇄의 고릿적 백과사전 등을 찾아다녔다.

그런 책들을 손에 넣을 때마다 미자는 다 죽어가는 목숨에 새 숨을 불어넣은 것처럼 희열을 느꼈다.

그 무렵 미자는 엄마의 보험금에 눈길이 갔다. 옷장 깊숙이 넣어 놓은 상자 안에서 십 년 남짓 모은 만기 적금통장도 탈출시켰다. 헌책을 찾아다니는 것보다 헌책에 둘러싸여 그것들이 자신에게 찾아오기를 기다리는 편이 훨씬 나을 것 같았다.

미자는 이렇게 생각했다.

'그래, 이미 그렇게 되어 있었던 거다.'

뭔가 중차대한 결정을 내린 기분이었다. 소름이 돋고 머리털이 곤두섰다. 인생의 전환점을 느끼는 순간이었다.

마크툽은 그렇게 탄생되었다.

"언니, 빨리 가자. 토요일이라 손님들이 꽤 있거든. 나 얼른 밥 먹고 다시 와 봐야 해."

담배를 꼬나문 순영이 마크툽의 문을 빼꼼히 열며 말했다.

"헌책이나 고물이나 다 같은 '올드'한 것들인데 허섭스레기만 있는 골동품 가게엔 손님이 넘치고, 여긴 파리나 날리고."

"나는 언니의 그런 말투가 너무 매력 있단 말이야."

미자의 투덜거림에 순영은 킬킬댔다. '잠시 외출 중'이란 문패를 내걸고 순영과 준이, 미자는 다산부동산으로 향했다. 다산은 이 동네에서 터줏대감 격인 부동산으로, 오십대 초반의 두 내외가 운영하고 있었다. 특이한 점이 있다면 부인이 사장이란 직함을 달 았고, 남편은 그 밑에서 궂은일을 도맡아하는 실장 직함을 맡았 다는 점이다. 또한 '다산(多産)'이라는 부동산 상호는 이들 부부가 실제로 다섯 자녀나 둔 것과 관련이 있었다.

순영과 미자 모두 다산의 박 여사와 전 실장의 도움으로 하자 없는 가게 자리를 얻었고, 두 내외가 블면알 회원으로 들어온 이 후 술자리의 안주들은 더욱 풍요로워졌다.

"현식 씨는 책 마감이라나 뭐라나, 하여튼 바빠서 못 온다 했고, 기준 씨는 곧 온다고 했어."

박 여사는 반찬거리를 탁자에 늘어놓으며 특유의 사람 좋아 보 이는 미소로 순영과 미자를 맞았다. 휴대용 가스레인지 위에서는 맑은 대구탕까지 보글보글 끓는 중이었다. 신문을 뒤적이던 류 선 생은 미자가 들어오자 자기가 앉아 있던 소파의 가운데 자리를 재빨리 양보했다. 미자도 재빨리 순영을 끌어다가 류 선생이 양보 한 자리에 대신 앉혔다.

"뭘 우리까지 챙기세요? 이 아까운 것을."

순영은 말은 그렇게 하면서도 갓김치가 담긴 보시기에 손가락 을 집어넣고 있었다.

"아깝긴 뭐가 아까워. 내가 제일 아끼는 박 여사만 남 안 주면 되지."

박 여사의 남편 전 실장이 뜨거운 김이 올라오는 밥을 퍼 담으 며 대화에 끼어들었다.

"아이고, 이 양반 봐라. 좀 창피한 줄 알아."

박 여사가 싫지 않은지 배시시 웃었고, 순영은 김치를 입안으로 밀어 넣다 미간을 찌푸렸다.

"체하겠어요. 두 분 금실 다 아니까 그만 좀 하세요."

"그러니까 자기는 얼른 다시 시집가고, 여기는 더 늦기 전에 면 사포 한번 써 봐야지. 부러우면 지는 거란 말도 몰라?"

대구탕을 퍼 담던 박 여사는 국자를 들어 구체적인 지목까지 해 가며 두 싱글 여자들에게 직격탄을 날렸다. 미자는 묻들은 척 수저를 내려놓았고, 순영은 씁쓸하게 웃으며 준이의 머리를 쓰다 듬었다.

"아, 시집만 가? 류 사장도 빨리 장가가야지."

전 실장의 보탬에 내내 신문만 들척이던 류 선생은 금세 불편 한 표정을 지었다.

준이는 엄마가 뭔가 불편한 일이 있을 때마다 자신의 머리를 만 지작거린다는 것을 알았다. 준이는 고개를 들어 순영을 바라봤다.

"엄마, 금실이 뭐야?"

"으응, 그건 부부 간에 서로 많이 사랑한다는 뜻이야."

"엄마도 그랬어?"

"……."

"여보, 밥 좀 제대로 퍼 담아요. 밥풀 다 떨어지네."

화제를 돌려 보고자 박 여사가 남편을 핀잔 줬지만 이미 돌이 킬 수 없었다.

"아니, 엄마는 별로 그러지 못했어. 그래서 아빠랑 헤어진 거야."

순영의 말을 들은 준이의 눈이 서서히 가늘어졌다.

"준이한텐 엄마가 미안해."

순영은 또다시 준이의 머리를 쓰다듬었다.

딸의 느닷없는 질문 공세에 말문이 막힌 게 한두 번이 아니었다. 하지만 어리다고 거짓말을 하거나 아무렇게나 얼버무리지는 않았다. 늘 조곤조곤 딸이 이해할 때까지 설명을 해 나갔다. 미자는 그런 순영을 존경스러운 눈으로 바라봤다. 이혼한 몸이기는 하지만 결혼에, 딸에, 조곤조곤한 엄마의 말투에, 솔직함에, 자기에게는 없는 것이 많은 여자였다. 자신이 남자라면 순영에게 빠져드는 건 시간문제일 거라고 생각하기도 했다.

미자가 순영을 좋아하게 된 결정적 이유는 솔직히 그녀가 대단한 골초였기 때문이다. 미자는 그 점이 제일 마음에 들었다. 일종의 반전 캐릭터랄까. 살갑고 여성스러운데다 하얀 피부까지 갖춘 순영은 담배에 대한 자제력이 전혀 없었고, 중독된다는 것 자체에 별 부담을 느끼지 않았다.

미자도 술에 대해 그러했다. 행운이었다. 게다가 이름이 순영이었다. 동네에 연고도 없이 돌아다니는 개들을 흔히 '멍멍이'나 '검둥이' 같은 무미건조한 이름들로 부르듯 순영이나 미자란 이름은 공허할 만큼 아무 무게도 느껴지지 않는 무해 무익한 이름들이었다.

"이렇게 좋은 음식에 반주가 빠질 수 없지?"

전 실장이 냉장고에서 꺼내온 소주는 알맞게 차가워져 있었다. 박 여사가 순영의 잔에 소주를 따라 주려고 하자 준이가 나섰다. 방금 전까지도 처량한 눈을 하고 있었는데 언제 그랬냐는 듯 금방 매의 눈으로 돌아와 있었다.

"박 사장님 아줌마, 우리 엄마 밥만 먹고 가게 가서 일해야 해요. 술 마시면 안 돼요."

준이는 늘 어른들끼리 부르는 호칭에 자기만의 호칭을 다시 더해 불렀다. 류는 류 선생님 아저씨고, 미자는 미자 씨 이모나 미자 언니 이모였지만 좀 젊다 싶은 부류들에겐 그냥 이름에 언니, 오빠만 붙였다.

"이것만 받을게요. 준이야, 엄마 이것만 마실게."

순영은 딸에게 한껏 눈웃음을 흘렸다. 준이는 고민 끝에 시원스레 고개를 끄덕였다. 오늘도 어김없이 『목 부러진 스탠드』란 그림책을 품에 안은 채였다. 마크툽 바닥에 널브러져서 미자 씨 이모의 손길을 기다리고 있던 헌책들 중 우연찮게 준이의 눈에 띈 것이었다.

표지만 보자면, 낡아 빠지고 값싸 보이는 검정 스탠드가 기다란 목에 테이프를 얼기설기 붙인 채 어둠 속에서 희미한 빛을 내뿜고 있었다. 무채색의 배경이었지만 낡은 스탠드의 조명 빛은 신비스럽게도 무척 포근하고 따뜻하게 보였다. 그림책에는 준이만 한 여자아이도 등장하는데 목 부러진 스탠드 아래에서 여러 가지 동화책들을 들여다봤다. 준이가 가장 좋아하는 장면은, 아예 망가져 버려 더 이상 빛을 비추지 못하는 스탠드를 여자아이가 꼭 껴안고 서럽게 우는 장면이었다. 그때부터 준이는 이 그림책이 망가진 스탠드나 되는 양 꼭 품에 안고 다녔다.

소주 한 병이 금세 없어졌다. 갓김치와 대구탕은 줄지도 않았다. 전 실장이 두 번째 병을 따 순영을 제외한 각자의 잔에 술을 채웠다. 사람들은 그제야 빨갛게 윤이 나는 갓김치 한 줄기씩을 밥에 얹어 먹기 시작했다. 아주 잠깐 정적이 흘렀고, 누가 먼저라고 할 것 없이 우적대며 씹던 입에서 감탄사가 쏟아져 나왔다.

"이거 돌산 갓이에요?"

"그럼, 우리 엄마 작품이지."

"멸치젓갈 넣은 거 맞죠? 그런데도 향이 진짜 강하네요."

"그럼, 반 년 동안 저온에서 숙성돼야 이런 맛이 나오는 거야."

"어머님이 김치 사업 하셔도 되겠어요."

"그럼, 그래도 되지. 근데 울 엄마가 판을 벌일 줄 알아야지. 그 냥 촌에서 살면서 식구들 먹을 거 챙기는 거밖에 모르셔."

여기저기서 터져 나오는 칭찬에 박 여사는 기분이 좋은지 술한 잔을 더 들이켰다.

"마누라 오늘 기분 좋나 보네. 세 잔이면 끝인 사람이 벌써 두 잔째야."

"오늘은 네 잔 마실 거야."

이번엔 박 여사의 잔에 류 선생이 술을 채웠다.

"안주가 이렇게 좋은데 네 잔만 마신다고요? 걱정하지 마요, 형님도 옆에 있는데."

"천천히 줘. 우리 마누라 은근히 무겁다고."

"형님도 한 잔 더해요."

류 선생은 자기보다 서너 살 위인 전 실장을 깍듯이 형님이라 불렀다. 가게가 서로 이웃해 있는 입장이기도 했지만 혼자 사는 것을 생각하여 내외는 류 선생을 알뜰히 챙겼다.

전 실장에게 술을 따르는 류의 모습을 보니 미자는 기분이 편치 않았다. 전 실장은 이미 류가 고백한 일을 알고 있을 것만 같았다. 그만 자리를 뜨고 싶었지만 박 여사가 소주 네 잔을 들이키는 날에는 술자리가 오래갈 가능성이 많았다. 그녀의 주사는 사람들을 붙잡고 놓아주지 않는 것이었다.

"미자야, 왜 안 마셔? 난 네가 술을 마셔야 재밌던데."

박 여사가 벌써 취기를 보였다. 박 여사는 특이하게도 평소의 미자보다 취해 있는 미자를 더욱 좋아했다. 술을 마실 때 미자는 말수가 늘었고, 큰 소리로 웃기도 했다. 평소 그녀의 입에서 튀어나오는 몇 안 되는 말들은 괴팍하고 냉소적인 것들뿐이었다. 하지만 술을 마신 미자는 제법 여성스러운 말투로 조곤조곤 얘기했고 시시콜콜한 이야기도 농담을 섞어 재미있게 할 줄 알았다.

박 여사는 좀처럼 듣기 어렵다는 미자의 술기운 섞인 웃음소리를 들을 때면 괜스레 더 기분이 좋아졌다. 사막에서 오아시스를 찾은 느낌이랄까. 솔직히 취하지 않은 미자는 어둡고 메말라 보여

상대방까지 우울하게 만드는 재주가 있었다.

"저도 곧 가 봐야 해요."

미자는 정색을 하며 박 여사의 권유를 뿌리쳤다.

"왜? 마크툽도 오늘 사람 많아?"

"아니, 그게 그러니까……."

박 여사의 질문에 미자가 어물거렸다. 류 선생의 안색이 점점 어두워졌다.

그때였다. 다산부동산의 문이 벌컥 열리고 연애소설의 주인장 기준이 성큼 안으로 들어섰다. 그는 혼자가 아니었다. 모두의 눈이 기준과 함께 온 낯선 얼굴에게로 쏠렸다. 특히 미자의 눈은 더욱더 그랬다.

마크툽에서 본 어린 남자, 『교양 조선왕조실록』의 책 도둑이 기준 옆에 서 있었다.

구둣방 노인과 기준 동생 기태

눈두덩도 콧방울도 입매도 형보다 좀 더 가느다란 아이

일 년 전쯤 와우산로에 한 노인이 자주 모습을 드러냈다. 그리고 얼마 지나지 않아 와우산공원 초입에는 작은 구둣방 하나가 생겨났다. 구둣방 주인은 골목길을 서성이던 노인이었다. 마크툽에서는 고개를 쑥 빼내야 구둣방이 간신히 보였지만, 구둣방에서는 마크툽의 출입문이 힘들이지 않아도 훤히 내다보였다.

어른 두 명이 나란히 서면 옴짝달싹 못할 너비에 다섯 걸음만 걸으면 벽을 마주하게 되는 좁다란 점포였다. 간판은 '와우산구둣방'이라고 빨간색 페인트로 투박하게 써 놓은 것이 전부였다. 노인은 부재 시에 휴대전화 번호가 적힌 작은 팻말만 쪽문에 걸어 놓을 뿐 문도 잠그지 않았다. 하지만 내부를 들여다보면 노인의 장인 정신을 엿볼 수 있었는데, 딱 알맞은 위치에 알맞은 도구들이 질서정연하게 놓여 있었고, 손때 묻은 연장들은 반짝반짝 윤이

나게 닦여 있었다.

이 작은 구둣방이 언제 생겨났는지 알고 있는 사람은 동네에서도 거의 없었다. 필요하지 않으면 평소엔 눈에 잘 띄지 않는 상점들이 종종 있는데 옷 수선집이나 철물점, 열쇠집 그리고 구둣방이 그러했다. 그래서인지 필요에 의해 구둣방을 발견한 주민들은 그 구둣방이 동네에서 오래전부터 있어 왔던 것으로 생각할 뿐이었다. 와우산구둣방이란 간판까지 달았는데 그런 착각을 의심할 사람은 거의 없었다.

순영은 공원으로 올라가는 계단 앞에서 준이를 기다리던 중 이 구둣방을 발견했다. 준이가 다니던 유치원이 공원 바로 아래에 있었기 때문에 공원 초입의 계단을 구둣발로 툭툭 건드리거나 어린 아이처럼 오르락내리락하며 담배 한 대를 피우는 것이 준이를 기다리는 순영의 습관이었다.

그러던 어느 날 순영에게 구둣방 간판이 유독 눈에 띄었다. 그동안 본 것도 같고 못 본 것도 같은 점포였다. 찰나였지만 순영의 머릿속에서 마크툽의 간판이 떠올랐다. 안을 들여다보니 머리가 새하얀 노인이 검정 하이힐의 부러진 굽을 망치로 손보고 있었다. 그날 저녁 순영은 신발장 안에 처박혀 있던 가죽 부츠를 꺼내 들고 구둣방을 찾았다. 광목천으로 구두에 광을 내는 것에 몰두하던 노인은 순영이 들어오자 조금 당황하는 기색을 보였다. 노인은 청하지도 않은 커피 한 잔을 타 가지고 와 순영 앞으로 한사코 내밀며 말했다.

"싸구려지만 마셔 봐요. 요즘 나오는 원두커핀가 하는 건 무슨 맛으로 먹는지 모르겠어."

커피 잔을 든 노인의 손이 자연스레 순영의 눈에 띄었다. 까맣게 더께가 앉은 피부는 하얀 금을 그으며 터져 있었다. 노인은 그 손으로 순영의 부츠를 꼼꼼히 살폈다.

"내일 이 시간에 와요."

순영이 인사를 하고 점포를 나가려 하자 노인은 문 앞에까지 따라나섰다. 그러고는 모퉁이 쪽으로 걸어가는 순영의 뒷모습을 한참이나 바라보았다. 노인은 자주 그렇게 모퉁이 쪽으로 시선을 던졌다. 그럴 때마다 동그란 안경 속 노인의 눈이 회색빛으로 몽글거렸다.

비가 내린 후 바람이 차가워졌고, 바람이 차가워진 후 와우산을 그나마 산답게 만든 참나무와 은행나무, 플라타너스가 서로 앞다투어 가며 잎들을 떨어뜨렸다. 구둣방 노인은 구부정한 등으로 빗자루를 들고 젖은 은행잎들을 쓸어 모았다.

그 무렵 와우산로 사람들은 일요일을 맞이해 늦잠을 자거나, 아침 겸 점심을 챙겨 먹거나, 외출 준비를 위해 날씨를 살피고 있었다. 말없이 비질을 하던 노인은 조끼 주머니에서 휴지 뭉텅이를 꺼내어 한 손으로 능숙하게 코를 풀었다. 굳어진 허리를 펴니 온몸이 삐걱댔다. 날씨가 제법 쌀쌀해져 있었다.

노인은 비질을 그만두고 점포 안으로 들어가기 위해 몸을 돌렸다. 그때 골목 끝에 서 있는 마크툽의 여주인이 보였다. 기지개를 켜고 있었다. 노인은 코 푼 휴지 뭉텅이와 빗자루를 손에 든 채 황급히 구둣방 안으로 사라졌다.

와우산로의 절반이 넘는 상점들이 일요일에는 가게 문을 열지 않았지만 마크툽은 예외였다. 점포를 구할 때부터 주거 공간이 딸려 있는 곳을 원했기 때문에 마크툽에는 부엌과 방, 작은 욕실이 딸려 있었다. 비록 술 때문에 문을 열고 닫는 시간이 불규칙하기는 했지만 미자는 하루도 빠짐없이 헌책방 문을 열었다.

정작 일요일에 쉰다고 해도 그녀가 할 일은 별로 없었다. 여행도 좋아하지 않았고, 만나고 싶은 옛 친구도 없었다.

"결혼은 안 해도 좋지만 사람은 만나고 다녀라."

연락이 닿는 유일한 혈육, 오빠의 말이었다. 오빠는 일찌감치 지방으로 내려가 공무원 생활을 하고 있었다. 엄마의 장례를 치른 후 둘은 기일 이외에는 거의 만나지 않았다. 오빠도 미자처럼 혼자였다. 평소 무뚝뚝한 성격에 말수가 없는 것으로는 서로 막상막하였지만 오빠는 결혼만 안 하려 들었지 늘 여자가 옆에 있었다. 미자는 일 년이 멀다 하고 새로운 연애를 하는 오빠의 모습이 마뜩치 않았다. 사람을 받아들이는 것에 겁을 내는 자신과는 전혀 다른 면을 가지고 있었다.

미자는 와우산로 상인들과 손님들을 만나는 것 이외에는 늘 혼자였다. 언젠가 왜 밖으로 나가지 않느냐는 순영의 말에 미자는 이렇게 대답했다.

"여기가 나한테는 여행지고, 고향이고, 놀이터고 그래. 참! 배신하지 않는 애인이기도 하고."

느지막이 문을 열고 나온 미자는 숨을 한껏 크게 들이쉬었다. 공원 초입에서 빗자루를 든 노인이 골목을 청소하는 게 보였다. 미자는 등을 돌린 채 한껏 기지개를 폈다.

세상에단하나 앤티크 숍도 오늘만은 갈색 블라인드를 내린 채 문이 잠겨 있었고, 연애소설도 어젯밤의 불야성에 시달리고 꿈같은 휴식을 맛보고 있었다. 연애소설의 격자무늬 미닫이문을 보니 미자는 며칠 전 다산부동산에서의 일이 생각났다.

이른 저녁을 먹자고 시작했던 다산에서의 술자리는 생각보다 과하게 끝났다. 박 여사는 끝내 미자를 놔주지 않았고, 덩달아 류 선생도 자리에서 일어나지 않았다. 세 병째 소주 뚜껑을 비틀어 따는 순간 순영과 준이가 자리에서 일어섰다. 다섯 병째 소주 뚜껑을 따는 순간엔 기준이 일어섰다. 기준이 일어서자 책 도둑 청년도 따라 일어섰다.

"누님, 얘가 이래 봬도 책을 좋아해요. 방에 책이 천장까지 가득하다니까요."

책 도둑은 형의 자랑이 창피한 것 같았다. 미자는 책 도둑의 얼굴 표정을 놓치지 않았다.

벌겋게 얼굴이 달아오른 박 여사는 잘 알지도 못하는 청년의 손목을 잡아끌었다.

"왜? 벌써 가려고? 자기는 가게 때문에 어쩔 수 없지만 잘생긴 동생은 놓고 가. 제대한 지 얼마 안 됐다며? 얼마나 놀고 싶겠어."

"오늘 알바 한 명이 빠져서 데려가야 돼요. 다음에 또 같이 올게요."

기준은 동생만 잡아끄는 박 여사를 내심 질투하며 야멸차게 거절했다. 류 선생은 연애소설의 형제들이 도망치든 말든 아까부터 묵묵히 술잔만 비웠고, 박 여사와 전 실장은 형제의 뒤통수에 유치한 야유를 보냈다.

"와우산로에서 잘되는 집은 연애소설밖에 없구나! 못생기고 늙은 우리들은 술이나 마시자고!"

미자는 두 내외의 야유에 무심한 척하면서 내심 그들이 가지 않기를 바라는 자신을 발견하고는 스스로가 어색해 탐탁지 않은 기분이 되어 있었다.

다산의 두 내외와 실랑이를 벌이던 형제는 잠시 후 미련 없이 나가 버렸고, 술자리는 갑자기 우중충해졌다. 결국 그날 밤 여섯 병째 소주 뚜껑을 따는 사람은 아무도 없었다.

미자는 커다란 머그컵 위에 드립퍼를 올리고 전기 포트의 스위치를 눌렀다. 책 도둑 청년의 이름은 민기태라고 했다. 민기준, 민기태…… 커피 가루 위에 물을 부으며 미자는 중얼거렸다. 부글거리는 소리라도 들릴 것처럼 가루는 금방 부풀어 올랐고, 이윽고 달콤하면서도 그윽한 향이 수증기를 타고 번져 나갔다.

두 형제의 모습은 얼핏 보면 매끈한 턱 선과 콧대가 닮은 듯도 했지만 또 어떻게 봐서는 전혀 다른 분위기를 풍겼다. 기준은 콧방울과 눈두덩이 좀 더 둥글둥글했고 한눈에 봐도 근육질 몸매에 키도 큰 편이었다. 반면 기태는 아담한 키에 눈두덩도 콧방울도 입매도 형보다 좀 더 가늘고 날카로웠다. 게다가 하얀 피부에 눈꺼풀을 반쯤 내리감은 듯한, 뭔가 있을 것 같은 눈매 때문인지 좀처럼 친해지기 어려운 인상을 풍겼다.

그날 다산에서 미자는 서가를 서성이던 책 도둑의 얼굴을 더 세심히 들여다볼 수 있었다. 사람들과 제대로 눈을 맞추지 못했고, 간혹 힐끔거리는 눈빛은 왠지 모를 경계심 같은 것으로 가득했다.

기준이 블먼알 사람들을 차례차례 소개시킬 때였다. 미자 차례가 되자 기태는 다른 사람들에게는 그나마 보여 주던 실낱같은 눈웃음을 거두고 더욱더 경계하는 눈빛으로 미자를 바라봤다. 아주 잠깐의 마주침이었지만 미자는 기태의 눈을 보며 괜스레 안타까웠다. 안타까울 이유가 하나도 없었지만 마음속에는 미안함마저 감돌았다.

책 도둑에게 미안함이라니 말이 되지 않았다. 냉소적이기로 유명한 마크툽의 여주인은 낯선 감정의 출현을 놓치지 않고 직시했다. 불안했다. 좋지 않은 감정의 향로를 예고하는 듯했기 때문이다.

기준은 동생의 방에 책이 천장까지 쌓여 있다고 말했다. 그 말에 미자는 이렇게 대꾸했다.

"동생이 역사도 좋아해? 특정 시대 실록이라든가."

그녀 말의 뉘앙스를 알아들은 사람은 기태뿐이었다. 마크툽에서 분실된 책 『교양 조선왕조실록』에 대한 추억은 오직 둘만의 것이기 때문이다. 그렇게 말해 놓고 미자는 금세 후회했다. 까칠한 말투는 술에 취하지 않았을 때 나오는 말투였다. 미자는 남은 소주잔을 들이켰다.

기태는 의외로 그런 미자를 아무렇지도 않게 바라봤다. 대담한 눈빛이었다.

"실록이 뭐예요?"

형 기준이 그렇게 반문만 하지 않았어도 미자와 기태의 눈싸움은 용호상박의 지경을 향해 갔을 것이다. 기태는 미자를 향한 형의 반문에 어이없어하며 서둘러 다산을 빠져나갔다.

커피를 마시던 미자는 문득 서랍 속의 휴대용 은제 플라스크를 꺼내 들었다. 그러고는 커피가 든 머그컵에 적당량의 위스키를 따르고 설탕 한 스푼을 첨가해 천천히 휘저었다. 크림을 뺀 뜨거운 아이리시커피는 그녀가 우울할 때 자주 마시는 '음료'였다.

미자는 전에도 이런 감정을 느꼈었다. 많지는 않지만, 십여 년 전 그녀가 연애란 걸 할 수 있었을 때, 그러니까 남자와 사랑이란 감정에 빠지기 직전 미자는 상대에게서 '안타까움' 같은 것을 먼저 느끼곤 했다.

그것은 신체적 긴장감을 동반한 연애 감정과는 다른 매우 당황스러운 느낌이었다. 친구들은 그녀에게 동정이나 연민은 사랑이 아니라고 말했다. 미자도 그렇게 믿으려 했지만 그렇게 믿는 머리와 다르게 마음은 너무도 달랐다. 미자가 사랑을 하는 방식 중 가장 이상한 점은 어떤 안타까움을 느끼게 된 남자한테서 신체적 긴장감을 동반한 연애 감정도 뒤따라 생겨난다는 것이었다.

미자는 고개를 설레설레 젓고는 의자 깊숙이 몸을 묻었다. 생각이 많아지는 건 질색이었다.

책도둑들

페도라 여자와 기태 그리고 은발 노파

거리에는 사람들이 꽤 북적거렸다. 얼마 남지 않은 단풍을 보러 공원에 놀러온 사람들과 아기자기한 소규모 상점들을 구경하러 나온 사람들이 너나 할 것 없이 카메라나 휴대전화를 손에 들고 상점들을 기웃거렸다.

그런 이들 중에는 마크툽의 간판을 사진으로 찍어 가는 사람들도 있었다. 사실 마크툽의 간판은 너무 단조롭고 투박해서 그 때문에 눈에 더 잘 띄는 편이었다. 게다가 마크툽이란 고딕체의 한글과 수수께끼처럼 꼬불거리는 아랍 글자는 묘한 조화를 이루기까지 했다.

미자가 아이리시커피를 다 마셔 갈 때쯤이었다. 검정 페도라를 쓴 여자가 마크툽의 간판을 여러 각도에서 찍어 대기 시작했다. 지나가던 사람들의 이목은 곧 마크툽에 집중되었고, 몇몇이 한껏

번에 몰려들어 일순간 정적을 깨뜨렸다. 미자는 손님이 들어와도 대개는 모른 체 제 할 일을 했다. 방문한 사람들이 부담 없이 둘러 보길 원했기 때문이고, 누군가를 웃는 낯으로 맞이한다는 것은 미자에게 있어서 쉽지 않은 일이었기 때문이다.

남미 대륙에서 활동한 한 혁명가의 평전을 용케도 찾아낸 손님 한 명이 만족스러운 얼굴로 카운터에 책을 올려놓았을 때였다. 잔돈을 건네주려고 고개를 든 미자는 마크툽으로 들어서고 있는 페도라 여자를 발견하고는 순간 멈칫했다. 페도라 여자 옆에 기준의 동생 기태가, 그러니까 책 도둑 청년이 서 있었다.

미자는 최대한 아무렇지도 않은 척 다음 손님을 맞이했다. 아고타 크리스토프의 소설책을 들고 온 여자가 표지에 싸개를 해 줄 것을 요구했다. 마크툽에서는 손님이 요청하면 투명비닐로 싸개 서비스를 해 주고 있었다. 미자 스스로 낸 아이디어였지만 그녀는 손재주가 서툴렀다. 싸개 요청을 하고서도 손님이 답답함을 이기지 못해 그만 됐으니 그냥 가져가겠다고 사양을 할 정도였다.

미자는 비닐을 집어들고 책을 싸기 시작했다. 세 권짜리 시리즈를 모두 데려가는 운 좋은 새 주인은 미자의 느려터진 손놀림을 느긋하게 주시했다. 드디어 마지막 권의 포장이 마무리됐고, 세 권의 책들은 헌책의 본분을 잊고 새 주인의 품에서 반짝반짝 빛을 냈다.

미자는 흘러내린 머리카락을 쓸어 올리며 서가 쪽을 바라봤다. 그림책 서가 쪽에서 검정 페도라가 모자 정수리만 내보이며 서성거렸다. 기태는 자신의 본분이나 되는 양 페도라의 옆을 확고히 지키고 있었다.

손님들이 뜸해지자 미자는 또다시 의자 깊숙이 몸을 묻고 창밖만 내다봤다.

"안녕하세요."

몸을 돌리니 페도라와 기태가 카운터 앞에 서 있었다.

"아, 네. 기준 씨 동생 분……."

"여자친구가 여기에 꼭 들어와 보고 싶었대요."

기태의 말과는 어울리지 않게 페도라 여자는 생뚱한 표정으로 미자를 응시했다. 미자도 의자에서 몸만 돌린 채 페도라와 기태를 '그래서 어쩌란 말이야?' 하는 식으로 무표정하게 번갈아 봤다. 이윽고 페도라의 손이 카운터로 올라왔고, 책 한 권이 놓였다. 카뮈의 『시지프의 신화』였다.

미자는 페도라의 얼굴을 다시 한 번 쳐다봤다. 옷 입은 스타일이나 피부 결을 보니 이십대 초반으로 보였다. 하지만 처음 보는 사람을 향한 경계의 눈빛은 그보다 훨씬 나이가 많아 보이게 했다. 미자는 경쟁이나 하듯 역시나 무표정한 얼굴로 책과 잔돈을 건네주었다. 두 여자 사이의 싸늘한 기운을 느꼈는지 기태는 굳이 하지 않아도 될 말을 주섬주섬 늘어놓았다.

"우리 형이랑 친한 분이야. 나도 여기 자주 오고."

그러자 페도라 여자가 기태의 귀에다 대고 무엇이라 속삭였는데, 가까이 있는 사람은 누구나 들을 수 있을 만한 목소리였다.

"생각보다 책이 많지가 않네."

일순간 미자의 눈 꼬리가 치켜 올라갔다. 여자는 미자의 반응을 확인한 후 바로 뒤돌아서 나가기 시작했다. 여자에게 끌려 나가다시피 하던 기태는 무안했는지 큰 소리로 인사를 건넸다.

"또 올게요."

미자는 아무 말 없이 그들의 뒷모습만 지켜보았다. 그러다 불현듯 생각나는 것이 있었다. 여자의 큼직한 가방, 서둘러 나가는 모습, 기태의 너스레가 스틸사진처럼 미자의 머릿속을 훑고 지나갔다. 미자는 자리에서 벌떡 일어났다. 오늘 팔려 나간 책들은 모두 기억하고 있었다. 미자는 재빨리 서가를 살폈다.

『오즈의 마법사』 팝업북과 『쟁점 유럽현대사』가 보이지 않았다. 모두 하드커버의 두꺼운 책들로 새 책이나 다름없었다.

여자친구까지 동원하다니……. 책 도둑의 새로운 행각에 미자는 얼떨떨한 기분이 되었다. 감시 카메라도 없으니 증명할 길도 없었다. 기준에게 사실대로 말해 볼까 하는 생각도 해 봤지만 아주 잠깐이었다. 오해를 일으킬 소지가 다분한 사건이었다.

그렇다고 증명할 길이 아예 없는 것도 아니었다. 마크툽으로 들어오는 책들엔 모두 도장이 찍혀 있었다. 간판에 있는 것과 똑같은 모양의 아랍 글자였다. 하지만 기태가 사는 곳에 가서 확인해 볼 수도 없는 노릇이었고, 언제 또 올지 모르는 검정 페도라의 가방을 뒤져 볼 수도 없는 노릇이었다.

미자는 이마를 찌푸렸다. 상습적인 게 분명해 보였지만 할 수 있는 일이라곤 아무것도 없었다.

미자는 다시 은제 플라스크를 꺼내 들었다. 급하게 한 모금을 입에 물었던 탓에 콜록거리며 기침이 터져 나왔다. 도통 화를 가라앉힐 수가 없었다. 며칠 전 책 도둑 청년을 잠시라도 안타까워했던 자신이 바보 같았다. 그들은 일말의 긴장하는 기색도 없었나.

정말로 책이 읽고 싶어서 절박한 마음으로 훔친 것이 아니었다. 매미를 잡아 실로 묶어 놓고 날개를 뜯어 버리는 아이들처럼 그저 재미만을 위한 것이었다. 아무리 생각해도 방법은 하나였다. 범인들이 다시 찾아오길 바라는 수밖에.

생각해 보니 기태는 알고 있을지도 몰랐다. 자신의 절도 행각을 이미 책 방 여주인이 눈치 챘으리라는 걸. 다산에서 나눈 그들의 대화와 눈싸움이 그것을 증명했다. 미자는 주먹을 꼭 쥐었다. 아끼는 책들만 훔쳐 간 그들의 안목이 더욱 얄미웠다. 다음엔 꼭 현장을 잡아야 했다.

마크툽을 연 뒤로 책을 훔치는 사람들은 생각보다 많았다. 그들 대부분이 다시는 오지 않는 뜨내기들이었다. 그들 중에는 흠집이 너무 많아 아무도 사 갈 것 같지 않은 허름한 책들은 돈을 주고 사면서도 새 것이나 다름없는 책들은 제목도 안 보고 일단 가방 속에 넣고 보는 이들도 있었다. 또 판권을 확인하고는 너무 오래전에 출판되어 더 이상 판본을 찾아볼 수 없을 것 같은 책들만 골라서 훔치는 사람도 있었다.

미자는 책 도둑들 중 언뜻 칠십은 넘어 보이던, 하얗게 센 단발

머리를 곱게 귀에 꽂은 노파를 잊을 수가 없었다. 책을 슬쩍하는 행동이 너무 굼떠 모른 체하려야 모른 체할 수 없는 할머니였다.

미자는 책이 없어졌다는 사실을 대부분 나중에서야 알았다. 그제야 서둘러 언제 누가 왔는지를 연상해 보았다. 그러면 답이 나왔다. 그렇게 없어지는 책들에 대해 미자는 미련을 두지 않았다. '마크툽'의 신조에 어긋나는 일이기도 했고, 대부분 다시 오지 않는 사람들이었기 때문에 그런 것도 있었다.

하지만 너무 표 나게 굼뜨던 은발의 노파는 이틀이 멀다 하고 마크툽을 방문했다. 미자는 조용히 다가가서 노파의 낡은 갈색 핸드백을 가리키며 이렇게 속삭였다.

"할머니, 그 책까지만요."

갑작스러운 목소리에 놀랐는지 노파는 사레 들린 것처럼 마른 기침을 해댔다.

"응? 아, 이거? 이거 여기 거야? 내가 들고 온 책인 줄 알았는데?"

은발의 노파는 그렇게 말하며 책을 제자리에 가져다 놓았다. 그 모습이 정말 자연스러워 말문이 막힐 정도였다.

책을 제자리에 가져다 놓은 할머니는 역시나 굼뜬 걸음으로 마크툽을 빠져나갔다. 뒷모습은 좀 전의 일을 완전히 망각한 듯 여유로워 보였다. 미자는 잠시 망설였다. 그러고는 서가에 꽂힌 책을 다시 빼 들고 급히 할머니의 뒤를 따라갔다. 그 책은 노인의 나이만큼 연륜이 들어 보이는 책이었다. 표지에는 『두시언해 연구』

라고 적혀 있었다.

"이건 제가 선물하는 거예요."

책을 건네자 할머니는 또다시 너무나 자연스러운 태도로 책을 받아들었다.

"선물? 아, 선물! 고마워, 처자."

할머니는 흘러내린 머리 몇 가닥을 조심스레 잡아 귀에 꽂더니 다시 굼뜬 걸음을 걷기 시작했다. 은발의 노파는 그 뒤로 한두 번인가 더 찾아왔고, 지난해부터는 발길이 없었다.

어느덧 저녁 어스름이 지고 있었다. 아직 초저녁이었지만 행인들은 보이지 않고 겨울을 알리는 늦가을의 바람만 차갑게 거리를 감쌌다. 홀짝거리던 플라스크를 내려놓고 미자는 바람을 쐬기 위해 밖으로 나왔다. 이쯤 해서 문을 닫고 방구석에 처박혀 일찍 자고 싶었다.

모퉁이를 서성이자 어느새 가로등이 켜졌다. 미자는 이내가 깔리고 있는 하늘을 올려다보았다. 휘잉 하고 한 줄기 바람이 그녀의 귓가를 스쳤다. 어디선가 부스럭거리며 낙엽 굴러가는 소리도 들렸다. 할머니는 왜 안 오실까. 미자는 단발머리 책 도둑 노파를 떠올렸다. 문득 공원 쪽으로 고개를 돌리니 아직 불이 훤한 구둣방이 보였다.

미자는 꽤 오랜 시간 초저녁의 풍광을 감상하다 한기를 느끼며 몸을 떨었다. 오늘 행차한 페도라와 기태는 마크툽의 책 도둑들치고 어떤 위험이 느껴졌다. 귀엽게 봐줄 수 없는, 어떤 냉소와 우울

같은 것을 그들의 눈빛에서 읽을 수 있었다.

혼자 산 지 오래된 여자의 직감은 원치 않아도 들어맞아 버리는 경우가 많았다. 미자는 카디건 앞자락을 한 손으로 꼭 여민 채 간판의 전원을 내렸다. 무뚝뚝한 고딕체 글씨가 몇 번 깜박이더니 곧 어둠 속에 묻혀 들었다.

블먼알1

헌책에는 예전 주인의 추억과 정령과 부적 같은 게 존재해

"자, 오늘은 작품 제목을 맞추는 거예요. 장르는 수필이고, 외국 작품입니다. 작가는 내내 일상에서 느끼는 슬픔을 얘기합니다."

현식의 퀴즈는 이런 식이었다. 책의 한 구절을 읊거나 스무고개 식으로 책에 관한 정보를 나열해 책 제목이나 주인공 이름, 저자 등을 맞게 했다. 누군가 정답을 맞히면 현식이 준비한 소정의 선물을 받을 수 있었다. 상품은 주로 그가 다니는 회사에서 가져온 신간이거나 책과 관련된 소품 같은 거였다.

"그게 다야? 뭐야 그게?"

문제가 끝나기도 전에 다산부동산의 전 실장이 인상을 찌푸렸다. 답이 쉽게 나올 것 같지 않았다.

"힌트를 더 드리자면 여러분이 중고등학생 때 한 번쯤 읽었을 법한 좀 오래된 수필이에요. 학창시절을 떠올려 보세요. 그때 어

떤 수필들이 유행했는지. 음, 또 하나의 힌트는 저자가 독일 사람이라는 거! 여기까지입니다."

핀잔에도 불구하고 현식은 기분이 좋은 듯 목소리가 명랑했다. 삼십대 초반의 그는 근무하고 있는 출판사에서 꽤 실력 있는 편집자였다. 그가 기획한 것 중에는 제목만 말해도 알 만한 베스트셀러가 몇 권 있었다. 주로 비문학 쪽의 책이었지만 그는 무엇보다 문학을 좋아했다. 게다가 분야를 망라해 잡다한 지식을 자랑하는 편이어서 텔레비전 퀴즈쇼의 본심까지 오른 전적도 있었다.

그가 미자와 순영만 있었던 블먼알의 문을 첫 타자로 두드리지 않았다면 와우산로의 친목 모임은 어쩌면 없었을 것이다.

현식의 퀴즈는 술 마시는 것을 좋아해 모인 사람들에게는 꽤 어려운 편이었다. 평소 책 읽을 시간도 없이 먹고살기에 바쁘기만 한 소상인들은 현식의 갑작스러운 퀴즈에 처음엔 무척 당황했었다.

술을 좋아한다는 공통점만 있었지 책에 대한 이야기는 현식과 미자를 제외하곤 대부분 생뚱맞게 여기는 대화 소재였다. 하지만 곧 책에 대한 퀴즈와 술자리의 결합에 대해 흥미를 느끼기 시작했다. 재미를 부추긴 데는 현식이 들고 오는 상품들이 큰 몫을 차지했다.

또한 헌책방 마크툽의 공간에서 책에 대해 수다를 떠는 일은 자연스러운 일이라 스스로들을 부추겼고, 각박한 일상에서 그나마 '교양'과 '방탕'이 함께 어우러지는 모임을 갖게 된 것을 행운으로 여겼다.

이번 주 블먼알 퀴즈의 상품은 오 년 동안 잠적했다가 다시 불현듯 나타난 프랑스 작가의 신작 소설이었다. 미생물과 곤충을 소재로 작품을 쓰던 작가는 이번엔 원소 기호에 기질을 부여해 의인화한 『탄소의 변주』라는 작품을 써 냈다.

"형은 만날 그렇게 어렵게 낸다니까. 나 그 책 꼭 읽고 싶었단 말이야. 그냥 주면 안 돼? 나 같은 무식쟁이는 어떡하라고."

기준의 애교 섞인 목소리에 류 선생도 맥주잔을 벌컥거리다 부랴부랴 합류했다.

"자네 퀴즈는 문학만 편애하는 경향이 있어. 생물학 전공에 수족관까지 운영하는 내가 오늘 상품에는 딱 맞지. 정답자 없으면 나 줘야 해."

마크툽의 올리브색 소파에 둘러앉은 블먼알 회원 중 순영과 박 여사만이 원소 기호를 의인화한 소설에 흥미를 느끼지 못하고 있었다.

"그럼 원소 기호가 말도 하고 연애도 하겠네? 좀 유치하다. 근데 학생 때 읽은 수필이 한두 개여야지. 그러지 말고 힌트 좀 더 줘 봐."

박 여사는 푸념을 늘어놓았고, 순영은 기억의 공간을 더듬느라 허공을 향해 눈만 부릅뜨고 있었다.

"난 아는데……."

오프너로 맥주병의 뚜껑을 따면서 미자는 좌중의 눈치를 살폈다. 지난 주 퀴즈도 미자가 맞힌 터라 미안한 구석이 있었다.

"누나는 알 것 같더라."

현식이 김빠진 표정을 지었다. 모두들 눈을 동그랗게 뜬 채 미자를 지켜봤다. 입가의 맥주 거품을 닦던 미자는 시선을 의식하고는 머뭇거리다 입을 열었다.

"그거잖아. 안톤 슈낙 거."

잠시 침묵이 흘렀다. 현식을 제외하고는 모두들 감이 잡히지 않았다.

"안톤 슈낙이 누구야?"

"이름은 들어 본 것 같은데.『독일인의 사랑』지은 사람인가?"

"아니, 그 사람은 막스 뮐러고. 안톤 슈낙의『우리를 슬프게 하는 것들』맞지?"

미자의 물음에 모두 현식을 바라봤다. 현식은 비죽 웃으며 고개를 끄덕였다.

"그런 수필도 다 있어요?"

기준이 신기한 듯 물었다.

"응. 우리를 슬프게 하는 것들이란 주제로 패러디도 많이 했는데, 기준 씨 처음 들어?"

기준은 들어 본 것도 같고, 생전 처음 들은 것도 같아 아무 말도 할 수가 없었다. 미자가 술을 마시면 잘난 체하려는 경향이 있다는 것도 알고 있었다. 기준은 씁쓸한 표정으로 술잔을 들었다. 막 취기가 오르던 미자는 그런 기준을 전혀 신경 쓰지 않는 눈치였다.

"뭐가 슬픈 건지도 모르면서 슬플 때 있잖아. 아주 어렸을 때부터 그랬는데 그 수필을 읽고서 공감 가는 게 많더라고. 그래서 즐겨 훑어보곤 했어."

"미자는 조숙하기도 했네. 나도 읽은 기억이 이제야 난다. 아마 고등학생 때일걸."

학생 때의 기억이 엊그제처럼 선명한데, 박 여사는 책에 대해서만은 기억이 가물가물했다.

"맞아, 언니가 좀 멜랑콜리한 책들을 좋아하긴 해."

오징어 다리를 우물거리며 순영이 거들었다.

"여기에도 그 책 있어요?"

기준의 말에 미자는 생각할 것도 없다는 듯 일어났다. 그러고는 단번에 세 번째 서가의 두 번째 줄에서 책을 찾아내었다.

"오천 원이야."

"아, 아니, 산다는 건 아니었는데."

"사 가. 정서 함양에 좋아. 연애하는 데도 도움될 거야."

미자의 느닷없는 판매 행위에 책을 받아 든 기준은 당황하여 뒷주머니를 더듬었다.

"그런데 헌책이 왜 이렇게 비싸요? 요즘 저 장사도 안 돼 죽겠어요."

"연애소설에 기준 씨 보러 온 여자 손님들만 해도 만날 바글거리던데 무슨 엄살이야."

순영이 히죽거렸다.

누렇게 빛바랜 문고판 책은 딱 기준의 손바닥만 한 크기였다. 표지엔 물방울무늬가 볼록렌즈처럼 흩뿌려 있고 비에 젖은 낙엽 한 장이 제목 아래에 놓여 있었다. 기준은 이리저리 살펴보다가 가격과 출간 년도를 보고는 코웃음을 쳤다.

"누님, 여기 값 2,000원이라고 써 있잖아요. 그리고 이거 초판이 1974년도에 나왔네. 나보다 아홉 살이나 더 많아, 얘가. 형님도 왕형님뻘이네. 이건 또 뭐야? 빨간 볼펜으로 줄까지 죽죽 그어져 있고!"

"더 받았음 받았지, 난 헌책이라고 무조건 싸게 안 팔아. 뭐 대충 반값에 주지만 기준 씨는 돈 많이 버는 사장님이니까 그 정도는 내야 인생 말년이 좋아."

"말년은 무슨 말년이요. 에이, 기분이다. 연애에 도움 안 되기만 해 봐요."

기준은 피식 웃으며 못 이기겠다는 듯 오천 원짜리 지폐를 건넸다. 미자는 그것을 재빨리 가로채 호주머니에 쑤셔 넣었다.

오늘따라 맥주 맛이 좋다고 미자는 생각했다. 근육을 이완시켜 주는 술기운이 녹녹하고 고마웠다. 이런 날 미자는 어느 때보다 말이 많아졌다.

"헌책이 새 책보다 훨씬 값어치 있지. 자긴 지금 누군가의 양식이자 보물이었던 걸 우연하게 얻은 거야. 새 책은 그냥 새 책 이상도 이하도 아니지만, 헌책에는 예전 주인의 추억과 정령과 부적 같은 게 존재한다고."

감성이 충만한 얼굴로 미자는 '추억과 정령과 부적'을 발음할 때 비장한 햄릿이 독백을 하는 것처럼 말했다.

　연극대사 같은 미자의 말에 모두가 못 말리겠다는 듯 깔깔거리며 웃었다. 단, 류 선생만이 신비로운 동물을 마주 대하고 있는 것처럼 진지한 얼굴로 미자를 응시했다. 저 여자는 자신을 속이고 있어. 천성이 밝은 여자에게 많은 어두운 일들이 일어났군. 류는 생각했다. 진심으로 웃고 있지 않는 미자의 눈 때문이었다. 술을 마시고 있는 그녀의 눈은 술을 마시지 않았을 때보다 늘 더 슬퍼 보였다.

　"추억은 알겠는데, 정령은 뭐고, 부적은 또 뭐예요?"

　솔직히 기준은 미자의 현학적 표현을 조롱하고 싶었다. 하지만 분위기상 어색한 웃음만 흘렸다.

　기준의 물음에 미자는 잠시 침묵하더니 찰랑거리는 맥주 한 잔을 다 들이켰다. 그리고 밀려 나오는 트림을 참으며 이렇게 말했다.

　"동물을 예로 든다면, 스토리가 있는 동물들이 더 사랑스럽고 소중하게 여겨지는 거나 마찬가지야. 쇼윈도에 진열되어 있는, 막 찍어낸 인형처럼 예쁜 강아지들보다 사람의 정을 잊지 못하는 병약하고 못생긴 길 잃은 개에게 마음이 더 가는 것처럼. 물론 안 그런 사람도 있겠지만, 뭐 거기까지 언급하고 싶진 않고. 책도 마찬가지라고 생각해."

　"나는 알겠다. 미자 씨가 무슨 말 하는지."

전 실장이 감명 깊은 얼굴로 동의했다. 기준은 더욱 답답해졌다. 미자는 기준의 마뜩찮은 얼굴을 흘끗 보더니 다시 말을 이었다.

"정령은 책을 처음 소유했던 사람의 에너지나 기운 아닐까? 자신도 모르게 전 주인의 기운이나 어떤 에너지 같은 걸 느끼고는 우연찮은 발견을 하는 거지. 헌책방에 와서 기분 좋게 나가는 사람들 말이야. 자기에게 딱 맞는 책이라고 생각하는데, 아마도 어떤 기운이 작용하는 거라고 나는 생각해. 부적은 빨간 볼펜으로 친 밑줄처럼 뭔가를 암시하는 거고. 지금 그 책처럼. 밑줄은 해독하기 나름이지 뭐."

미자의 조금 길다 싶은 설명을 들은 사람들은 고개를 끄덕이거나 좀 전의 류처럼 신비한 동물을 대하듯 미자를 바라봤다. 그중 박 여사는 호들갑스러운 목소리로 이렇게 말했다.

"미자는 역시 술을 마셔야 해. 말을 저렇게 잘하는데 평소에 좀 그러면 안 되니?"

기준은 여전히 마뜩찮게 여겼지만 좀 전보다는 이해하겠다는 표정을 지으려고 노력했다.

"그럼 내가 산 이 책의 부적을 한번 읽어 볼까요."

일일이 책장을 넘기며 기준은 빨간 볼펜으로 밑줄이 그어진 구절들을 띄엄띄엄 어눌하게 읽어 나갔다. 읽다가 이해가 안 된다는 듯이 신음 소리를 내기도 했고, 공감한다는 감탄사를 연발하기도 했으며, 절대로 공감하지 못하겠다는 구절은 중간에 끊고는 휘리릭 책장을 넘겨 다른 밑줄을 읽었다.

"'정원의 한모퉁이에서 발견된 작은 새의 시체 위에 초가을의 따사로운 햇빛이 떨어져 있을 때. 대체로 가을은 우리를 슬프게 한다.' 그렇지. 남자의 계절 가을이니까 나도 쓸쓸하긴 해."

"'가을비는 쓸쓸히 내리는데 사랑하는 이의 발길은 끊어져 거의 한 주일이나 혼자 있게 될 때.' 가을에 비까지 내리고 손님들 발길 끊어지면 정말 슬프지."

"'바이올린의 G현?' 들어 본 적이 있어야지. '산길에 흩어져 있는 비둘기의 깃.' 이건 별로 안 슬픈데…… . '무성한 나뭇가지 위로 내려앉는 하얀 눈송이?' 보기 좋기만 한데 뭐가 슬프다는 거야?"

기준은 여기까지 읽고는 책을 덮으려 했다. 그때 순영이 재촉했다.

"뭐야? 나는 울컥거리는데. 더 읽어 봐."

"바다는 차갑고 낯설고, 내가 이해하기에는 너무나 거대하게 보였을 뿐이었다. 바닷속에야말로 지상의 노폐물들이, 영원한 밤과 영원한 죽음이 잠들어 있는 듯이…… ."

기준의 낭독이 이어졌고, 그 때문에 사람들은 한때의 추억에 잠겼다.

미자는 떠나간 아버지에게 욕설을 퍼붓는 엄마를 일상의 풍경으로 보게 될 즈음을 떠올렸다. 엄마의 독설은 입에 담지 못할 저주의 수준에 가까웠지만, 어느 순간 미자는 그런 엄마가 몹시도 슬퍼 보이기 시작했다. 어린 미자가 늙은 엄마를 막 품기 시작하던 때였다.

순영도 울 것 같은 얼굴로 담배 하나를 빼어 물고 밖으로 나갔다. 미자는 순영의 뒷모습을 걱정스러운 눈으로 좇았다. 어느 날인가 술에 취한 순영이 독한 담배 연기 사이로 내뱉은 말이 생각났다. 언니, 나 이혼한 거 전남편이 바람나서야. 상상도 하지 못했어. 그럴 거라고는…… 아주 예쁜 여자야. 아주 얌전해 보이는…… 그땐 그 여자의 사랑이 남편을 향한 내 것보다 강했던 것 같아. 언니, 그런데 문제가 뭔지 알아? 난 아직도 미련이 가득하다는 거야. 순영은 그렇게 말하며 피식 헛웃음을 웃었었다.

"무슨 일 있었어요?"

지금껏 조용하던 현식이 순영을 턱짓으로 가리키며 어두운 얼굴로 물었다. 미자는 말없이 고개만 가로저었다. 어느새 기준도 책을 덮고 있었다.

"예상대로 마크툽 누님이 맞혔으니 이번 주 상품은 나 사장님에게로 돌아갑니다. 벌써 베스트셀러에 진입한 책이에요. 저 같은 책 만드는 사람도 살아야 하니까 새 책 너무 미워하지 마십시오."

현식이 『탄소의 변주』를 미자에게 안겼다. 오백 쪽은 될 것 같은 볼륨에 홀로그램 기법까지 동원한 표지가 제법 매력 있었다.

책을 건네고 나서 현식은 잠시 생각에 빠진 듯 깊은 눈매를 했다. 그는 대부분 진지했다. 곱슬기 없는 생머리에 비쩍 마른 몸, 그리고 백구십 센티에 가까운 큰 키의 소유자였다. 그가 진지함에 빠져들 때면 그 효과를 배가시키는 외모였다. 무릎에 올린 그의 깍지 낀 기다란 손가락은 어떤 지적이고 의미 있는 문제를 고민하고 있다는 것을 뜻했다.

"헌책의 가치에 대한 미자 누나 말에 동감해요. 요즘은 마케팅에도 스토리텔링이 필요한 시대니까요. 다들 이야기에 굶주려 있죠. 이야기가 신비하고 인간적일수록 제품이 히트 칠 가능성이 많고요."

"그건 그래. 하지만 그래서 거짓말쟁이들도 많아졌지."

팔십 년대 초 밴드를 결성한 적이 있다는 다산의 전 실장이 박 여사의 동의를 구하며 말했다. 박 여사는 조용히 남편의 손을 잡는 것으로 지지를 표했다.

"전 실장님 말이 맞아요. 거짓말들이 너무 난무하죠. 거짓말이랑 참말을 어떻게 구분해야 하는지도 분간이 잘 안 되고요. 사실 책을 만들 때도 알맹이에 비해 홍보나 포장이 과하죠. 저 같은 경우는 책 만드는 일에 어떤 사명감 같은 것을 느꼈었어요. 꽤 순수했죠. 포장 같은 거 하지 않아도, 좋은 책은 팔릴 거라 생각했으니까요."

현식은 여기까지 말하며 수줍게 웃었다. 그는 이야기 중에도 창밖의 순영을 계속해서 흘깃거렸다.

"책장사도 장사니까 이윤을 추구하는 게 당연하죠. 어쩔 수 없는 일이에요. 처음에는 그런 거에 반감 같은 게 있었지만 시간이 지나니까 제가 아주 당연하게 여기고 있더라고요. 과하게 포장하고 얘기를 입히는 것에도 좀 지쳤고요. 그래서 요즘 고민이에요. 슬럼프 같기도 하고."

체념한 듯한 표정이 되어 현식이 일어섰다. 담배를 피우기 위해서였다. 마크툽은 음주 공간은 될 수 있어도 끽연 공간은 될 수 없었다.

"현식 씨 진지할 때는 말도 못 걸겠다니까."

박 여사가 밖에 있는 현식을 곁눈질하며 재미있어했다.

현식이 나간 뒤로 무거운 주제의 얘기들이 오고 갔다. 문화 사업에 대한 국가의 지원이 좀 더 확대되어야 한다, 이윤 추구가 죄악은 아니지만 사람이 아닌 돈이 돈을 버는 것은 결국 정말 돈밖에 안 남게 된다 등의 푸념이었다.

"연애소설도 문화적 주점이에요. 사람들의 스트레스 해소에 이바지하잖아요. 그게 얼마나 큰 거예요. 기왕 생각난 김에 문화적 주점이라고 아이콘을 하나 만들까? 출판사나 신문사가 아니라 연애소설 같은 건전한 술집에 국가적 차원에서 면세나 지원 혜택 같은 게 주어져야 한다니까요."

어느 때보다 진지한 기준의 말이 농담인지 진담인지를 생각하느라 좌중은 잠시 조용해졌다. 그러다가 그렇게 말하기 시작하면 수족관도 대중의 정서 함양에 막대한 영향을 끼친다고 류 선생이 받아쳤고, 기준의 말에 어쩔 줄 몰라 하던 다산의 두 내외도 킬킬거리며 이렇게 말했다.

"공인중개사도 포함시켜야지. 주거 문화에 따른 정서 함양의 차이가 얼마나 크다고!"

담배를 다 피운 순영과 현식이 갑자기 밝아진 분위기에 어리둥절한 표정으로 들어왔다.

"뭐가 그렇게 재밌어요?"

순영이 배를 부여잡고 웃고 있는 박 여사에게 물었다.

"누가 국민들의 정서 함양에 제일 이바지하는지에 대해 얘기했어."

박 여사가 숨을 헐떡거리는 사이 현식은 편의점에서 사온 맥주와 안주를 테이블에 새롭게 늘어놓았다.

"다음 모임 땐 동생도 데려와야겠어요. 지금 가게에서 일하고 있는데, 입이 댓 발은 나왔을 거예요. 그놈도 술이랑 책이라면 사족을 못 쓰거든요. 게다가 이렇게 지적이고 해박한 분들한테 배울 것도 많을 거 같고요."

기준은 일일이 좌중을 가리켰다. 그 모습에 순영은 몹시도 부끄러워했다.

"아유, 나는 아니야. 나는 빼 줘. 그냥 골초에 술고래에, 한 번 갔다 온 한물간 사람일 뿐이야. 적어도 나한테서 배울 건 없을 거야."

순영의 눈꼬리가 술기운에 한껏 축 처져 있었다. 그런데도 순영은 자꾸만 히죽거렸다. 그리고 말할 때마다 팔꿈치로 현식의 옆구리를 찌르며 민망함을 감추려 했다. 현식은 순영의 그런 모습을 웃음기 없는 얼굴로 쳐다보았다.

"혹시 자네 동생 와우고등학교 출신 아닌가?"

류 선생이 오랜만에 입을 열었다. 불콰하게 달아오른 얼굴이었다.

"네. 거기 졸업하고 바로 군대 갔다 온 거예요."

"역시 그랬군. 오륙 년 전쯤에 나도 거기에 있었는데, 얼굴이 낯이 익어서. 자네 동생은 젊으니 기억력도 좋을 테고 나를 분명히 기억할 텐데 아는 체를 안 하더군."

류는 누가 들어도 기분이 상한 투로 이야기했다. 과묵한 그는 술을 마시면 직설적인 말로 사람들을 곤혹스럽게 하는 재주가 있었다.

기준은 자리에 없는 동생을 대신해 재빨리 사과했다. 그 모습에서 술 취한 손님들을 대하는 노련한 자세가 느껴졌다.

"아니, 걔가 그럴 리가 없는데…… 제대한 지 얼마 되지 않아서 그런지 애가 좀 멍해진 것도 같고, 아직 적응이 잘 안 되나 봐요. 선생님, 제가 대신 사과드릴게요. 가서 야단치겠습니다."

"그럴 필요까지 없어. 요즘 애들이 다 그렇지 뭐."

깍듯한 사과에 머쓱해진 류가 기준을 제지했다.

반면 류를 생각하는 기준의 속마음은 말과는 사뭇 달랐다. 기준은 류가 이런 식의 말로 가끔 분위기를 깨곤 한다는 것을 잘 알고 있었다. 생물 교사로 재직했던 학교를 그만두게 된 이유가 불미스러운 일 때문이란 말도 있었다.

기준이 보기에 류는 없는 문제도 일부러 만들어 낼 것 같은 인물이었다. 짜증이 일었지만 손윗사람에게 표시를 낼 수는 없었다. 기준은 다시 한 번 사과하고 슬며시 가게 핑계를 대며 자리에서 일어섰다.

류와 기준이 그렇게 아슬아슬한 분위기를 만들어 내고 있을 때 미자는 지난 일주일을 떠올리고 있었다. 직접 가르친 제자라고 했다. 오륙 년이 흐른 지금 아직 스물둘밖에 안 된 기태가 류를 기억 못할 리가 없었다. 사람 얼굴을 잘 기억 못하는 안면인식장애라는 질환이 있다지만, 그런 것이 아니라면 졸업한 지 얼마 되지도 않은 학교의 교사를 몰라본다는 건 다분히 의도적인 모른 체임이 분명했다. 미자는 기태가 생각보다 훨씬 버릇없고 제멋대로일 거라고 짐작했다.

지난 일주일 동안 제멋대로인 청춘은 마크툽에 두 번이나 또 들렀다. 전보다 좀 더 여유로운 몸짓으로 책들을 살폈고 책을 훔치기까지의 시간도 이전보다 길어졌다. 물론 두 번 다 책을 훔쳐 갔다.

미자는 아무도 몰래 기태를 감시했다. 언뜻 보기에 그녀는 카운터 뒤에 앉아 새로 들어온 책들을 정리하는 듯했다. 하지만 카디건 소맷부리 안에는 기다란 손잡이가 달린 작은 손거울이 숨겨져 있었다. 미자는 조심스레 소맷부리 밖으로 거울을 뺐다가 넣었다가 하며 기태의 일거수일투족을 지켜봤다. 마치 사설탐정이 된 것 같은 기분이었다.

기태가 화요일 날 훔친 책은 토마스 만의 소설집이었다. 이상했다. 현장을 잡아야 하는데 미자의 몸이 움직이지 않았다. 뭐라고 외치고 싶었지만 나오는 말들은 몇 번이나 목구멍 속으로 도로 기어 들어갔다.

만약 인터넷 서점의 판매 순위에서 상위권을 다투던 베스트셀러를 슬쩍한 거라면 미자는 어떻게 해서든 기태를 제지하기 위해 앞으로 나섰을 것이다. 그런데 하필 만의 소설집이라니……

미자는 그 소설집에서 인상 깊게 보았던 작품 하나를 떠올렸다.

노쇠한 작곡가가 어느 날 신적 아름다움을 지닌 미소년을 만난다. 그의 절대적 미를 사랑하게 된 작곡가는 결국 베니스의 한 해변에서 죽음을 맞이한다.

내용은 대충 이렇게 간단했다. 하지만 미자는 소설을 읽으며 가슴 한켠이 아려 오는 것을 느꼈었다. 예술과 창작에 지친 노쇠한 예술가의 어찌 보면 퇴폐적일지 모르는 소아애적이고 관음증적인 짝사랑을 안타깝게 공감했기 때문이었다. 미자는 그런 생각들을 한꺼번에 떠올리며 기태가 유유히 사라지는 것을 멀끔히 바라만 볼 뿐이었다.

금요일에 기태가 가져간 책은 두 권이었다. 그는 들어서자마자 인사를 건네더니 성큼성큼 인문 서가 쪽으로 향했다. 기태의 말끔한 얼굴을 보며 미자는 또다시 소설 속의 미소년을 떠올렸다. 그리고 소설 속 노쇠한 예술가처럼 그의 하는 양을 지켜보았다.

미자는 독서할 때만 쓰는 직사각형의 검은 뿔테안경을 쓰고 소설 서가의 먼지를 털어 내는 척했다. 안경 속 두 눈은 햇볕을 등지고 선 그의 그림자를 좇아 바삐 움직였다. 기태는 신중한 독자처럼 여러 권의 책들을 매만지고 살펴봤다. 책 도둑일 뿐이야. 미자는 속으로 자꾸만 읊조렸다.

책 도둑이 훔친 두 권의 책은 『한반도 생태보고서』와 『정신분석 입문』이었다. 웬만해선 사람들이 손도 대지 않는 책들이었다. 뿌연 먼지를 얹고 있었을 게 분명했다.

이번에도 미자는 현장을 잡을 생각은 하지 못했다. 엉뚱하게도 인문 서가의 먼지를 자주 털어 내지 못한 것을 자책할 뿐이었다. 그러는 사이 기태는 또다시 가볍게 인사를 건네고 유유히 마크툽을 빠져나갔다.

미자는 기태가 훔쳐 간 책들의 제목을 떠올려 봤다. 역사, 그림, 소설, 과학, 심리학에 이르기까지 다양한 분야였다. 특별한 관심이나 소양이 없으면 찾지 않을 그런 책들이었다.

미자는 책 도둑이 돌아가고 나서야 멍청하고 추한 모습으로 방관만 한 자기 모습에 화가 나기 시작했다. 결국 미자는 카운터로 돌아와 서랍을 열었다. 그러고는 휴대용 은제 플라스크 대신 두통약을 꺼내 들었다. 수수께끼 같은 책 도둑의 행각은 몇 년 전 완치된 줄 알았던 미자의 편두통을 고통스럽게도 재발시켰다.

형제

처음 훔친 책 『나의 라임오렌지나무』

무심코 펼친 책장에는 강박 노이로제에 대해 써 있었다.

"강박 노이로제는 다음의 증상을 보인다. 환자는 사실상 아무 관심도 없는 생각으로 머릿속이 꽉 차 있어 자신과는 전혀 관련이 없는 충동을 느낀다. 그런 충동적 행동을 해 봐야 아무런 기쁨을 느끼지도 못하면서 급기야는 행위를 그만둘 수 없는 상황에 몰리고 만다."

기태는 딱 그 단락까지만 읽고 꽤 무게가 나가는 책을 침대 위에 아무렇게나 던져 놓았다. 표지에는 '정신분석입문'이라고 쓰여 있었다. 읽어도 무슨 소린지 도통 모를 말이었다. 그 아줌마는 알까, 갑자기 궁금해졌다. 서부영화에나 나올 법한 술통을 가지고 있는 여자. 기태는 제법 그럴듯한 은제 술통을 아무 부끄럼 없이 대낮부터 홀짝이던 미자를 떠올렸다.

'동생이 역사도 좋아해? 특정 시대 실록이라든가.'

여자는 형에게 그렇게 물었었다. 목격당한 게 틀림없었다. 그렇지 않고서는 형의 동생 자랑에 그렇게 구체적인 질문을 할 리가 없었다.

기태는 다르게 생각하려고도 해 봤다. 이제껏 직접 얘기하지 않은 것으로 봐서는 그냥 지레짐작일 수도 있었다. 게다가 형이랑 잘 알고 지내는 사이니, 설령 목격당한 게 틀림없다고 해도 자기에 대해 함부로 떠들고 다닐 것 같지는 않았다.

기태는 한쪽 벽면을 가득 메우다시피 한 모던한 느낌의 철제 책장을 기분 좋게 바라봤다. 미켈란젤로의 벽화라도 감상하는 듯한 눈빛을 하고는 벽에 비스듬히 기댄 채였다. 한쪽 손으로는 부드럽게 자신의 턱을 쓰다듬었다.

다양한 서체의 활자들을 이고 있는 책등은 잭슨 폴록의 물감 흩뿌리기처럼 아무렇게나 흩어져 있는 듯했지만, 한눈에 바라보는 전체의 모습은 정교한 퍼즐을 연상시키는 하나의 거대한 현대미술 작품처럼 보였다.

초등학교 때부터였다. 화가 나고 슬플 때 기분 전환용으로 슬쩍한 것들이 대부분이었다. 기태는 책 이외의 물건들에는 손도 대지 않았다. 오로지 책만이 그가 훔치기에 뿌듯한 것들이었다.

기태는 주로 제목을 보고 책을 훔쳤다. 현학적이거나 간소한 음절로 의미가 딱 떨어지는 제목들을 보면 '갖고 싶다.'란 생각부터 들었다. 그런 제목의 타이포그래피를 보고 있자면 우울한 마음이 한결 밝아지는 것을 느꼈다.

정확하고, 간결하고, 안전하고, 튼튼한 보호막으로 둘러싸인 느낌이랄까.

기태의 집에선 느낄 수 없는 것들이었다. 불안하고, 숨죽이고, 갑작스럽고, 답답한 느낌. 그것이 집에서 느낀 전부였다.

손이 가는 제목 부류가 하나 더 있었는데, 그건 말랑말랑하고, 부드럽고, 따뜻하고, 포근한 느낌의 것들이었다. 『나의 라임오렌지나무』 같은 제목이 그 부류인데, 역시 집에서는 느낄 수 없는 것들이었다. 바짝 긴장하다가도 한없이 늘어지고 내쳐지는 것들의 연속이었으니까.

기태는 짙은 남색 표지의 책을 빼 들었다. 성근 잎을 매달고 있는 키 작은 나무와 역시 키 작고 평범한, 조금은 못생긴 한 소년이 그려져 있었다. 오학년 때였다. 친구 집에서 몰래 데려온 이 책이 그와 아무 조건도 없이 친구가 되어 준 첫 책이었다.

그날은 몹시도 추운 일요일이었다. 장갑과 모자가 있어서 다행이었다. 내복 같은 것은 챙겨 줘야 입었지만, 콧물이 얼 정도로 몹시 추운 날에는 어린 그도 장갑과 모자쯤은 스스로 챙겨 나갈 수 있는 것들이었다. 물론 그의 집에 내복 같은 것을 챙겨 주는 사람은 없었다. 우울증과 강박신경증 환자로 진단받은 엄마는 대부분 약에 취해 있었고, 열렬한 교회 신자인 아빠는 세상에서 예수님과 엄마만 추운 줄 아는 사람이었다.

"석이가 자기 집에서 숙제 같이 하자는데."

기태는 문턱 앞에 서서 꼬르륵대는 배를 움켜잡으며 말했다. 걸음마를 할 때부터 다닌 교회는 주말의 아침잠까지 모두 빼앗아 간 지 오래였다.

온 가족이 교회에 다녀왔더니 점심때가 훨씬 지난 시각이었다. 아빠와 교회 신자들 간의 '수다'가 길어졌기 때문이었다.

반면 엄마는 예배가 끝났지만 일어날 생각을 하지 못했다. 언뜻 십자가를 쳐다보고 있는 것 같았지만, 기력과 무기력의 싸움이 엄마의 육체에서 일어나고 있었고, 무기력이 좀 더 우세한 상황일 뿐이었다.

기준과 기태는 그런 엄마 옆에 마냥 앉아 있었다. 아빠가 빨리 수다를 끝내고 집으로 데려가 주기만을 순한 양처럼 기다리는 중이었다. 잠시 후 아빠가 엄마를 부축하고 나섰다. 그리고 순한 양들에게 이렇게 말했다.

"여름 수련회 신청해 놨다."

형제는 집까지 오는 동안 어깨를 축 늘어뜨렸다. 방학 동안 집을 떠나 있는 것은 좋았지만 연극 대사를 외우고 기도를 하는 일은 생각만 해도 끔찍했다. 의견도 묻지 않고 이미 결정해 버린 일이었다. 형제에게 있어서 그런 종류의 부당함은 아무리 해도 익숙해지지 않았다.

"오늘이 무슨 날인지 모르는 거야?"

엄마가 침대에 눕는 것을 돕던 아빠는 안방을 마주보고 서 있는 기태에게 소리쳤다. 무슨 날이지? 갑자기 맥박이 빨라졌다.

기태는 필사적으로 기억의 창고를 헤집었다. 잡히는 것은 아무것도 없었다. 성탄절도, 설날도 아니었다. 꼬르륵. 기태의 배가 또 요동쳤다. 아빠가 화를 내면 끝장이다. 기태는 배고픔보다 아빠에게 매 맞을 일이 걱정되기 시작했다. 효자손, 플라스틱 자, 나무 옷걸이, 빗자루, 심지어 리모콘까지 아빠는 길쭉하고 두툼하게 생긴 것이면 뭐든 회초리로 활용했다. '사랑의 매'가 없었다면 아빠는 교회가 운영하는 고아원에 형제를 맡겼을지도 모른다. 진심으로 그 편이 더 나을 거라고 생각했을 게 분명했다.

기태가 물음에 바로 대답을 못하자 아빠의 눈이 부릅떠졌다. 기태는 슬슬 뒷걸음질치기 시작했다. 형은 자기 방에서 독서를 가장해 만화책을 읽고 있었다. 형이라도 옆에 있었으면 귀띔이라도 해줬을 텐데, 옆에 없는 형까지 야속했다.

"네 엄마 생일도 몰라? 이놈 봐라!"

기태는 갈등에 휩싸였다. 엄마 생일을 잊은 것이 미안하기도 했지만 이대로 집에 있기도 싫었다. 아빠는 엄마가 편히 쉬어야 한다고 텔레비전도 못 보게 했다. 아마도 찬송가만 하루 종일 들어야 할 게 뻔했다.

"그냥 놔둬요."

엄마이 맥없는 목소리가 안방에서 흘러나왔다. 기태는 엄마의 말을 듣고 벌써 신발을 꿰어 신는 중이었다. 엄마 생일 같은 거 모른 체하고 싶었다. 어차피 아빠만 좋아할 날이었다. 기태의 손은 이미 현관문 손잡이를 돌리고 있었고, 아빠는 그새를 놓치지 않고 달려 나왔다. 손에는 효자손이 들려 있었다. 아빠가 제일 즐겨 드는 매질 도구였다.

"한동안 회초리를 안 들었더니, 이 녀석이!"

검은 입을 벌린 효자손이 현관문을 내리쳤다. 기태는 '진심으로' 신변의 위태로움을 느꼈다.

석이네 집에선 텔레비전을 마음껏 보는 게 가능했다. 게다가 실물과 똑같아 보이는 장난감 총은 물론이고 자유자재로 변신을 하는 로봇과 작은 병사 인형들이 형제가 없는 석이만의 방에서 각양각색의 포즈를 취하고 있었다.

"안녕하세요."

기태가 눈치를 보며 들어서자 석이와 석이 엄마는 조르르 기태 앞으로 다가왔다. 마치 이 세상에서 가장 소중한 손님이 찾아온 것처럼 활짝 웃는 표정으로. 석이네 집에선 찬송가 같은 건 듣지 않아도 됐고, 회초리 같은 건 찾아볼 수도 없었다. 올 때마다 자꾸만 양말을 물어뜯는 치와와만 아니라면 기태에겐 천국 같은 곳이었다.

책도 얼마나 많은지 만화책과 그림책, 학습에 필요한 책들이 종류별로 분류되어 책장에 꽂혀 있었다.

"너네 아빠는 만화책 보면 혼 안 내?"

기태는 만화책 몇 권을 빼내어 훑어봤다.

"당연히 뭐라 하지. 그런데 화는 안 내셔. 만화만 보면 나중에 긴 글 읽는데 문제가 생긴다고 요즘엔 소설책을 추천해 주셔. 이런 책 같은……."

석이가 내민 책 표지에는 남색 바탕에 성근 나뭇잎을 가진 키 작은 나무와 못생긴 소년이 그려져 있었다.

기태는 그 자리에 앉아 『나의 라임오렌지나무』를 읽기 시작했다. 석이 엄마가 해 주신 맛있는 김치부침개를 먹으면서. 책장에 벌건 기름칠을 해도 뭐라 하는 사람은 아무도 없었다.

한창 읽어나가고 있던 도중 기태는 자기도 모르게 눈물을 훔치고 있다는 사실을 깨달았다. 뽀르뚜가 아저씨가 기차에 치어 죽었다. 어찌나 슬프던지 엉엉 소리를 내고 싶을 정도였다. 그 모습을 본 석이는 처음엔 사내 녀석이 눈물을 짠다며 놀려 댔지만, 실은 자기도 펑펑 울었다며 금세 기태의 마음에 동조해 왔다. 하지만 기태에게 석이의 목소리는 들리지도 않았다.

밍기뉴, 잘려 버린 나의 라임오렌지나무. 기태는 그루터기만 남은 밍기뉴 앞에 실제로 서 있는 것만 같았다.

"이 책 우리들이 읽기에 너무 슬픈 거 아냐?"

기태의 말에 석이가 고개를 끄덕였다.

"그렇지만 아빠가 슬퍼하는 마음을 가질 줄 알아야 한댔어. 무슨 말인지는 잘 모르겠지만 그래야 사람들이 서로 잘 살아갈 수 있댔어."

석이의 아빠가 한 말이 무슨 뜻인지는 기태도 알 수 없었다. 그것보다 아빠가 해 준 말을 그대로 따라 하는 석이 녀석이 마냥 부럽기만 하였다.

석이는 뽀르뚜가 같은 아빠에 밍기뉴 같은 엄마를 가졌다고도 생각했다. 집에 돌아가면 손바닥이든 종아리든 맞을 일만 남은 자기 인생이 한없이 처량해졌다. 엄마는 아빠를 말릴 힘도 없겠지. 넋 놓고 지켜보거나 상황이 종료된 후 간신히 머리 한 번 쓰다듬을 뿐이겠지.

기태는 아빠도 아빠였지만 엄마도 미웠다. 엄마는 마음이 아프다고 했다. 마음이 아프면 눈물만 나오던데 엄마는 달랐다.

엄마는 한 가지 사소한 일에 집착하다 못해 지쳐 나가떨어지곤 했다. 아빠는 그런 엄마를 극진하게 돌봤고, 교회에도 더 열성으로 다녔다. 엄마를 향한 아빠의 사랑은 결혼 전부터 소문난 것이었다. 돈 버는 것밖에 모르던 아빠는 도자기를 빚는 엄마를 보고 첫눈에 반했다고 하였다. 하지만 아빠는 아이들까지 사랑할 수 있는 사람은 아니었다.

"네들이 하나둘 태어나고 엄마 병이 더 심해졌어!"

아빠는 그렇게 말하며 실제로도 원망하는 눈빛으로 형제들을 바라봤다. 그 영향 때문인지 일곱 살 차이나 나는 형 기준도 동생이 말썽을 피우면 이렇게 말하며 겁을 줬다.

"네가 태어나기 전에도 엄마가 동생을 임신한 적이 있었는데 병 때문에 아빠가 못 낳게 했대. 할머니가 고모한테 얘기하는 걸 들었어. 그게 무슨 말인지 알아? 너도 태어나지 못할 뻔한 거야!"

기태는 그때 뒤통수를 얻어맞은 것 같은 충격을 느꼈다. 때린 사람도 없는데 머리가 어질어질했다.

나도 태어나지 못할 뻔했다니, 왠지 모르게 몸이 움츠러들었고 팔에 소름이 돋았다. 그리고 미안했다. 누구에게 미안해해야 하는지도 잘 몰랐지만 자신이 실수로 잘못 태어난 것만 같았다.

그날 밤 기태는 악몽을 꿨다. 각종 귀신과 도깨비들이 나타나 자기를 데리고 어둠 속으로 사라져 버리는 꿈이었다.

형 기준은 엄마의 우울과 강박이 얼마나 심각한지 알고 있었다. 자기가 태어나고서 병이 처음 발생했다는 것도 함께 알고 있었다. 기준이 동생에게 잔인한 말을 한 것은 자신의 죄책감을 동생 탓으로 돌리고 싶었기 때문이었다.

"너 어제 저녁에 봤어?"

중학생인 기준이 동생에게 물었다. 형의 표정은 심드렁하기도 하고 못마땅하기도 했다.

"뭘?"

어린 기태는 구구단을 외우고 있었다.

"어젯밤에 오줌 누러 나갔는데 엄마가 베란다 창문 앞에서 서성이고 있었어. 그런데 한잠 자고 일어나 다시 나가 봤더니 그때까지 안절부절 못하고 있는 거야. 내가 왜 그러냐고 물어봤더니 엄마가 뭐라는 줄 알아?"

"뭐라는데?"

기태는 또다시 소름이 돋는 것을 느끼며 겁에 질려 되물었다.

"문이 잠긴 건지 안 잠긴 건지 자꾸 헛갈려서……. 이거 잠겨 있는 거 맞지?"

엄마의 특유의 나른한 목소리를 흉내 내며 기준은 귀신처럼 두 손을 앞으로 뻗어 기태의 눈앞에서 흔들었다. 어린 기태는 그만 울음을 터뜨리고 말았다.

베란다 창문은 분명 잠겨 있었다. 형 기준은 그때 엄마의 병이 어떤 것인지를 깨달았다. 한 살 한 살 더 먹어 갈수록 죄책감은 더해 갔고, 그럴수록 동생한테 짜증을 부리는 일도 늘어 갔다.

한때 엄마는 직접 작업실을 내어 접시나 컵 같은 생활 도자기 들을 만들었었다. 엄마는 일을 끝마치고 돌아오면 어린 기준과 아직 아기인 기태에게 흙으로 빚고 구운 작은 인형들을 내밀곤 했다. 그것들은 강아지나 토끼 같은 동물들이었다. 엄마의 병은 그때까지만 해도 일상생활을 누리지 못할 만큼 심각한 것은 아니었다.

그런 엄마가 해가 갈수록 점점 더 이상해지기 시작했다. 누군가 침입해 들어올 것 같다며 여름에도 창문을 꼭꼭 닫고 지내야 했다. 작업실에 가기 위해 물건을 챙기는 일도 한 시간이 넘게 걸렸다. 집안 살림은 자로 잰 듯 놓여 있어야 했고, 틈만 나면 아이들을 씻기려 했다. 기태가 초등학교에 들어갈 때쯤에는 엄마는 더 이상 작업실에 나가지 못했다. 몇 차례 정신병동에 입원과 퇴원을 반복하던 엄마는 지금까지 주기적으로 약을 먹어야 했고, 아빠와 교회에 더욱 의존했다.

그날, 석이네 집에서 기태는 최초의 일탈을 시행했다.

기태는 석이가 자리를 비우기를 기다리며 만화책에 관심을 보이는 척했다. 드디어 석이가 화장실에 가기 위해 방을 나섰다. 기태는 그때를 놓치지 않고 『나의 라임오렌지나무』를 자신의 두터운 점퍼 속으로 집어넣었다. 워낙 많은 책들이 바닥에 어지럽혀져 있었기 때문에 남색 표지의 자그마한 그 책은 사라진 흔적도 없었다.

회초리를 맞을 각오를 하고 집에 오는 길, 기태는 이상하게 겁이 나지 않았다. 새로운 아빠와 엄마가 생긴 것처럼 품 안이 따뜻했다.

어린 기태는 추위 속에서 사시나무처럼 떨면서도 휘파람까지 불고 있었다.

"류 사장이 너 안다는데?"

"⋯⋯."

"너네 고등학교 선생님 아니었어?"

"⋯⋯아는 척해야 해?"

"그럼 너네 학교 선생이었다는 게 맞단 말이야? 그럼 당연히 아는 척해야지. 새끼, 버릇없는 게 자랑이냐? 류 사장한테 꼭 사과해. 못 알아봤다고."

"……."

구입할 물건들을 종이에 적어 나가던 기준이 동생을 쏘아봤다. 기태는 바닥 청소를 하고 있었다. 말하는 내내 무표정한 얼굴로 별 말을 하지 않았다. 요즘 들어 집에 들어가지 않는 횟수가 늘고 있었다. 어젯밤에도 혼자 살고 있는 형의 집을 찾았다. 기준은 한숨을 쉬며 말했다.

"다시 공부 시작해라. 너 제대하면 공부 시작한다고 했잖아."

"싫어."

짧고, 명확하고, 간결한 대답이었다.

"너 나처럼 될래? 장사가 얼마나 어려운 일인지 알아?"

"……."

아직 스물둘밖에 되지 않았다. 지금이라도 동생이 다시 공부를 시작했으면 좋겠다고 생각했다. 서른을 목전에 둔 기준은 갓 제대한 동생의 앞날이 걱정됐다. 장사는 결코 쉬운 일이 아니었다. 집을 나와서는 밑바닥부터 시작하여 돈을 모았다. 그리고 이러다가는 끝내 자기 가게는 갖지 못하겠다는 생각에 가까스로 빚을 내연애소설을 열었다.

아버지와는 연을 끊다시피 한 상태였다. 고등학교 때부터 시작된 수차례의 가출은 엄격한 아버지를 실망시키고도 남았다. 그럴수록 아버지는 동생에게 더욱 많은 기대를 했다. 자신의 몫까지였다.

기준은 그런 동생을 볼 때마다 괜스레 미안했다. 터울이 많이 지는 동생을 놀려 먹은 기억밖에 없었다. 형이라고 챙겨 준 것도 없었고 모범이 될 만한 행동을 보여준 적도 없었다. 사춘기에 접어들어서는 자기 자신도 제어하기가 힘들었다.

다행히 기준은 스물 후반에 자기 가게를 열고서 철이 들었다. 일단 기반을 잡았다는 안도감이 주변 상황을 돌아보게 했다. 동생이 눈앞에 보이기 시작한 것도 그때부터였다.

자기 말에 들은 척도 하지 않는 동생을 뒤로하고 기준은 담배 한 대를 피워 물었다. 요즘 매일 출몰하다시피 하는 S대 신입생 여자아이가 몇몇의 또래와 함께 오고 있는 것이 보였다. 가게 오픈 시간에 정확히 맞춰 오는 귀한 고객이었다. 반가워야 할 개시 손님이지만 기분이 그리 좋지만은 않았다. 갓 성인이 된 아이들은 눈치 없고 수다스러웠다. 기준은 그런 점이 딱 질색이었다. 사실은 자신을 보러 온다는 것을 기준도 알고 있었다. 아니면, 기태인가. 기준은 잠시 헛갈렸지만 동생을 보러 오는 거라면 더욱 반갑지 않다고 생각했다.

기준이 사회로 나갈 무렵 동생에게도 질풍의 시기가 찾아왔다. 그 애 말에 따르면 중학교 이학년 때 동급생과 첫 키스를 했고, 고등학교 일학년 때 가출을 했다. 자신과 똑같은 때에 똑같은 경험을 한 것이었다. 그리고 고등학교를 졸업한 그해 군대에 갔고, 지금은 형의 가게에서 밑바닥부터 일하려 하고 있었다. 비슷한 과정을 겪고 있는 동생에게 기준은 더욱 마음이 쓰였다.

생각해 보니 동생은 자기와 다른 점도 많았다. 동생의 가출은 단 한 번으로 그쳤다. 이후 아버지가 주는 스트레스를 고스란히 받으며 집에서만 생활해 왔다. 무엇보다 동생은 책을 좋아했다. 용돈을 아껴 모조리 책을 사는 것 같았다. 그 애가 읽는 책을 생각하면 성적이 안 나오는 게 신기할 정도였다.

기준과 동생은 여자를 보는 눈도 달랐다. 동생은 무모할 정도로 성격이 화끈하고 정열적인 여자애들을 좋아했다. 고등학교 때 딱 한 번 집을 나간 이유도 여자 때문이었다. 여자가 태워 주는 모터사이클을 타고 집을 나간 녀석은 또래 중 동생 하나뿐일 게 확실했다.

기태는 폭주족 여자친구와 일주일간 전국을 돌아다녔다. 딱 한 번이라지만 일탈도 좀 큰 일탈이었다. 교통사고가 아니었다면 끝내 돌아오지 않았을 수도 있었다. 그 사고로 기태는 갈비뼈만 부러졌지만 여자는 머리를 크게 다쳤다 했다. 기준은 그 후의 상황이 어떻게 됐는지는 전혀 듣지 못했다. 동생이 아버지에게 죽지 않을 만큼 얻어맞았고, 숨 막히게 하는 감시 속에서 살았다는 것 말고는.

반면 기준 자신은 이제껏 사랑에 빠져 본 적이 없었다. 여자는 그저 놀이 상대 이상도 이하도 아니었다. 만나는 여자들은 거의 대부분 허영덩어리였다. 자기 생각이라곤 없는 멍청한 로봇들 같았다.

사귀는 여자가 지겨워지면 모진 말로 떠나보냈다. 단칼에 베는 것이 깔끔하고도 손쉽게 이별할 수 있는 방법이었다. 가끔 말이 통하는 머리 좋고 소신 있는 여자들과도 사귀었지만 그런 여자애들은 기준과 오래 사귀려 하지 않았다.

마치 먹이사슬처럼, 괜찮은 여자애들은 기준을 걷어찼고, 기준은 허영덩어리들을 걷어찼다.

뭐 어쨌든 기준은 자신이 외로워지려면 아직도 한참 멀었다고 공공연히 자부했다. 하지만 동생은 달랐다. 그 애의 눈은 언제나 외로워 보였다. 늘 텅 빈 것처럼 공허한 눈빛을 하고 다녔다. 그런 눈일수록 여자들을 조심해야 한다고 기준은 생각해 오던 터였다.

S대 신입생 여자애는 수줍어하는 기색도 없이 교태 넘치는 인사를 건네 왔다. 기준은 생기 넘치는 여대생들을 넉살 좋은 웃음으로 맞이하고는, 이미 짧아져 있는 꽁초를 마지막으로 깊게 빨았다. 바닥에 아무렇게나 던져진 꽁초에서 허연 연기가 길게 올라왔고, 연애소설엔 최신 유행하는 팝이 스피커가 터질듯 울려 퍼졌다. 창가에 자리를 잡은 여자애들은 적정한 수순이라도 밟는 듯 기준과 기태를 번갈아 훔쳐보며 자기들끼리 키득거리기 시작했다.

며칠 전 기태는 재희라는 여자애를 가게로 데려왔었다. 기준은 동생의 여자를 가소롭다는 표정으로 쳐다봤다. 자신이 생각해도 너무 노골적으로 싫어하는 표정을 짓고 있었다. 꼭 이렇게 말하는 것 같았다.

'너 같은 여자애들은 내가 잘 알지.'

동생의 교통사고가 머릿속을 스쳤다. 재희란 여자애는 첫인상만으로 많은 것을 말했다. 결코 평범하지 않은 얼굴이었다.

기준은 알고 있었다. 동생이 사랑을 하기 시작하면 너무 깊게 빠져 버린다는 것을. 동생의 나이에는 그저 즐겨야 했다. 의미를 부여하고 감정을 쏟아부을수록 상처만 남는 게 동생의 나이 때였다.

기준은 동생의 여자를 머리부터 발끝까지 유심히 지켜봤다. 그러고는 이렇게 중얼거렸다.

'지나치게 예뻐.'

맞는 표현인지는 모르겠지만 뛰어난 외모는 연예인이 아니고서는 사는 데 그리 좋지만은 않았다. 기준의 경험으로는 지나치게 예쁜 여자들은 평범하지가 않았다.

게다가 여자의 눈빛에는 자신을 저울질하는 사람에 대한 강한 거부감이 숨김없이 드러나 있었다. 아마 본인은 모르고 있을 게 분명했다. 거부감을 숨기려고 어색한 미소를 짓고 있었지만 흔들리는 동공만큼은 거짓말을 못했다.

동생의 여자는 과하게 당당했다. 붙임성이 있었지만 거침없이 나아가는 말투는 그녀의 나이에 어울리지 않았고, 상대가 누구든 주눅이 들게 하는 이상한 기운이 있었다. 아마 반반한 미모로부터 나오는 자신감이겠지. 기준은 그렇게 생각했다.

여자는 동생과 술을 마시는 내내 몸가짐을 흐트러뜨리지도 않았다. 게다가 거부감이 드러나던 눈빛도 나중에는 묘하게 변해 있었다. 마치 드러내 놓고 싫은 내색을 하는 기준에게 여자로서 도전장을 내미는 것 같았다.

기태에게 재희는 그야말로 특별했다. S대 여자애들과는 차원이 달랐다. 기태는 주문받은 감자크로켓과 맥주를 조심스럽게 그녀들 앞에 내려놓았다. 깔깔거리던 여자애들은 기태가 다가오자 순식간에 입을 다물었다. 그리고 그가 뒤돌아서자마자 다시 시시덕거렸다.

실없는 웃음소리. 기태는 아직 초등학생 티도 못 벗은 것 같은 여자애들을 속으로나마 실컷 조롱했다. 인형을 안고 다니지 않는 것이 신기할 정도로 유치한 대화에 유치한 옷, 유치한 취미를 갖고 있는 애들이었다.

이들에 비하면 재희는 그리스 신화 속 여신이었다. 그녀에게서는 우아함, 섹시함, 순수함이 동시에 느껴졌다. 뚜렷한 말씨와 세련된 옷차림, 숨기려 해도 어쩔 수 없이 배어나오는 도도함은 물론이고, 갓 수확한 포도로 만든 풋내 나는 와인처럼 거칠고 떫은 매력 때문에 그녀에게 익숙해지기란 쉽지 않았다.

기태는 재희와의 첫 만남을 떠올려 봤다. 그것만으로도 정신이 아득해지는 것 같았다.

"나랑 취향이 비슷하네!"

시내 대형 서점의 출입문을 막 빠져나오고 있을 때 누군가 기태의 어깨를 두드렸다. 뒤를 돌아보니 아이스블루 빛 스키니진에 하얀 셔츠를 받쳐 입은 여자가 아는 사람이라도 만난 듯 반가운 표정을 짓고 있었다.

"네?"

기태는 여자를 보자마자 약한 현기증을 느꼈다. 허리까지 내려오는 긴 생머리의 여자는 기태의 반응이 재미있는지 고개를 비스듬히 한 채 활짝 웃고 있었다. 그때 기태는 냉동실에서 나오는 것 같은 하얀 냉기를 여자의 몸에서 고스란히 느꼈다. 과장을 더하자면, 오랜 세월 인간의 눈에 띄지 않았다가 어느 날 우연히 발견된 것 같은 빙하, 그 자체로 느껴졌다. 누가 보더라도 한 번쯤은 뒤돌아 다시 눈여겨볼 만큼 아름다운 외모에 신비로운 분위기를 동시에 지닌 희귀한 여자였다.

"나랑 취향이 비슷하다고."

활짝 웃는 그녀의 보조개에서 시원한 샘물이 넘쳐흘렀다. 그녀는 자신의 커다란 가방 안에서 책 한권을 빼 들어 기태의 눈높이에서 흔들었다.

『블러드 앤드 해븐』

기태도 알고 있는 소설이었다. 연쇄살인범이 연쇄살인범을 사랑하며 벌어지는 일들이 잔혹하게 묘사되면서도 '구원'에 대한 물음을 던지는, 스릴러 마니아라면 다 알 법한 유명한 작품이었다. 그리고 방금 기태가 갓 훔쳐낸 따끈한 '장물'이기도 했다.

"……."

기태는 그녀가 뿜어 내는 실체 모를 하얀 기운에 철저히 냉각

되었다. 입도 눈꺼풀도 껌벅할 수 없었다.

"난 조재희야. 내 또래일 거 같은데."

그녀가 손을 내밀었다.

그녀의 말처럼 재희는 기태와 나이가 같았다. 그것을 어떻게 알아맞혔는지는 끝내 가르쳐 주지 않았지만 재희는 서점에서 줄곧 기태를 주시했다. 기태는 이런 사실을 눈치 채지 못했다. 두 남녀 연쇄살인범의 이야기인 『블러드 앤드 해븐』처럼 두 남녀 책 도둑의 만남은 그렇게 시작되었다.

둘의 첫 만남은 고압 전류가 흐르는 전봇대에 번개가 내리친 것처럼 강한 스파크를 일으켰다. 스파크는 둘 안에 내재된 무언가를 끄집어냈고, 그것은 지금까지 만난 사람들과의 그 어떤 교류보다 강하게 그 둘을 접합시켰다.

기태의 입장에서 둘의 접합 지점에 재희의 미모나 육체, 신비한 미소, 샘물이 솟아나올 것 같은 보조개가 있지는 않았다. 시내의 대형 서점에서 그녀가 자신과 같은 책을 훔친 그날 이후로 기태는 그녀의 깊은 곳에서 터지지 못하고 부글거리며 불쾌한 기분을 조장하고 있는 거품들을 보았다.

거품은 기태의 창자 속에도 존재했다. 기태는 그런 자신을 숨기지 못했지만 재희는 자신과 다르게 가면을 쓰고 벗는 데 능숙해 보였다. 그런 재희와 있으면 기태는 묘한 보호 본능이 생겼다. 그녀가 가진 거품들이 커다란 소리를 내며 터지면 그녀도 함께 사라질 것 같은 위태로움이 느껴지기 때문이었다. 그것 역시 자신에게서 느끼는 위태로움과 동질의 것이었다.

S대 여자애들은 두 시간 정도 수다를 떨더니 다시 우르르 거리로 몰려나갔다. 잠시 한가한 틈을 타 밖으로 나온 기태는 어느새 와우산로에 내려앉은 코발트 빛 어둠과 마주했다.

낯선 이방인처럼 스멀대며 몰려오는 어둠은 연애소설에서 얼마 떨어져 있지 않은 마크툽에도 내려앉아 있었다. 조명이 들어온 간판 아래, 원하는 책을 찾느라 서가 사이로 머리를 내밀고 있는 사람들이 언뜻언뜻 보였다.

은제 술통 아줌마는 뭘 하고 있을까. 기태는 갑자기 미자가 궁금했다. 담배 연기를 내뿜으며 마크툽의 카운터 쪽을 살폈다. 그때였다. 의도하지 않게 기태와 미자의 눈이 마주쳤다.

미자는 먼지떨이를 든 채 팔짱을 끼고 유리 문 앞에 서 있었다. 그녀는 당황스러움을 감추고 짐짓 놀라지 않은 척 아무렇지도 않은 표정을 지었다. 누군가 그런 미자를 자세히 봤다면 눈 아래 근육이 미세하게 떨리는 것을 발견했을 것이다.

미자는 떨리는 근육이 느껴지자 눈 부위에 더 힘을 줬다. 꼭 도깨비처럼 험악해 보였다. 그래서인지 좀 더 화들짝 놀란 건 기태 쪽이었다. 그는 담배꽁초를 길바닥에 내던지고 재빨리 연애소설로 들어갔다. 얼굴이 화끈거렸다.

"저 여자 꼭 절간의 늙은 개 같아."

재희와 마크툽에 갔던 날이었다. 그림책이 꽂힌 서가에서 재희는 기태에게 귓속말로 미자의 인상에 대해 험담을 했다. 웃음이 터져 나왔다. 너무 심한 평가여서 이맛살이 찌푸려지긴 했지만 꼭 맞는 이미지였다. 기태가 본 마크툽의 여주인은 늘 술에 절어 늘어져 있었다.

생각해 보니 꼭 술 때문만도 아닌 것 같았다. 슬로비디오 같은 몸짓은 아주 오래전에 이미 몸에 밴 듯도 했다. 게다가 화난 사람처럼 웃지도 않고 무표정일 때가 대부분이었다. 느릿한 단답형의 말투도 참으로 특이했다.

재희와는 모든 게 정반대의 느낌이었다. 여주인은 까칠한 성격이었지만 삶이 위태로워 보이거나 불안정해 보이지도 않았다. 그보다는 바람이 불면 나뭇잎이 흔들리는 것처럼 하는 행동들이 자연스럽고 태평해 보였다. 무엇을 체념해 버린 사람의 염세적인 모습으로 보일 수도 있었지만……, 기태는 여기까지 생각했다. 별로 깊게 생각하고 싶지 않았다. 그랬다가는 자신이 책을 훔친다는 사실을 알지도 모르는 헌책방 여주인에게 미안한 감정이 생길 것 같아서였다.

기태는 가게 안에서도 몇 차례 힐끗 마크툽 쪽을 바라보곤 했다. 푸른 이내를 배경으로 간판에 적힌 아랍 글자들이 한없이 꼬불거려 보였다. 여자는 서가 사이를 어슬렁거리며 먼지떨이를 휘두르는 중이었다. 마치 느린 바이올린 선율에 맞춰 지휘를 하는 것처럼…….

기태는 그런 평화로움이 어색했다. 아니 어색하기보다는 부러웠다. 아니 부럽다기보다는 가지지 못할 어떤 성정이라고 생각했다. 그리고 다시 화가 났다. 깊이를 알지 못하는 뱃속 저 구석에서 부글부글 거품이 일어났다.

한편 미자는 기태와 눈을 마주친 후 어지러운 마음으로 서가 사이를 오락가락했다. 마침 라디오에서는 그녀가 좋아하던 옛 발라드 노래들이 흘러나왔고 마음은 곧 평정을 되찾았다. 기태는 페도라 여자와 다시 왔었다. 이번에도 책을 사 간 사람은 페도라였다. 헨리 데이비드 소로의 『월든』이었다.

'네들은 『월든』 같은 고전을 읽을 자격이 없어!'

생각 같아선 그들의 죄를 낱낱이 고하며 가방에 몰래 넣었을 책들을 확인하고 싶었지만 미자는 상상 속에서만 소리치고 있었다. 페도라 옆에 바짝 붙어 있는 기태가 미자를 뚫어져라 바라보고 있었기 때문이었다.

그들이 나가고 미자는 용의자들이 서성거린 곳의 흔적을 추적했다. 꽤 오랜 세월 사랑받고 있는 일본 작가의 소설책 두 권이 보이지 않았다. 공수해 온 지 일주일밖에 안 되는 것들이었다. 미자는 뒷목을 잡았다. 이대로 당할 수만은 없었다.

블먼알2

『코스모스』와 비에 젖은 강아지 또는 못된 뿔이 돋은 들개

오렌지주스와 보드카를 2대 1로 섞은 스크루드라이버가 일곱 개의 칵테일 잔에 나란히 담겼다. 연애소설의 기준이 블먼알에 동생을 입회시키는 기념으로 양손에 한 병씩 들고 온 보드카였다. 하지만 정작 자신은 바쁜 가게 일에 한 모금도 마시지 못하고 동생만 남겨놓은 채 아쉬운 얼굴로 돌아가야 했다. 형의 뒷모습을 뻘쭘하게 지켜보던 기태는 제법 얌전한 모습으로 회원들 사이에 앉아 있었다.

미자는 급한 대로 비스킷과 딸기잼, 크림치즈를 안주로 늘어놓았다. 류 선생은 주스와 섞어 먹는 술을 마시느니 그냥 강소주를 마시는 편이 낫겠다고 투덜댔지만 모두의 제지를 받고 조용해졌다.

남자보다는 여자들이 더 환영하는 분위기였다. 달콤 쌉싸름한

맛에 홀짝거리며 들이키기에 좋은 술이 탁자 위에 놓여 있었고, 블먼알 역사상 최연소의 미남자가 자기들 앞에 다소곳이 앉아 있었기 때문이었다.

"이게 '레이디 킬러'라고도 부르는 칵테일이야. 여자들이 맛있어서 야금야금 먹다가 언제 취한지도 모르게 취해 버린다지. 소주만 찾지 말고 류 선생도 잘 써먹어 봐."

다산의 전 실장이 미자를 한 번 힐끗 쳐다보더니 류에게 싱거운 농을 던졌다. 다행히 미자는 전 실장의 눈길을 느끼지 못했다. 류는 진지한 얼굴로 맛을 음미하더니 고개를 갸우뚱했다. 과연 이 술로 미자를 취하게 할 수 있을지 의문이었다. 그것보다 미자를 취하게 해서 뭘 어째야 하는 건지 도통 생각이 떠오르지 않았다.

"그런데 이 술 이름이 무슨 드라이버라고? 공구 이름이랑 똑같네."

담배라면 궐련에서부터 파이프 담배, 시가, 물담배, 씹는담배까지 꿰고 있는 순영이 현식에게 물었다.

"스크루드라이버요. 나사 돌릴 때 쓰는 공구 이름 맞아요. 중동에 파견된 미국 기술자들이 보드카랑 오렌지주스를 섞어 마신 데서 유래한 거예요. 그 사람들이 일은 힘들지 그래서 술은 마셔야겠는데, 이슬람교 금주정책 때문에 눈치가 보이잖아요. 그래서 몰래 마시기 위해 오렌지주스 캔에다 보드카를 넣고는 늘 갖고 다니는 작업 공구로 휘저어 마신 거예요. 주스를 마시는 것처럼 하면서 실상은 술을 마신 거죠."

"현식 씨는 별걸 다 알아."

다산의 박 여사가 잔에 든 노란 알코올을 바라보며 애교 섞인 목소리를 냈다.

"노곤한 몸뚱어리를 위로해 줄 건 너밖에 없구나!"

박 여사의 말에 빙그레 미소 짓던 현식이 미자에게 물었다.

"누나, 혹시 〈라스베이거스를 떠나며〉란 영화 봤어요?"

"술이란 술은 다 나오는 영화지. 소주만 빼고. 심지어 수영장 안에서도 맥주를 마시잖아. 천국이지."

미자의 대답에 순영이 킬킬거렸다.

"언니가 그 영화 얼마나 좋아하는데. 내가 그 영화 때문에 휴대용 은제 술통까지 사다 바쳤다는 거 아냐."

"그 영화에서 남자 주인공이 술에서 깨자마자 급하게 만들어 먹는 게 이 술이에요. 그러니까 해장술인 거지. 오렌지통에 보드카를 병째 들이붓고는 벌컥벌컥 마시는데, 으…….."

현식이 손짓으로 재현까지 하며 치를 떨었다. 블면알에서 해장술을 마셔 본 적이 있는 전 실장과 류 선생, 미자만이 그 짜릿함을 상상하며 입맛을 다셨다.

기태는 사람들의 말에 별다른 반응을 보이지 않았다. 분위기를 파악하려는 건지 아니면 모임에 아무 흥미가 없는 건지 파악이 되지 않았다. 미자는 그런 기태를 모른 체 내버려 뒀다. 마크툽의 책들을 훔쳐 간 주제에 마크툽에서 벌어진 술자리에 태연히 앉아 있다니 은근히 모욕감이 느껴졌다. 기태란 인물을 살피는 것만으로 이번 만남은 조용히 마무리하는 편이 나을 것 같았다.

"그런데 자네 혹시 와우고 나오지 않았나?"

갑자기 중저음의 목소리가 튀어나왔다. 류였다. 모두의 시선은 기태에게로 향했고 순간 심상치 않은 분위기를 느꼈다. 기태가 한쪽 입꼬리만 들어 올려 웃고 있었기 때문이었다. 이미 오래전에 노안이 찾아온 다산의 오십대 부부는 미세한 표정 변화까지는 못 봤지만 순영과 현식 그리고 미자는 기태의 치켜 올려진 입꼬리를 확실히 목격했다. 미자는 목격과 동시에 스릴 있는 영화의 한 장면을 보는 것처럼 꼴깍 하고 침을 삼켰다. 기태는 표정으로 이렇게 말하는 것 같았다. 그래서 어쩌라고요.

하지만 실제로는 이랬다.

"네. 거기 나왔어요."

"……."

이번엔 류의 눈꼬리가 치켜 올라갔다.

"류호창이라는 생물 교사 기억 안 나나? 자네가 일학년일 때를 나는 확실히 기억하는데."

"제가 학교를 잘 안 나갔거든요."

담담하게 대답하던 기태는 잠시 뜸을 들이더니 도전적인 눈빛으로 말을 이었다.

"그러고 보니 우리 반 애 중 한 명이 어떤 선생님한테 맞아서 얼굴이 찢어지고 빗장뼈가 부러진 적이 있긴 있었죠."

류를 제외하고 모두의 눈이 휘둥그레졌다. 어떤 선생님이라니?

설마 류가 어떤 선생님이야? 놀란 박 여사는 스크루드라이버를 물인 줄 알고 마시다가 얼굴이 빨개지도록 기침을 해댔다. 기태는 다시 담담한 얼굴이 되어 칵테일 잔만 만지작거렸다.

"그래, 나도, 아주 잘, 기억해."

류는 단어 하나하나에 힘을 주어 말했다.

"그리고 이것도 기억하지. 그 놈이 나한테 의자를 집어들고 달려오다 책상 다리에 넘어져 찍히고 부러진 상처라는 걸 아는 사람은 별로 없었지."

이건 또 무슨 소린가. 미자의 가슴이 답답함으로 죄여 왔다. 칵테일 잔을 만지작거리던 기태의 손이 순간 멈춰 섰다. 금방 땀방울이라도 쏟을 것처럼 이마를 구긴 채였다. 기태는 잠시 망부석처럼 아무 말도 없다가 침묵을 깨고는 이렇게 말했다.

"몰라봬서 죄송합니다."

간단명료한 사과였지만 말투는 의미심장했다.

류는 아무 대꾸 없이 기태를 노려봤다. 기태는 불이 일 거 같은 눈빛을 정면으로 맞받다가 조용히 자리에서 일어나 밖으로 나갔다. 류는 원수라도 갚으려는 사무라이처럼 번뜩이는 눈매로 기태의 하는 양을 계속해서 쏘아봤다.

"아무것도 모르면서, 새파란 놈이······."

류가 그렇게 무서워 보이는 건 처음이었다.

미자는 머리가 복잡해졌다. 기태는 정말로 류를 기억 못하는 것일까? 아니, 기억한다 해도 아는 체하고 싶지 않은, 우리가 모르는 어떤 특별한 이유가 있을지도 모른다. 그렇다고 자신의 모교 선생님과 마주 앉아서 너무도 태연한 얼굴로 모른 체하기란 보통 사람이라면 쉽지 않은 일이었다.

류의 행동도 이해가 가지 않았다. 오래전에 교사직에서 물러난 상태였다. 일부러 모른 체를 하는 제자를 상대해 얻을 건 아무것도 없었다. 어린 제자에게 망신까지 당해 가면서 말이다.

"우리 퀴즈 풀어야죠. 현식 씨가 상품으로 좋은 거 가져왔던데."

상황을 정리할 필요가 있었다. 미자가 먼저 나섰고, 간신히 기침을 잠재운 박 여사가 숨을 가다듬으며 맞장구를 쳤다.

"그래그래. 둘 사이에 무슨 오해가 있나 봐. 기태 군이 정말 기억을 못 할 수도 있잖아. 아님 뭔가 안 좋은 기억이 있어서 학창 시절을 떠올리기 싫다거나 뭐 그런 걸 거야. 나는 같이 집 보러 다니던 손님도 다음 날 보면 처음 본 거 같고 그래."

"나이 더 먹은 자네가 참아. 나이 처먹은 게 요즘은 죄지 뭐겠어."

전 실장의 말에 박 여사가 귀엣말로 눈치를 줬다.

"이이는 분위기 좀 풀어보자는데 그게 또 무슨 소리야."

순영도 이대로는 안 되겠는지 분위기 전환을 위해 나섰다.

"그래요, 제가 보기엔 오해 같아요. 그만 화 푸세요, 류 선생님."

그때 기태가 들어왔다. 아예 가 버린 줄 알았는데 담배 한 대만 피우고 들어왔는지 아무 일도 없었다는 듯 본래 자리로 돌아가 털썩 소리가 나게 앉는 것이었다. 하지만 미자는 기태의 속이 뒤틀려 있음을 알 수 있었다. 아무렇지도 않게 보이려는 의지가 그의 가는 눈매를 동그랗게 만들고 있었다. 형의 강요로 이 자리에 왔겠지만 스스로 사람들과 친해지고 싶은 마음이 조금이라도 없었다면 다시 돌아오지는 않았을 것이다.

첫 만남부터 얼굴 붉힌 일이 생겼으니 이젠 후회하고 있겠지. 미자는 기태의 옆모습을 훔쳐보며 생각했다. 그때였다. 며칠 전처럼 기태와 또 눈이 마주쳐 버렸다. 정면에서 본 기태의 눈에 좀 전에는 볼 수 없었던 원망의 빛이 서려 있었다.

미자는 얼른 기태의 시선을 외면했다.

'왜 아무렇지도 않게 있다가 저런 눈빛으로 나를 보는 거지? 혹시 선생님도 모른 척하는 버릇없는 네가 이곳의 책들도 훔쳐 가지 않았느냐고 여러 사람 앞에서 질타라도 할 거라 생각한 건가?'

하지만 그럴 일은 없을 것이다. 여러 사람 앞이라니, 정말 그럴 리는 없었다. 미자는 자기도 모르게 고개를 가로저었다.

"그럼 퀴즈를 시작할까요? 이번 주 상품은 책이 아니에요."

현식은 평소보다 더 밝은 목소리를 내려고 노력했다.

"옹이가 살아 있고 피톤치드가 뿜어져 나오는 발 받침대입니다. 자 보세요. 매끄럽게 마감질이 잘 됐죠? 각도도 적당히 기울어져 있고요. 오늘은 특별히 사비를 들여 사 왔으니 모두 퀴즈에 더 집중해 주세요."

발 받침대를 쳐들고 앞뒤로 돌려가며 설명하고 있는 현식은 꼭 약장사 같았다. 이지적이고 냉철한 성격의 현식도 앞의 상황에 꽤

나 당황했던 게 분명했다.

"자, 그럼 문제를 낼게요. 오늘은 특별한 상품이 걸려 있는 만큼 좀 어렵습니다. 저자이자 과학자인 이 사람의 이름을 맞추면 되는데요. 제가 요즘에 이분이 쓴 책을 읽고 감명이 깊어서 꼭 문제로 내고 싶었습니다. 이 사람은 인문학 학사에 물리학 석사, 천문학 박사입니다. 좀 많이 잘난 사람이죠? 제가 읽은 이 사람의 책은 꽃 이름이기도 하고요."

현식은 미리 써 온 힌트를 읽으며 자신도 난감한 표정을 지었다. 역시나 문제를 내자마자 모두 일시정지 상태가 된 듯 조용해졌다.

"뭐라고? 그러니까, 과학잔데 꽃 이름의 책을 썼다고? 다시 한 번 말해 봐. 통 뭔 소린지……."

퀴즈에서 문제를 한 번도 알아맞힌 적이 없는 전 실장이 뾰로통한 목소리로 말했다. 현식은 전 실장을 바라보며 아까보다 좀 더 큰 목소리로 천천히 또박또박 말했다. 재차 귀담아 들었는데도 이번에는 박 여사까지 남편처럼 뾰로통한 얼굴이 되었다. 아무리 해도 따라잡을 수 있는 수준이 아니었다.

박 여사도 학생 때는 책 좀 읽는다는 소리를 들었었다. 시도 곧잘 지어 문학소녀라는 별명도 가진 적이 있었다. 하지만 세월은 그녀가 책을 읽는 것을 허락하지 않았다. 블먼알의 퀴즈는 번번이 감조차 잡지 못했고, 왕년의 문학소녀는 자존심이 부쩍 상했다.

"좀 쉬운 문제 좀 내라니까. 애 다섯 키워 봐. 책 읽을 시간이 있

나. 너무하는 거 아니야!"

현식이 머리를 긁적이며 대답했다.

"죄송해요. 다음엔 정말 박 여사님을 위한 문제 낼게요. 꼭이요. 그땐 다 모른 척하깁니다."

좌중을 훑어보며 현식이 다짐을 받아 내려고 했다.

"네에."

"모르긴 나도 마찬가진데."

성의 없는 대답들이 여기저기서서 들렸다. 모두들 이번 문제에 의욕을 잃은 듯했다.

"그럼 다른 힌트를 더 드릴게요. 평생을 우주 연구에 바쳤고 백혈병으로 사망했습니다. 그리고 이 사람이 쓴 과학소설 중에 영화로 나온 것도 있고요. 사망한 지 십여 년이 훨씬 지났으니 모두 오래전 이야기긴 하지만요."

현식의 힌트에 미자는 생각이 날듯 안 날듯 머릿속만 간지러웠다. 순영은 귀에 꽂고 있던 담배를 빼내 마법사가 마술봉을 쓰다듬듯 양손으로 만지작거렸다. 마치 해답이 거기에서 나올 것처럼. 기태도 고개를 숙인 채 탁자 위의 술잔만 손가락으로 톡톡 건드리고 있었다.

그때 류 선생이 기침을 하며 목소리를 가다듬었다.

"아는 사람이 없는 것 같은데, 이번엔 내가 맞추지."

반가운 표정으로 현식이 대꾸했다.

"네, 말씀해 보세요."

"『코스모스』의 저자 칼 세이건."

현식은 류 선생의 대답이 끝나자마자 피톤치드가 나온다는 원목 발 받침대를 건네며 이렇게 말했다.

"정답입니다. 저는 류 선생님이 가져가실 줄 알았어요. 제목 들으면 다 알 만한 유명한 과학 책이거든요."

"다 알 만하기는 뭐가 다 알 만해. 내가 보기엔 다들 들은 적도 없는 표정인데."

즉시 박 여사가 불만을 토로했지만 순영과 전 실장은 류를 추켜세우기에 바빴다.

"역시 과학 전공하신 분이라 다르긴 다르네요."

"그럼 류 사장이 얼마나 해박한데."

류는 쑥스러워하며 얼굴을 붉혔다.

"그 정도도 모르면서 전공자라고 할 수 없죠. 혹시 미자 씨도 알고 있었는데 가만있었던 거 아녜요?"

미자는 갑작스러운 지목에 헛기침이 나왔다. 과학은 그녀에게 있어서 가장 취약한 분야였다. 미자는 황급히 고개를 가로저었다.

형성될 뻔한 공감대가 무너져 버리자 류는 어색한 분위기를 무마하려고 노력했다.

"이 사람 책의 서문이 참 읽을 만해요. 이 책을 아내한테 바친다는 표현 같은 거요. 예를 들어 이런 광활한 우주에서 너를 만난 건 정말 행운이다, 같은 표현도요. 여자들은 이런 표현 좋아하지 않나요?"

류가 다산의 박 여사에게 구원의 눈길을 보냈다.

"그럼, 당연하지! 우리 남편이 책을 써서 첫 장에 그렇게만 써 준다면 그동안 잘못했던 일들까지 살살 눈 녹듯 사라질걸!"

"팔자에도 없는 책 한 권은 쓰고 죽어야겠네."

전 실장의 푸념어린 말에 기태와 미자를 제외한 대부분이 흐뭇하게 웃었다. 그러자 류는 물 만난 생선처럼 생기를 보였다.

"부인은 앤 드루얀이란 여자예요. 칼 세이건의 세 번째 여자이자 마지막 여자죠. 둘이 공동 저술도 많이 했어요. 첫 번째 부인도 아마 유명한 과학자인가 그래요. 그리고 두 번째 여자는 화가였는데, 칼 세이건이 계획한 우주 탐사선에 발가벗은 남녀의 인류 그림을 그려 넣기도 했어요. 외계인에게 보여 주는 일종의 그림 언어 같은 거 말이에요."

이번에는 미자와 기태까지 포함해 모두 류의 잡다한 지식에 놀라는 눈치였다.

"앤 드루얀이 세 번째 여자였다는 건 전혀 몰랐는데요. 과학자들도 사랑을 검증하는 덴 시행착오를 겪는가 봐요. 그래도 여자 복은 많았네."

현식이 정말로 부러운 얼굴을 하고는 능청스럽게 말했다. 남자들은 모두 고개를 끄덕였고, 여자들은 진지한 당신이 그런 농담도 할 줄 아냐는 식으로 현식을 생뚱맞게 쳐다봤다.

"칼 세이건이 백혈병 투병 중에도 집필한 책이 있었는데 결국 그게 미완성의 유작이 되었죠. 나중에 아내 앤 드루얀이 그 책의 서문을 썼는데 남자인 제가 읽어도 감동적이었어요. 뭐랄까, 사랑을 믿게 만드는 그런 게 느껴졌거든요."

섬세한 감성이 느껴지는 류의 말이었다. 의외였다. 미자가 보기에 류는 그저 무뚝뚝한 중년 남자일 뿐이었다. 그런데 오늘은 그의 다른 면을 보는 것 같았다. 순영도 미자와 생각이 같았는지 류의 말에 관심을 보였다.

"어머, 그래요? 사랑을 믿게 만드는 서문이라고요? 류 선생님, 보기와는 다르세요. 낭만적인 표현도 다 할 줄 아시고. 과학자는 재미없는 사람들일 거 같았는데…… 그렇잖아요. 어려운 말만 하고, 냉정하고, 세상사를 다 합리적인 이성으로만 생각할 것 같은 그런 이미지잖아요."

순영의 말에 으쓱해진 류가 점잖게 반대 의사를 표명했다.

"그렇지 않아요. 천체물리학이나 생물학 같은 것에 빠지다 보면 인간이나 우주에 대해 깊이 고민하게 될 수밖에 없어요. 종교나 사상과는 좀 다르지만 자연을 들여다보고 있으면 그게 저거고, 저게 이거거든요. 우리 살아가는 것이랑 상통하는 면이 있단 거죠. 과학자가 우주에 대해 쓴 책이라고 해서 꼭 딱딱한 과학 지식만을 열거하지도 않아요. 우주를 연구하게 되면 우주 안에 살고 있는 인류에 대해, 또 인류를 구성하고 있는 내 자신의 실존에 대해 생각을 안 하려야 안 할 수가 없으니까요."

류는 비어 있는 술잔에 보드카를 따랐다. 옆에서 누군가 오렌지 주스 통을 내밀자 손을 내저었다. 한 모금 맛있게 들이킨 류는 말을 이었다. 오랜만에 모임에서 주목을 받은 것이 싫지 않은 모습이었다.

"저도 생명공학자가 되는 게 꿈이었지만, 결국 곁가지로 흘렀죠. 벌어먹고 살아야 하니까요. 그래서 교사를 택했고…….."

잠시 말을 멈춘 류는 기태를 힐끗 쳐다봤다. 여전히 곱지 않은 눈길이었다.

"어쩌다가 지금은 물고기나 분양하고 있는 신세가 됐지만…… 아니다, 이렇게 말하면 물고기에 대한 모욕이지……. 나는 어류를 보면 마음이 정화돼요. 아시다시피 바다에서 모든 생물들이 시작됐잖아요. 그래서인지 어류를 보고 있으면 꼭 엄마 뱃속에 다시 들어앉은 기분 같기도 하고…….."

"그런데 수족관을 하세요? 좁은 어항에 가둬 두고요? 물고기 입장에선 선생님과 생각이 좀 다를 텐데요."

모두가 류의 말을 관심 있게 듣고 있던 중이었다. 갑자기 튀어나온 말은 기태의 것이었다. 마크툽에 또다시 불안한 긴장감이 흘렀다. 류는 몹시도 불쾌한 표정을 지으며 기태를 쏘아보더니 이렇게 말했다.

"기태야, 옛날 제자였으니 말을 놓기로 하자. 네가 알지 모르겠지만, 어항이든 바다든 그걸 좁거나 넓다고 생각하는 건 그냥 네 생각일 뿐이야. 무슨 말인지 이해하겠니?"

기태는 어깨를 으쓱해 보였다. 알겠다는 건지, 모르겠다는 건지 알 수가 없었다. 누가 봐도 류에게 정면으로 반항하고 도전하는 태도였다. 류는 아직 술이 남아 있는 유리잔에 마저 보드카를 채우고는 다시 곧바로 잔을 비워 냈다. 그의 주먹은 불끈 쥐어져 있었다.

"아직 알 나이가 아니지. 아님 멍청하거나."

두 남자의 눈이 불똥을 튀겼다. 이렇게 두다가는 누군가 먼저 주먹을 내지를 게 뻔했다. 그때 현식이 중재를 하고 나섰다.

"형님, 말씀이 좀……. 기태 씨도 그러면 안 되지. 앞뒤 사정도 없이 그렇게 따져 물으면 어떻게 해요?"

"저는 그냥 궁금해서 물어본 것뿐이에요. 누님은 선생님 말씀이 이해가 가요? 특히 마지막 말이요. '어항이든 바다든'이라고 말할 문제가 아닌 거 같은데요. 누가 봐도 어항은 좁고 바다는 넓은데 물고기한테는 바다처럼 넓은 곳이 좋은 거 아닌가?"

분명 미자를 바라보며 묻는 말이었다. 미자는 토끼눈을 하고는 어떤 대답을 해야 할지 확신이 서지 않아 자꾸만 입만 떼었다 다물었다 했다. 급기야 미자는 자신을 향하고 있는 시선을 치워 달라는 간절한 눈빛으로 기태를 쳐다보고야 말았다.

하지만 기태는 대답을 꼭 들어야겠다는 듯 여전히 미자만을 응시했다. 몇 초 이내에 기태의 도전적인 태도는 류의 인내심을 실험할 게 분명했다. 어디로 튈지 모르는 공이 미자에게 주어진 순간이었다.

"이리 와 봐."

미자는 벌떡 일어나 기태의 팔을 잡아끌었다. 미자가 하지 않았다면 류가 했을 것이다. 기태는 잠시 당황스러운 표정을 짓더니 순순히 미자의 손에 이끌려 나갔다.

거리는 이미 사람들의 발길이 뜸해져 있었다. 늦가을의 바람이 미처 카디건을 입고 나오지 못한 미자의 셔츠 속을 헤집었다. 미자는 추위에 몸을 떨며 기태의 눈을 똑바로 바라봤다. 갑작스러운 추위만큼이나 갑작스러운 '마주 보기'였다.

기태는 떨떠름한 얼굴을 하고 있었다. 두 손을 바지 주머니에 꽂은 채였다. 미자의 눈 마주침이 침묵 속에 계속되자 기태는 한 풀 기가 꺾인 채 미자의 시선을 피했다.

그 상황에 미자는 이런 생각을 했다.

'꼭 비에 젖은 강아지 같군. 여자처럼 하얀 얼굴에 쌍꺼풀도 없는 눈이 왜 저렇게 깊은 거야.'

두루마리 휴지를 죄다 물어뜯어 방 안을 어지럽혀 놓은 강아지처럼 주인의 처분을 기다리는 순진한 얼굴, 지금 기태의 얼굴이 그랬다.

그때 한차례 강한 바람이 불었고, 플라타너스 잎들이 어지럽게 거리로 흩날렸다. 미자는 바람 속에서 생각했다. 저 순진한 얼굴 안의 진짜 얼굴을 들여다보고 싶다고.

"다 알아."

"……."

"다 알고 있다고."

"뭐, 뭘요?"

기태는 말을 더듬었다.

"『교양 조선왕조실록』, 『오즈의 마법사』, 『쟁점 유럽현대사』, 『한반도 생태보고서』, 『정신분석입문』, 그리고 몇 권의 소설들!"

"……."

"왜 그랬지?"

"무, 무슨 소리하는 거예요?"

말을 더듬는 것도 모자라 기태의 하얀 얼굴이 더욱 하얗게 질렸다.

"재미로 그런 거야?"

"뭘요? 도대체……."

"잡아떼 생각하지 마."

"내 참! 아줌마 미쳤어요?"

기태는 이제 연극배우처럼 말했다. 정말로 억울한 것처럼, 떨리는 음성으로, 소리를 높였다.

더욱 더 이상하게 들린 건, 기태의 발뺌이 아니라 '아줌마'라는 평범한 호칭이 바람보다 더 세게 미자의 가슴을 헤집고 들어왔다는 사실이다.

"네가 훔친 책들이잖아!"

"누가 그래요? 아줌마가 봤어요?"

강아지인 줄 알았는데 못된 뿔이 돋은 들개였다. 이 일을 어떻게 처리해야 할지 감이 잡히지 않았다. 사진을 찍어 놓은 것도 아니고, 현장을 잡은 것도 아니고, 누구 다른 목격자가 있는 것도 아니었다. 어쨌든 미자가 봤다고 입을 열었으니 이 상황은 어떻게든 끝을 봐야 했다.

"적어도 책을 훔치는 사람은 악하진 않을 거라고 생각했는데, 죄책감이라고는 눈곱만큼도 없구나?"

이럴 때는 사람의 양심에 호소하는 수밖에 없었다. 미자는 본능적으로 그런 사실을 알고 있었다.

"......"

미자의 호소가 적중했다. 기태는 다시 겁먹은 강아지처럼 꼬리를 내렸고, 미자의 눈을 회피했다.

"솔직히 인정하고 다시는 그러지 않겠다고 약속하면 용서해 줄 수 있어."

"정말 그런 적 없다니까요."

짜증이 가득한 목소리였지만 애원해 보는 목소리기도 했다.

"네 여자친구까지 가세해 훔친 것도 다 알고 있어."

그 말에 기태는 중대한 결심을 한 듯 꼿꼿이 선 채로 미자를 쳐다봤다. 깡말랐지만 단단해 보이는 체격, 미세하게 떨리는 눈동자. 팔짱을 긴 채였지만 빈약한 가슴이 가쁜 숨을 쉬며 오르락내리락했다. 화가 날 대로 난 모습이었다. 그러다가 문득 뺨의 홍조가 눈에 띄었다. 발그스름하게 빛을 내는 그것은 술 때문이었다. 자두 두 알이 양 볼에 박힌 것도 같았고, 피에로 분장을 한 것도 같았다. 기태는 그 모습에 웃음이 터져 나오려 했다.

"왜 그래? 내 얼굴에 뭐라도 묻었어?"

미자는 기태의 얼굴에서 미묘한 표정 변화를 읽었다. 빤히 바라보는 모습에 술기운으로 붉어져 있을 뺨이 신경 쓰이며 얼굴이 더 화끈거렸다.

"왜 처음에 말하지 않으셨어요?"

기태가 물었다.

"책이니까. 책은 상투적인 말로 '마음의 양식'이고, 네가 배가 고픈가 보다, 생각했어. 게다가 헌책을 슬쩍하는 사람은 그렇게 많지 않아. 하도 희귀해 보여 좀 두고 관찰했을 뿐이야."

미자가 대답했다.

"……죄송해요."

기태는 주뼛거리며 뒷머리를 긁었다.

"다시는 안 그럴게요……."

그때 낯선 목소리가 끼어들었다.

"이게 다 무슨 소리야!"

어둠 속에서 마크툽의 간판 불 아래로 누군가가 걸어 들어왔다.

"형!"

기태가 낮게 외쳤다. 어둠 속에서 걸어 들어온 인물은 기준이었다.

질투

쉽게 쓰이면 안 되는 시

앞코가 훤히 들린 구두를 가져온 이는 류 선생이었다. 노인은 그가 가져온 세 켤레의 신발을 꼼꼼히 들여다봤다. 뒤축이 닳은 고동색 구두는 이대로 더 끌고 다녔다간 밑창에 구멍이 날 게 확실해 보였다. 개중 가장 비싸 보이는 것으로, 끈을 묶도록 되어 있는 갈색 가죽 구두는 보관을 잘못해서인지 가죽이 뒤틀리고 갈라져 있었다.

노인은 신발 탐색을 끝내고 이번에는 류의 얼굴 생김과 매무새를 탐색하기 시작했다. 돋보기 위로 치켜뜬, 백태가 옅게 낀 눈동자에 류의 납대대한 얼굴이 비쳐졌다.

"뭐 하는 분인가?"

"저요?"

"그럼 내 앞에 누가 또 있나?"

"왜 물어보시는지⋯⋯."

무표정이던 노인의 얼굴에 실망감이 내비쳐졌다.

"대답하기 싫으면 그만둬."

갑작스러운 노인의 퉁에 류는 당황스러웠다.

일흔은 훨씬 넘어 보였지만 곱게 빗어 넘긴 머리 모양새와 고풍스러움이 느껴지는 동그란 돋보기안경 그리고 회색 모직조끼와 팔에 낀 토시가 노인을 흡사 스위스의 시계 장인처럼 보이게 했다.

"이 골목 끝에서 오른쪽으로 돌아 나가면 '류 선생 피시월드'라고 있는데 제가 주인이에요. 열대어도 분양하고 멀리 아마존에서 온 물고기도 분양하고 그럽니다."

같은 와우산 골목의 소상인이라고 밝히면 수선비를 좀 깎아 주지 않을까 하는 기대를 하며 류는 상세히 설명했다.

"흐음, 그랬군. 나는 또 그 나이 먹도록 잡상인 취급 받으며 영업이나 뛰는 줄 알았지. 구두를 보면 사람을 안다고 하는 말도 못 들어 봤나? 이렇게 될 때까지 관리 하나 안 해 주고⋯⋯ 쯧쯧."

'그 나이 먹도록'이라니. 가져온 구두를 모조리 회수해 그만 박차고 나갈까! 순간 류는 망설였다.

하지만 노인의 굳은살 박힌 두툼한 손이 손 쓸 틈도 없이 고동색 구두의 낡은 굽을 순식간에 떼어 내고 있었다. 그 바람에 울컥하던 류의 목울대가 꿀꺽 소리를 내며 가늘게 떨렸다.

류는 씩씩 콧바람을 내뿜으며 볼멘소리로 말했다.

"언제 오면 됩니까?"

"……마크톱에 틈나면 드나들던데 거기 뭐 엿이라도 붙여 놨나?"

뜬금없는 질문에 류의 눈동자가 커졌다. 노인은 류를 흘깃 쳐다보더니 헛기침을 해댔다.

"흠흠, 그냥 궁금해서 물어보는 거야."

노인은 오십을 바라보는 류를 시종일관 하대하고 있었다.

"저를 아세요?"

노인의 까칠한 행동에 말할 수 없이 불쾌해진 류가 따지고 들었다.

"알지. 이 동네에서 생선 판다며? 왜 모르겠어?"

생선이라니……. 망령이 든 게 틀림없다고 류는 확신했다.

이번에는 류가 큼큼 헛기침을 해댔고, 정신 나간 노인네와 더 이상 말을 섞을 필요가 없다고 굳게 마음먹으며 쿨한 남자의 걸음으로 구둣방을 나섰다.

"내일 오겠습니다."

"모레 와. 일감이 밀려 있어."

노인의 말이 또 한 번 류의 뒤통수를 때렸다. 류는 아무 대꾸도 하지 않고 쌩 하니 구둣방을 나왔다. 노인은 멀어져가는 류의 뒤통수에 대고 또다시 소리쳤다.

"책방에 들르면서 책 사갖고 나오는 건 한 번도 못 봤구먼. 아, 한동네 사람이면 서로 팔아주고 그래야지. 제 생선만 팔고 다니

나. 에이 쯧쯧."

류는 무슨 상관이냐고 대거리를 하고 싶었지만, 가만히 생각해보니 노인의 말에 틀린 것이 없기에 조금 부끄러워졌다. 이제껏한 권도 사지 않았다니 자신이 어리석기 그지없게 느껴졌다.

모퉁이를 돌던 류는 마크툽의 내부를 조심스레 살폈다. 오늘따라 손님들이 많아 보였다. 미자는 소파에 앉아 출간된 지 족히20년은 더 되어 보이는 책들을 늘어놓고 일일이 첫 장을 넘겨 마크툽 도장을 찍고 있었다.

"늙은이가 정말 망령인가, 아니면 주책인가. 왜 미자 씨 가게에신경을 쓰지?"

마크툽을 흘끔거리는 노인의 모습이 저절로 상상이 됐다. 아무리 늙어도 남자는 남자였다.

"젠장, 내가 그 영감 구둣방을 다시 가나 봐라."

류는 다시 한 번 중얼거리며 마크툽을 뒤로하고 피시월드로 향했다.

아직 문을 열기 전인 연애소설에도 마크툽과 관련해 성이 나있는 남자가 한 명 더 있었다. 책 도둑 청년이 그였다.

"네가 가져간 책의 값어치보다 더 열심히 일해야 해."

미자와의 대화를 형이 엿듣게 된 그날 밤 이후 기태는 마크툽의 일을 의무적으로 도와줘야 했다. 오후 두 시부터 다섯 시까지무보수 노동력 제공이었다.

출근해서 가장 먼저 해야 할 일은 책장의 먼지를 털어 내는 일이었다. 그 다음엔 물걸레로 바닥 청소를 하고, 다시 마른걸레로 물기를 닦아 내야 했다. 환기를 맡아서 해야 함은 물론 헌책을 공수하러 가는 미자의 운전기사 노릇도 해야 했고, 손님들이 사가는 책의 포장까지 거의 모든 허드렛일을 맡아 해야 했다.

"헌책 값을 일당으로 계산하면 겨우 이틀 정도야."

기태의 말에 형 기준이 비웃고 나섰다.

"누가 너보고 정하래? 누님이 그만두라고 할 때까지야."

훔친 책을 돌려주고 헌책 값이 아닌 정가로 갚고 말겠다는 기태의 말에 형은 어금니를 깨물며 대꾸했다.

"경찰서에 안 보낸 걸 다행으로 알아. 스물둘이나 처먹은 놈이 재미로 책을 훔쳐!"

형의 주먹이 기태의 가슴께에 위태롭게 와 닿았다. 한마디만 더 했다간 그의 턱이 날아갈 게 분명했다.

"석 달만 해요. 하루에 세 시간씩. 월수금 3일."

미자는 무의식중에 3이라는 숫자를 떠올렸다. 형제의 주먹다짐은 보고 싶지 않았다. 그래 '삼삼삼'이 좋겠다, 조화로운 숫자야. 미자는 없어진 책의 값어치가 그녀가 제안한 시간의 값어치와 제법 맞먹는다는 생각이 들었다. 기준도 미자의 말이 끝남과 동시에 고개를 끄덕였다. 인상을 쓰고 있는 사람은 기태밖에 없었다.

그렇게 책 도둑 청년의 마크툽 출근이 시작된 지 한 달 정도가 지나고 있었다. 미자는 기태가 제법 성실하게 일하고 꼼꼼한 성격까지 갖춘 것에 내심 놀라는 중이었다. 솔직히 자기가 하는 것보다 더 깨끗하고 정밀한 걸레질을 선보였다.

게다가 기태가 출근하는 날엔 손님들이 더 늘었다. 스물둘이었지만 외모는 갓 고등학교를 졸업한 소년이었다. 하얗고 긴 손가락이 집어 드는 책들은 그것이 어떤 헌책이든 나름의 미학적 가치를 지닌 책처럼 보이게 만들었다. 정말 군대를 갔다 오기나 한 걸까. 기태의 굳은살 하나 박히지 않은 손가락을 바라보며 미자는 종종 의심했다.

무엇보다 머리를 아찔하게 만드는 장면은 따로 있었다. 기태는 조금 긴 듯한 앞머리가 눈을 찌를 때마다 고개를 뒤로 젖히곤 했는데, 그럴 때 햇빛을 등지고 있기라도 하면 순정만화의 주인공이 따로 없었다. 그러니 기태가 나오는 날만 골라서 마크툽을 찾는 S대 여학생들이 생겨날 지경이었다.

한 달 동안 미자는 기태를 꽤 자주 힐긋거려 왔다. 그것도 매우 은밀히 본능적으로 훔쳐본 거여서, 그런 자신을 의식할 때마다 스스로가 초라하게 느껴졌다. 아름다운 무언가를 쳐다보는 건 매우 자연스러운 일이라고 내심 합당한 이유를 찾으려고도 해 봤다. 그래도 가끔씩은 자신이 혹시 관음증은 아닌지 진지하게 의심해 보기까지 했다.

그럴 때마다 미자는 불안함을 느꼈다. 매상이 오르는 것은 좋았지만, 그동안 혼자 이끌어 오던 마크툽에 다른 분위기가 입혀지는 것 같아 자존심까지 상했다. 왜 그런 건지는 미자 자신도 이해하지 못했다. 그저 중년의 나이에 접어들다 보니 남자의 젊음에까지 질투를 느끼나 보다 생각할 뿐이었다.

기태는 아직 출근하지 않았다. 삼십 분이나 지각이었다. 새로 들어온 헌책에 도장을 찍던 미자는 초승달 모양의 벽시계를 초조하게 쳐다봤다. 유선형으로 구부러진 초침은 빈틈없이 한 바퀴를 훑고 지나갔다. 서가 사이를 성글게 채우던 손님들도 이제는 한두 명만이 남아 있었다.

미자는 체념한 표정으로 카운터 뒤에 놓인 키 작은 수납장을 뚫어져라 응시했다. 보랏빛 펄 페인트로 도장된 수납장은 안을 볼 수 없게 만들어졌다. 신제품이 출시된 케이크 가게 냉장고를 열어 보는 기분으로 미자는 조심스럽게 수납장 문을 열었다.

검은 틈이 벌어지며 가지런히 놓여 있는 술병들이 어김없이 미자를 맞았다. 그동안 틈날 때마다 모아 놓았던 세계 각국의 술들이었다. 그것들은 저마다 품격 있는 라벨을 몸에 두르고 고요한 수면 아래에서 깊은 잠을 자는 것처럼 보였다.

아주 가끔 자신의 감정을 파악하기 힘들 때 미자는 잠들어 있는 술병들을 오랫동안 바라보곤 했다. 그렇게 보고 있으면 마크툽은 어느새 바다로 변했고 몽글몽글 피어오르는 공기 방울들이 천장 위로 올라갔다.

미자는 술병들과 함께 깊은 심연으로 가라앉아 노곤한 잠에 빠져들었다. 누군가 방해만 하지 않으면, 영원히 그렇게 있고 싶을 정도로 깊고 평안한 시간이었다.

"아줌마, 중독자죠?"

갑작스러운 목소리가 심연에 소용돌이를 일으키고 미자를 수면 위로 이끌어 냈다. 조금만 더 그렇게 있었다면 미자는 평안함에 묻혀 결국 숨 쉬는 것을 잊어버렸을지도 몰랐다.

미자는 퀭한 눈으로 뒤를 돌아다봤다. 팔짱을 낀 기태가 미자를 내려다보고 있었다. 연애소설에 앉아 일부러 잔뜩 늑장을 부리고 오는 길이었다. 벌써 한 달이란 시간이 흘렀다. 이쯤하면 됐으니 마크툽에 그만 나와도 된다는 말을 기태는 내심 기다렸었다. 하지만 미자는 그럴 기미를 전혀 보이지 않았다.

"뭐라고?"

기태의 말을 똑똑히 듣긴 했지만 무슨 뜻인지는 쉽게 파악되지 않았다. '아줌마'와 '중독자'라는 글자가 각자의 날개를 달고 미자의 머릿속을 날아다녔다.

"무슨 술을 그렇게 마시냐고요?"

역시나 미자에겐 '무슨 술'과 '마시냐고'가 따로따로 들렸다. 이번엔 각자의 칼날을 세우고 서로를 위협하며 번뜩였다. 언제라도 진검승부를 가릴 기세였다.

"뭐라는 거야?"

미자는 각자 떠돌아다니는 단어들의 뜻을 조합해 보려고 애를 썼다. 안 그러려고 해도 인상이 잔뜩 써졌다.

기태는 어이없다는 표정으로 잠시 동안 가만히 있었다. 미자는 술을 마신 것처럼 몽롱한 눈빛을 하고 있었다.

기태는 저런 눈빛을 수시로 봐 왔다. 흰색 알약을 쥔 손으로 졸린 눈을 비비는 엄마. 바닥에 베개라도 놓아 주면 그게 욕실 바닥이든 다용도실 바닥이든 가리지 않을 기세로 폭풍 같은 잠을 자는 엄마. 엄마는 대부분 저런 눈빛을 하고 있었다.

"알코올의존증이란 거 알아요?"

"나 술 안 마셨어."

일부러 눈을 동그랗게 치켜떴지만 짜증이 밀려오는 것은 어쩔 수 없었다. 제까짓 게 뭐라고 알코올 어쩌니 하지. 미자는 치켜뜬 눈으로 시계를 가리켰다.

"참 빨리도 왔다."

"차가 밀렸어요."

기태는 아무렇지도 않게 거짓말을 했다. 소파와 탁자 위에 언뜻 보기에도 자기보다 나이가 많아 보이는 책들이 매가리 없이 쌓여 있었다. 기태가 책들을 가리켰다.

"혹시 나 없는 동안에 아줌마는 그냥 놀아요?"

"늦게 와 놓고는 말이 참 많구나."

미자는 카운터 밖으로 나오며 의식에 연주될 〈운명의 힘〉 서곡과 〈시바여왕의 도착〉을 플레이 리스트에 올렸다. 기태는 하는 수 없이 소형 먼지떨이를 집어들었다.

미자는 머릿수건을 두르고, 진품을 가리는 고미술학자처럼 정성스럽게 양손에 흰 장갑을 끼웠다. 소파와 탁자 위에는 지난 밤 미자 또래의 남자가 들고 온 각종 시집과 소설책들이 어림잡아

백 권 남짓 쌓여 있었다.

방금 잠자리에서 일어난 것처럼 헝클어진 머리를 하고는 십 년은 더 탔을 거 같은 고물 자동차에서 젓가락처럼 깡마른 남자가 내렸었다. 남자는 차 뒤 트렁크를 열더니 노끈으로 묶은 헌책 덩이들을 마치 화가 난 사람처럼 거칠게 끄집어냈다. 그러고는 금방이라도 울 것 같은 얼굴로 값을 흥정해 왔다. 이윽고 남자는 얼마되지 않은 지폐를 뼈다귀 같은 손아귀에 구겨 쥐고 마크툽을 도망치듯 빠져나갔다.

"좋은 책들은 많지만 워낙 오래된 것들이 많아서……."

제값을 쳐주지 못하는 미안한 마음이 미자의 간결한 말에 고스란히 드러났다. 남자는 고개를 떨구고 바닥을 내려다보더니 깊은 한숨을 내쉬었다.

"알아서 주세요. 어차피 저한테 있는 동안도 제값을 못했는데요."

남자는 며칠 내로 남은 책 덩이들을 더 가져오겠다는 말을 남기고 사라졌다. 미자는 뒤돌아서는 남자의 뒷모습에서 경제적 무능력과 문학에 대한 빛바랜 꿈을 읽을 수 있었다.

아내는 책장 가득 쌓인 남자의 책에 대고 푸념을 해댔을 게 분명했다. 돈도 안 되는 것을 이사 때마다 끌어안고 가는 것을 보며 아내도 심란했을 것이다. 그리고 남자는 결국 홧김에 책들을 정리했을 것이다.

미자는 남자가 놓고 간 책 덩이 위에 가만히 손을 얹었다. 정든 책장을 떠나온 책들이 마크툽을 낯설어하지 않도록 최대한 마음을 얹어서 보듬었다.

"이런 걸 누가 본대."

기태가 먼지를 떨어 내며 중얼거렸다.

"이런 걸 훔쳐 가는 사람도 있었지."

미자의 대꾸에 기태는 입을 삐죽거렸다.

"아무리 헌책방이지만 신간 좀 구해다 놔요. 나라고 뭐 이런 구닥다리 책 가져가고 싶었나. 아줌마가 시도 때도 없이 술통 들고 홀짝거리니까 호기심도 생기고 훔치는 게 쉬울 것 같기도 하고 그래서 그런 거지."

들릴 듯 말 듯 혼잣말로 투덜대는 거였지만 앞에 앉은 미자가 듣기엔 충분했다. 미자는 하던 일을 멈추고 기태를 쏘아봤다.

"헌책방에 신간이 있으면 그게 헌책방이야? 그리고 너 쉬워 보이는 다른 물건들도 훔치고 다니니?"

당장이라도 수갑을 채울 것 같은 얼굴이었다. 기태는 화들짝 놀라 서가 쪽을 둘러봤다. 다행히 손님들은 모두 나가고 없었다.

"아니에요! 정말 다른 건 훔친 적 없어요. 맹세해요. 그냥…… 이상하게 여기만 오면 그랬어요. 아줌마 그 술통 홀짝일 때마다 그냥, 참, 이상하게…… 골려 주고 싶었어요. 그래, 골려 주고 싶었어, 정말로."

골려 주고 싶었다니, 웃기는 놈이다. 미자는 속으로 생각했다. 내가 자기한테 뭘 잘못했다고.

"아니면 다행이고. 한 번만 더 그랬다간 손모가지를 절단 낼 줄 알아."

"아줌마, 무슨 그런 험악한 소리를. 엄마 같은 분이 아들 같은 사람한테. 아무리 시집을 못 갔다 쳐도 여자가 말을 곱게 해야지."

미자는 끓어오르는 화를 누르며 눈을 꽉 감았다. 그러고 싶지 않았지만 얼굴도 화끈거렸다.

"그래, 그러니까 엄마 같은 사람한테 버릇없게 굴지 좀 마, 제발."

화를 내 봤자 자기 입장만 난처하게 되는 상황이었다. 태연하게 말했지만, 마흔이나 먹은 심장에 아직도 미세한 통증 같은 게 느껴진다는 것이 신기하게 생각됐다. 손님들이 아줌마라고 부르거나 다산 내외가 노처녀라고 놀려 댔어도 이렇게까지 마음이 어지럽진 않았다.

버릇이라고는 국 끓여 먹은 어린 남자가 한 말. 그저 사실을 인정하는 수밖에 위신을 세울 길은 없었다. 고등학교 이학년 나이에 애를 낳았다면 실제로 기태는 아들 같은 남자니까.

홧김에 마크툽을 방문한 깡마른 남자의 책들은 관리가 영 형편 없었다. 아마도 통풍이 잘 되지 않고 햇볕도 잘 들지 않는 곳에 오랫동안 보관했을 것이다.

반지하 방 생활을 오래했을 수도 있겠고, 누수가 되는 벽에 책장을 세워 놓았을 수도 있겠다. 미자는 습기를 머금어 구불구불

파도 타듯 형태가 변형된 책들만을 죄다 골라냈다. 이런 책들은 햇살 좋은 날 돗자리를 깔고 햇빛에 잘 말려야 했다. 그렇다고 형태가 원상태로 돌아오는 것은 아니었지만 한여름 잘 마른 빨래처럼 뽀송뽀송한 햇빛 냄새를 맡을 수는 있었다. 그렇게 말리고 나면 책 속에 축 늘어져 있던 활자들도 종이 밖으로 튀어나올 듯 생기가 돌았다.

사실 햇빛 아래 누워 있는 책들은 어느 책이든 사랑스러웠다. 쳐다보고 있기만 해도 미자 자신이 일광욕을 통해 살균 소독되고 새로 태어나는 느낌이랄까.

습기가 찬 책들을 다 골라 놓고 미자는 하늘을 올려다봤다. 책을 일광욕시키기엔 햇빛이 충분하지 않았다.

미자는 껌이 붙은 것처럼 거무스름한 얼룩이 묻은 시집 한 권을 집어들었다. 찢어지고 구겨지고 더럽혀진 책들을 분리할 차례다. 커터 칼로 조심히 들어냈더니 얼룩은 생각보다 쉽게 떨어져 나갔다. 광택을 내기 위해 코팅한 비닐 표지도 지저분하게 너덜거리고 있었다. 미자는 표지를 마른 수건으로 조심히 닦아 내고 볼품없이 일어난 비닐 조각들을 일일이 손끝으로 제거했다. 이윽고 시집은 숨겨 놓았던 멀건 얼굴을 드러냈다.

책날개를 펼치니 지금은 이 세상 사람이 아닌 시인이 자기 얼굴의 반만 한 안경을 쓴 채 수줍게 웃고 있었다. 사진 아래에는 혁명을 꿈꾸고 노래했던 시인의 약력이 정갈히 줄이 서 있었고, 세월이 무색하게도 여전히 티 없이 하얀 면지에는 볼펜으로 무언가 적혀 있었다.

1995. 5월 어느 날
정재와 종로서적에서...
무언가 많이 알고
무언가 깊게 느끼고 싶다.

초등학생이 쓴 것처럼 유치하고 못생긴 글씨였다. 미자는 한참
동안 남자의 악필을 응시했다.

'홧김에 이 책들을 싸들고 온, 그 빼빼 마른 남자의 필체겠지.'

1995년 언저리 미자도 같은 시인의 유고시집을 샀었다. 빼빼
마른 남자가 들락거렸을 종로서적 건물도 다리가 아플 정도로
오르내렸다. 그리고 정말로 그랬는지 잘 기억이 나진 않지만, 틀
림없이 자신도 무언가 많이 알고 무언가 깊게 느끼고 싶었을 것
이다.

"누군지 몰라도 시 꽤나 좋아했나 보네. 온통 다 시집이야."

제법 헌책을 다룰 줄 알게 된 기태가 먼지를 떨며 중얼거렸다.
미자는 책장을 덮고 다른 책을 집어들었다.

"난 시를 왜 읽는지 모르겠어. 안 그래요? 자기만 알 소리를 늘
어놓고는 시랍시고 내놓고."

"그래서 시집은 한 권도 안 가져갔구나."

"아, 이제 그만해요. 일하잖아요, 일."

기태는 정색을 했다. 정말로 부끄러운지, 흘러내리지도 않는 땀을 닦는 시늉까지 했다.

"원래 시는 쉽게 써지면 안 되는 거야. '육첩방은 남의 나라' 이런 구절이 있는 시 알아? 너 윤동주 시인은 알지?"

"몰라요. 그러니까 윤동주는 아는데, 육첩방? 그건 몰라요."

'몰라요.'에서 '몰라요.'까지 기태의 목소리 톤이 수직 하강했다.

"자랑이다. 쯧쯧."

"……."

"그 시인은 시가 쉽게 쓰이면 부끄러운 일이라고 했어. 그러니까 당연히 어렵게 써야지."

"도대체 뭐가 부끄러운 거예요? 요즘 같은 세상에. 좀 쉽게 살면 안 되나."

미자는 보란 듯이 한숨을 내쉬었다. 기태에게 복수할 기회가 생긴 것 같아 속으로는 즐거워하면서.

"아들 같은 기태야. 엄마 같은 내가 충고 좀 할게. 시를 머리로 읽으면 되니? 시는 오감을 열고 감상하는 거야. 너 그림이나 음악 감상할 때 머리로 감상해? 아니잖아. 모든 감각을 총동원해야지. 시도 그런 거란다."

미자는 유치원생에게 말하듯 나긋나긋한 말투로 조곤조곤 설명했다. 자기를 놀리는 줄도 모르고 기태는 미자의 설명에 집중하고 있었다.

"요즘 애들은 너무 쉬운 걸 좋아해. 모든 게 다 쉽고 빠르고 즉물적이어야 속이 시원하지. 그게 다 왜 그런지 알겠니? 누가 차려 놓은 거만 주워 먹으려고 하기 때문이야. 자기가 뭘 먹을지 생각해 직접 차려 먹으려고는 생각도 못하고 말이야. 고민 같은 건 따분하겠지. 하지만 너무 쿨하게 사는 건 그렇게 좋은 게 아니야. 결국 자기를 속이게 된다고. 솔직히 자기가 누구인지의 고민 정도는 뜨겁게 해 봐야 하잖아. 그건 쉽게 알 수 있는 게 아니야."

기태는 '즉물적'이란 단어에 걸려 미자의 말을 끝까지 듣지 못했다. 끝까지 들었다고 해도 언어 사이의 연결 간극이 먼 미자의 문법은 이해하기 쉽지 않았다.

반면 미자는 이마를 찌푸리며 골똘히 무언가 생각하는 기태를 보니 은근히 말하는 재미가 생겨났다.

"사춘기 애들이 생각을 너무 많이 한다고 걱정하는 부모들이 있는데, 나는 왜 걱정을 하는지 이해를 못하겠어. 생각하고 성찰하는 게 인간다운 건데, 그게 당연한 건데 말이야."

"아줌마 술 안 먹고 맨 정신에 이렇게 길게 얘기하는 거 처음 봐요."

잠시 방심한 끝에 기태의 공격이 들어왔다.

미자는 말을 길게 하는 걸 별로 좋아하지 않았다. 자기가 생각해도 꼭 선생님처럼 말하고 있었다. 기태와 얘기하다 보면 이런 일이 종종 있었다. 기태는 버릇없고 생각 없어 보였지만 기본적으로 사람에 대한 관심을 갖추고 있었다. 그 애의 말을 관심 있게 듣다 보면 쉽게 알 수 있었다. 그래서인지 얘기할 거리가 자꾸 생겼고, 미자의 말도 수다스러워졌다.

"그런데 아줌마, 헌책방은 왜 해? 디지털 시대에 너무 안 어울리잖아. 조금만 더 있으면 다 전자책으로 바뀔 텐데 그땐 누가 새 책도 아닌 헌책을 사보겠어? 앞서 가진 못해도 뒤떨어지진 말아야지."

기태가 마크툽에 들어온 처음에는 이러지 않았다. 자기 형처럼 누님이라고 부르고 꼬박꼬박 존대를 했었다. 하지만 시간이 지날수록 아줌마 소리가 계속됐고, 말꼬리가 점점 짧아졌다.

주로 뭔가에 심사가 뒤틀렸을 때 기태는 이런 말투를 보였다. 좀 전에 미자를 보고 처음 한 말도 분명히 "아줌마, 중독자죠?"였다. 미자는 그 말에 뒤늦게 짜증이 일었다. 무엇 때문인지는 몰라도 기태가 시비를 걸었던 게 틀림없다고 미자는 생각했다.

"여기서 왜 일하고 있는지 까먹었어? 네 걱정이나 해."

그때 마크툽의 문이 열리며 한 무리의 손님들이 들이닥쳤다. 기태를 보기 위해 들른 S대 여자애들이었다. 하나같이 유행하는 부츠에 코트를 맞춘 듯 입고 있는 여학생들은 기태를 보더니 조심스럽게 수군덕거렸다.

미자는 하던 일을 멈추고 카운터로 돌아왔다. 마음이 좋지 않았다. 기태가 자기를 편하게 생각하는 것은 괜찮았지만 왠지 나이 많은 독신녀란 이유로 업신여긴다는 느낌이 드는 건 참을 수가 없었다. 게다가 자기를 알코올 중독자처럼 취급하는 것도 몹시 불쾌했다.

미자가 갑자기 쌩한 얼굴로 일어서자 기태도 일손을 멈추고 밖으로 나가 담배를 피웠다. 마음이 좋지 않은 건 기태도 마찬가지였다. 걸핏하면 자기를 유치원생 취급하듯 말했고, 알 수 없는 말들로 열등감을 느끼게 하는 것도 짜증났다.

게다가 그 눈빛, 엄마가 생각나 싫었다. 까칠한 말투와 태도가 흠이긴 해도 평소엔 맑은 눈동자를 하고 건강해 보이는 안색에 적당한 활기를 띤 얼굴이었다. 하지만 술 앞에서의 미자는 음울하고, 몽롱하고, 어둡고, 웃음이 헤펐다.

그런 미자는 엄마를 생각나게 했다. 엄마는 헤픈 웃음마저 보이지 않았다. 아니, 엄마에게서 초점 있는 눈동자를 본 기억이 있는지 그것조차 의심스러웠다.

담뱃재를 털고 있는데 마크툽 쪽으로 재희가 걸어오는 게 보였다. 커다란 가죽 가방을 어깨에 멘 재희는 털모자에 긴 생머리를 찰랑거리며 어느 때보다 활력 있는 걸음으로 기태를 향해 뛰어오고 있었다.

기태는 자기도 모르게 입을 활짝 벌려 웃었다. 어떤 남자라도 재희의 싱그러운 아름다움 앞에선 입을 다물지 못할 거라고 생각하며, 뛰어오는 재희를 향해 손을 흔들었다.

"연락도 없이 웬일이야."

"보고 싶어서 왔지."

재희는 기태의 품에 와락 안겨 들었다. 기태는 연애소설과 마크툽을 곁눈질하며 바싹 붙어 있는 재희를 슬며시 떼어 놓았다.

"끝나려면 아직 멀었는데."

"안에서 책 보면서 기다릴게."

기태가 대꾸할 새도 없이 재희는 마크툽으로 들어섰다. 기태가 담배 피우는 것을 훔쳐보던 여학생들은 얼마 안 있어 실망의 빛이 역력한 얼굴로 우르르 마크툽을 빠져나갔다. 물론 미자도 두 책 도둑들의 다정한 모습을 목격했다. 그녀의 얼굴에도 금세 그늘이 드리워졌다.

"안녕하세요."

재희가 알 수 없는 미소를 띠며 미자에게 인사를 건네 왔다.

기태는 재희에게 마크툽에서 일하게 된 이유를 말한 적이 없었다. 기태와 미자는 다시금 심기가 불편해졌다. 미자는 인사에 아무런 대꾸도 하지 않았다. 예상을 벗어난 차가운 반응에 재희는 기태를 쳐다봤다. 기태는 아무 말 없이 재희를 끌고 가 소파에 앉혔다.

"저 여자 왜 저래?"

"아줌마 지금 심기가 안 좋아."

"별꼴이야."

재희는 한껏 기분 나쁜 표정이 되어 미자를 바라봤다. 미자와 눈이 마주쳤지만 곧 시선을 피했다. 그러고는 아무 일도 없었다는 듯 서가를 어슬렁거리기 시작했다.

미자가 보기에도 재희는 활기에 넘쳐 있었다. 그 활기가 너무 과도해 누구에게라도 금방 상처를 낼 것처럼 위험해 보이기까지

했다. 하기는 적당히 붙은 살집에 탄력 있는 몸매의 굴곡 그리고 가녀린 눈매에 살짝 파인 보조개는 누구에게나 위험한 게 당연했다.

아름다운 것들은 스스로를 지키기 위해 가시를 가지고 있기 마련이다. 미자는 그런 사실을 잘 알고 있었다. 자기는 결코 가져 보지 못한 가시다. 그 가시의 사용법을 저 아이는 잘 알고 있을까. 미자는 갑자기 그런 생각이 들었다.

어린왕자의 장미는 도도한 자존심 때문에 어리석게도 왕자를 사랑하지 않는 척했다. 게다가 자신을 가꾸고 지키는 데만 열중한 나머지 어린왕자를 시험에 들게 했고, 결국 자신은 평생 외로움을 감수해야 했다.

아닌 게 아니라 재희는 소설 서가 쪽에서 어리석은 짓을 또 하고 있었다. 자기에게 불쾌감을 준 미자를 위해 재미난 복수를 진행 중이던 것이다. 하마터면 미자는 그 장면을 놓칠 뻔했다. 어제의 '홧김에 남자'가 그 순간 문을 열고 다시 찾아오지 않았더라면 말이다.

문 열리는 소리에 고개를 들자 '홧김에 남자'보다 재희의 동작이 먼저 눈에 띄었다. 무언가를 가방에 집어넣으며 카운터 쪽을 확인하는 중이었다. 분명 재희와 미자는 순간적으로 또다시 눈이 마주쳤다. 그럼에도 재희는 과감히 고개를 돌렸고, 태연히 기태가 일하고 있는 곳의 자리로 가 앉았다.

'홧김에 남자'는 어제보다 더 많은 책 덩이들을 가져왔다. 그는 값을 치르고 또다시 황급히 가게를 빠져나갔다. 남자의 십 년도 더 되어 보이던 차는 요란한 시동 소리와 함께 남자만큼이나 위태롭게 덜컹거리며 골목을 빠져나갔다.

"얘기 좀 하지."

남자가 나가고 미자는 재희 앞에 서 있었다. 더 이상 두고 볼 수 없는 일이었다. 그녀의 가시 사용법은 형편없었다.

"하세요."

재희의 덤덤한 반응에 움찔한 것은 미자였다. 생각보다 더 강했다. 하마터면 없었던 일로 하고 싶을 만큼.

"기태는 이미 자백했어. 그쪽도 솔직히 고백하면 눈감아 줄 수 있어."

"……."

이제야 긴장이 되는지 재희는 굳은 얼굴로 미자를 올려다봤다. 기태도 마찬가지였다. 여자친구 앞에서 자존심이 상한 것은 물론이었다. 이렇게 한 달째 벌까지 받고 있는데 그것으로 만족 못하는 미자가 야속하게만 느껴졌다.

"손님들도 있는데 좀……."

기태는 주위를 둘러봤다. 손님들은 없었다.

"재희는 아니에요. 내가 다 그런 거라니까."

거짓말이었다. 미자는 재희를 응시하던 눈을 기태에게로 돌렸다. 기태의 눈이 미자를 나무랐다.

"훌륭한 남자친구네. 감쌀 줄도 알고."

미자는 무표정으로 응대했다. 그러고는 다시 재희를 똑바로 쳐다봤다.

"재희라고 했나? 진심이 담긴 사과면 충분해."

미자의 말에 재희는 아무 반응이 없었다. 오히려 미자를 쏘아보는 눈길에 점점 웃음기가 어렸다.

"왜 웃지?"

"……."

"정말 형편없는 애구나."

그때였다. 재희는 벌떡 일어나더니 미자의 귀에 대고 이렇게 속삭였다.

"아줌마, 설교하지 말고 그냥 신고해."

분명 그렇게 들렸다. 미자가 자신이 들은 말을 의심하는 동안 재희는 문 쪽으로 걸어가더니 문득 생각나는 것이 있는 듯 다시 돌아와 이렇게 말했다.

"우리 엄마가 판검사들이랑 좀 알거든. 강남에서 제일 잘 나가는 룸살롱 마담이 우리 엄마야."

기태는 당황한 얼굴로 미자와 재희를 번갈아 살폈다. 재희는 그런 기태를 뒤로하고 나가 버렸고, 미자는 당장이라도 쓰러질 것처럼 얼굴이 하얗게 질려 있었다.

기태는 머리를 얻어맞은 것처럼 한동안 멍해 있었다. 남들과 다른 에너지를 지닌 여자애인 것은 알고 있었지만 이렇게 오싹할 만큼 강하게 느껴지진 않았다.

미자는 탁자에 놓인 휴대폰을 집어들었다.

"왜요?"

"신고할 거야."

버튼을 누르는 미자의 손이 심하게 떨리고 있었다.

기태는 올 것이 왔다는 생각이 들었다. 재희네 엄마가 판검사들이랑 잘 알 정도라면 자기에게 별일은 없을 것이라는 치사한 생각까지 들었다. 곧이어 기태는 자신의 어처구니없는 방어 본능에 얼굴이 벌게졌다.

미자는 통화 버튼을 누르려다 말고 갑자기 소파에 휴대폰을 집어던졌다. 그러고는 카운터 쪽으로 황급히 걸어가 책상 서랍을 열어젖혔다. 어둠 속에서 얌전히 누워 있던 은제 술통을 거칠게 빼든 미자는 누가 말릴 틈도 없이 독한 위스키를 벌컥거렸다. 그런 미자에게 기태가 달려들었다.

"이러지 마요."

"이거 놔."

미자가 낮게 읊조렸다. 기태는 잠시 멈칫했지만 곧 미자의 손에서 술통을 빼앗아 바닥에 내동댕이쳤다. 얼마 안 가 진한 알코올 향이 마크툽을 휘감았다.

기태는 소리쳤다.

"진짜 중독자 같단 말이야!"

이 말을 남기고 기태는 밖으로 뛰쳐나갔다.

막 마크툽으로 들어오던 한 여자 손님이 뛰쳐나가는 기태를 간신히 피하고 놀란 얼굴로 바닥에 내동댕이쳐진 술통을 바라봤다.

미자는 입가에 묻은 술을 손등으로 닦으며 이렇게 중얼거렸다.

"죄송해요. 오늘은 끝났어요."

미자의 눈가가 빨갛게 충혈되어 있었다. 아주 오랜만에 느껴보는 뜨거움이었다.

취한 사람들

빅토리아 풍 원목 탁상시계 그리고 소금 같은 멀건 눈

최신형 전기난로의 열판이 주홍빛을 띠자 순영은 좀 살 것 같 았다. 우중충한 하늘을 확인하고도 우산 없이 외출한 것이 화근이 었다. 준이를 유치원에 데려다 주자마자 바람이 거세게 불더니 후 두둑 하고 비가 내렸다. 가게로 걸어오는 동안 그리 굵지도 않은 빗방울이 송곳처럼 순영의 머리를 때렸다. '세상에단하나'라 새겨 넣은 철제 간판은 물기를 머금으며 점점 붉은 빛으로 변해 가고 있었다.

순영은 전기포트에 물을 끓이며 어제 저녁 갓 볶은 원두를 사 놓기를 잘했다고 생각했다. 커피 향을 맡으니 몸살 기운이 한결 더 진정되는 것 같았다.

앤티크 숍치고는 자질구레한 소품들이 너무 많았다. 좀 더 부지 런하게 발품을 팔아야 값이 나가는 고가구를 수집할 수 있을 텐

데, 그러기에 순영의 요즘 일상은 무기력 그 자체였다. 헤어지기
전 그녀가 남편과 7년간 챙겨오던 결혼기념일이 어느새 또 다가
오고 있었다. 이혼한 지 벌써 3년이란 세월이 흘렀지만 그와 웃고
떠들던 날들이 엊그제 일처럼 선명했다.

"'아직도'예요?"

어젯밤 현식이 차에서 그렇게 물었었다.

"응, 아직도……."

"……."

"나도 이럴 줄 몰랐어. 감정이란 게 이렇게 복잡하고 지저분한
건지 왜 이제껏 몰랐을까."

순영은 현식의 어깨에 머리를 기댔다.

남편을 향한 마음은 '쉽게' 정리될 줄 알았다. 그래서 너무도
'쉽게' 이별을 택했다. 준이도 눈에 들어오지 않았다. 상처 입은
마음만 되살릴 수 있다면 뭐든지 할 수 있을 것 같았다.

현식은 자신의 어깨에 기댄 순영의 머리를 천천히 쓰다듬었다.

"이해하지만, 나도 좀 생각해 줘요."

순영은 몸을 일으켜 담뱃불을 붙이고는 현식에게로 건넸다. 운
전석과 보조석의 차창 밖으로 담배를 든 남녀의 팔이 나란히 재
를 털었다.

모든 것이 남편의 외도 때문이었다. 그와 그의 여자는 서로를
깊이 사랑하는 듯 보였다. 순영이 멀리서 지켜본 바에 의하면 분
명히 그랬다. 둘은 팔짱을 꼈고, 간혹 서로의 이마를 맞대거나 허

리를 감싸는 것으로 신의 있는 애정을 보여 주었다. 여자는 순영보다 키가 크고 날씬했으며, 주인의 품에 안긴 하얀 푸들처럼 얌전하고 순종적으로 보였다.

"정리할게."

남편은 그렇게 말했었다. 순영은 귀를 막았다. 감정은 정리되는 것이 아닌 줄 본능적으로 알게 된 것은 그때였다.

세상에단하나는 마크툽의 출발과 비슷하게 순영의 오래된 소품들에서 시작되었다. 해외 출장을 자주 다니던 남편은 이색적인 물건을 많이 사들였고 순영도 그것들을 좋아했다.

그는 모던한 디자인의 전화기나 타자기를 좋아했고, 순영은 오래되어 보이는 탁상시계나 접시, 장식용 도자기 인형을 좋아했다. 둘은 해외건 국내건 여행을 가서도 그 지역의 벼룩시장에 들르는 것을 잊지 않았다. 덕분에 순영의 집에 놀러온 지인들은 아기자기한 그들의 공통된 취미 활동에 한껏 시샘하였고, 로맨틱한 부부의 애정 표현에 찬사를 늘어놓았다.

결국 정리될 수 있는 건, 서로의 마음이 아니라, 버리기엔 아깝고 간직하기엔 고통스러운 그들의 물건이었다.

그것들은 순영과 남편의 비극적 결말에는 무관심한 듯 여전히 처음 발견했을 때의 모습 그대로 소박했다. 순영은 무심한 그것들을 가게 선반 위에 역시나 무심한 척 즐비하게 늘어놓았다. 손님들은 너나할 것 없이 시간에 무색한 디자인의 그것들에 욕심을 보여 왔다. 그리고 꽤 비싼 가격에 팔려 나갔다. 순영이 할 수 있는 괜찮은 정리란 그것뿐이었다.

순영은 전기난로 앞에서 커피를 마시며 몸을 녹이다가 선반 위에 얹힌 작은 시계 하나에 눈길을 줬다. 인디고 블루 바탕에 하얀색 넝쿨과 꽃을 섬세하게 그려 넣은 빅토리아풍의 원목 탁상시계였다. 결혼하고 처음 맞는 순영의 생일에 남편이 선물한 작고 앙증맞은 시계는 세월이 갈수록 더욱 빛을 냈다. 매일같이 닦아 주고 애정 어린 눈길로 바라봐 주는 것만으로도 물건이 살아 숨을 쉴 수 있다는 걸 순영에게 가르쳐 준 시계이기도 했다. 그것은 사람들 눈높이에 가장 알맞은 위치의 선반 가운데에 놓여 있었다. 눈에 가장 잘 띄는 물건이었지만 누구도 사 갈 엄두는 내지 못했다. 터무니없이 높은 가격표가 그 앞을 버젓이 지키고 섰기 때문이었다.

순영은 울적할 때마다 시계의 가격을 올려 표시해 놓았다. 누군가 값에 아랑곳하지 않고 가져가려 한다면 흔쾌히 공짜로 주겠다고 생각하고 있었다. 하지만 순영의 속내를 아는 사람은 그동안 아무도 없었다.

순영이 시계를 바라보고 있는 그때 탁자 위에 놓인 휴대전화의 진동음이 울렸다. 발신자는 '준이 아빠'였다.

"여보세요."

순영의 목소리가 의도치 않게 떨려 나왔다.

"응."

그녀는 대답과 함께 꿀꺽하고 침을 삼켰다. 한쪽 손으로 목을 매만졌다가 자신도 모르게 셔츠의 앞섶을 비틀어 쥐었다.

"그래, 거기서 봐."

그제야 셔츠의 앞섶이 손아귀에서 헤어났다. 전화는 끊겼지만 순영은 휴대전화를 얼마간 그대로 들고 있었다.

유리창을 때리던 빗방울이 어느새 싸락눈이 되어 있었다. 첫눈이라 하기엔 죽은 물고기에 뿌리는 소금처럼 몹시도 메마른 눈이었다. 순영은 담배를 연거푸 피워 대며 준이가 유치원에서 돌아올 시간만을 기다렸다.

남편은 순영과의 이혼 후에 하얀 푸들 같던 여자와 동거를 시작했다. 일 년 후 여자는 순영의 남편을 떠났고, 또다시 일 년 후에는 다른 남자와 결혼했다. 남편은 한 달에 한 번 정도 준이와 통화하기 위해 순영에게 전화를 했고, 두 달에 한 번 정도 준이와 주말을 함께 보냈다.

준이를 데려다주러 갈 때마다 보게 되는 남편의 얼굴에는 주름살이 하나씩 늘어 있었다. 심지어 몸집도 점점 왜소해지는 것 같았고, 낯빛도 어디가 아픈 듯 좋아 보이지 않았다. 순영은 그런 남편의 모습이 신경 쓰였지만 내색을 하지는 않았다.

그렇게 남편을 보고 오는 날 밤에는 안 좋은 꿈을 꿨다. 이혼을 요구했을 때 정리하겠다고 말하던 남편의 겁먹은 모습이 자꾸만 꿈속에서 어른거렸다. 순영은 그런 남편의 뺨을 몇 차례나 세게 때렸고 남편은 그 매를 고스란히 맞고는 힘없이 무너져 내렸다. 그런 남편을 보는 순영의 눈에서 폭포 같은 눈물이 쏟아졌다. 급기야는 자기 울음소리에 놀라 꿈에서 깨어났다.

지금까지 그녀에게 일어난 모든 일이 비현실적으로 느껴졌다. 그렇게 잠에서 깨어난 그녀에게 무엇보다 당황스러운 점은 그 누구의 잘못도 느껴지지 않는다는 점이었다. 심술궂은 마녀가 내린 유치한 저주처럼 어느 순간 벌어진 해프닝인 것만 같았다.

이제 싸락눈은 비와 섞여 진눈깨비가 되어 있었다. 준이는 노란 우산을 받쳐 들고 아빠를 만난다는 기쁨에 진눈깨비 속을 뛰어다녔다. 전남편이 기다리는 곳으로 가기 위해 순영은 염전에서 고개를 쳐드는 소금 같은 멀건 눈을 밟았다. 준이의 장화 굽이 지나갈 때마다 멀건 눈이 녹아들어 물로 고였다.

"차 한 잔 할래?"

순영이 물었다.

"지체하다가는 길이 더 막힐 거 같은데……."

전남편이 대답했다.

"엄마, 일요일 저녁에 봐."

어느새 자동차에 올라타 아빠 옆에 앉아 있는 준이는 싱글벙글한 눈으로 순영에게 작별 인사를 전했다.

"응, 아빠 말 잘 듣고, 재미있게 지내."

준이는 고개를 끄덕이며 환한 미소와 함께 양손을 흔들었다. 차창이 올라가자 순영이 서둘러 말을 건넸다.

"준이가 기침을 좀 하던데 잘 지켜봐. 무슨 일 있으면 바로 연락하고."

"알았어."

전남편은 대답과 동시에 시동을 걸었다. 그의 차가 추적추적 내리는 진눈깨비를 뚫고 앞으로 나아갔다. 동시에 순영의 다리도 주저앉을 듯 힘이 풀렸다.

금요일 저녁인데도 거리는 한산했다. 날씨 탓인지 이자카야를 찾거나 소주 한 잔 걸칠 곳을 찾는 양복 입은 남자들만 거리를 허둥지둥 걸어 다녔다. 세상에단하나는 이미 굳게 문을 닫은 후였고, 순영은 집에 가는 대신 마크툽으로 발걸음을 돌렸다.

"기태가 안 보이네?"

"벌써 끝나고 연애소설로 갔어."

"거기는 오늘 같은 날 손님이 더 많으려나?"

"아무래도."

순영은 검은 비닐봉지에서 소주 한 병과 마른 오징어를 꺼내 들었고, 미자는 'close'라는 푯말을 문 앞에 매달았다. 진눈깨비는 좀 전보다 더 무성히 흩날렸고, 연애소설의 격자무늬 미닫이문은 오렌지 빛 조명으로 손님들의 발길을 유혹했다.

아직 문 닫을 시간이 아니었다. 기태는 창가 테이블에 앉은 여자 손님들에게 연어샐러드와 사케를 내가며 마크툽을 흘끔거렸다. 세상에단하나의 순영이 검은 비닐봉지를 들고 들어간 뒤로 마크툽의 조명이 꺼지고 카운터 쪽의 부분 조명만 은은하게 빛을 내고 있었다.

보나마나 또 술판을 벌였을 게 분명했다. 요즘 들어 미자는 술을 더 자주 마시는 듯했다. 기태가 오후 두 시쯤 마크툽에 들어서면 미자는 잠을 잤는지 한껏 소파에 늘어져 있다가 벌떡 일어나 카운터로 들어갔다. 그러고는 으레 그렇듯 밤색 머릿수건을 두르고 일에 몰두했다.

재희가 왔다 간 날 이후로 미자는 기태 앞에서 은제 술통을 꺼내 들지 않았다. 대신 기태가 일을 끝내고 연애소설로 옮겨 간 뒤에 원 없이 술을 마셨다. 카운터 안쪽에 늘어선 빈 술병들이 정황을 말해 줬다. 그렇게 매일같이 마시고도 탈이 나지 않는 게 신기할 정도였다. 그래도 매가리 없이 늘어져 있는 꼴이 기태는 영 보기 싫었다.

재희가 신고니, 판검사니, 룸살롱이니 하며 오히려 미자를 협박하고 마크툽을 박차고 나가던 날 기태는 재희와 함께 근처 클럽에서 밤을 보냈다. 맥주를 들이켜고 춤을 추다가 또다시 맥주를 들이켜고 음악에 몸을 맡겼다.

"그 여자 애인도 없지?"

재희가 음악 소리에 질세라 기태의 귀에 대고 소리쳐 물었다.

"당연히 없지. 먼지 나는 헌책들 틈에서 술만 마시는데."

기태도 재희의 귀에 대고 고래고래 소리를 질렀다.

"그렇게 늙을까 봐 무서워."

자신의 미래를 상상해 봤는지 재희는 어깨를 부르르 떨었다. 기태는 그런 재희를 끌고 자리로 돌아왔다.

"그런데 너네 엄마 정말 판검사들이랑 친해?"

"거짓말이야!"

실망스러웠다. 기태는 재희의 든든한 백이 내심 부러웠었다. 재희의 엄마도 재희처럼 카리스마가 넘치는 신비스러운 여자일 거라 생각했었다.

"하지만 '들장미' 마담이긴 해. 아가씨들 달랑 셋 있는."

"들장미?"

기태는 그만 킥킥거리고 웃어 버렸다. 재희는 그런 기태를 떨떠름하게 바라보다가 이윽고 자신이 더 크게 따라 웃었다.

"그래, 들장미. 우리 엄마가 캔디 팬이거든. 들장미 소녀 캔디."

"아가씨들까지 있어? 군대 있을 때 외박 나왔다가 가 보긴 했는데, 그런 술집 말이야."

"이거 순 까졌잖아."

재희는 기태의 머리를 가볍게 밀쳤다. 그리고 다시 어이없다는 듯 웃기 시작했다. 멋쩍은 기분이 된 기태가 이번에는 재희를 따라 웃었다. 얼마 후 재희가 웃음을 참느라 숨을 헐떡이며 이렇게 말했다.

"크크, 기태야, 아줌마한테 잘 좀 말해 줘. 사실 나까지 사고 치면 안 되거든."

"아는 사람 누가 사고 쳤어?"

재희는 그제야 웃음을 멈췄다. 금방이라도 눈물이 뚝뚝 떨어질 것처럼 울상이 된 얼굴이었지만 몹시도 연극적인 표정이었다.

"사실 엄마 가게가 지난 달 단속에 걸렸거든. 돈도 없고 하는 수 있어? 엄마 지금 몸으로 때우는 중이야."

"그럼 실형을 살고 있다는 거야?"

"응."

"너네 아빠는 뭐하고?"

그때 또다시 비트 빠른 음악이 클럽 홀을 가득 채웠다. 재희는 아무 말도 없이 벌떡 일어나더니 어지럽게 섞여 있는 군중 속으로 리듬을 타며 걸어 들어갔다.

광고 속의 한 장면처럼 멋진 모습이었다. 잘록한 허리를 부드럽게 돌리며 두 손을 머리 위로 올린 채 춤에 빠진 재희는 눈을 감고 있는 듯했다.

얼마 안 있어 주위의 남자들이 재희를 둘러쌌다. 재희는 치근덕거리는 남자들을 향해 활짝 웃어 보였다. 어느 때보다 유쾌한 미소였다. 그때 재희의 몸이 어느 한 남자에게로 기우뚱 넘어졌고, 남자는 재희를 안아 일으키더니 자신의 테이블 쪽으로 끌고 가려 했다. 기태는 그제야 뛰어들어 재희의 손목을 낚아챘다.

"왜 그래?"

"나가자."

거리는 흥청대는 연말 분위기에 맞게 각종 불빛과 그만큼 다양한 각종 사람들로 휘황찬란했다. 클럽 앞에는 살을 에는 날씨가 무색할 정도로 짧은 스커트와 가슴팍을 훤히 드러낸 상의를 입은 한 무리의 여자들이 소리 높여 떠들며 웃고 있었다. 그녀들 옆에서는 펑키 스타일로 머리를 세우고 가죽바지를 입은 남자들이 너구리라도 잡을 듯 담배를 한꺼번에 피워 댔다.

기태는 추위에 떨고 있는 재희의 목에 자기가 하고 있던 목도리를 둘러 주었다.

"너 춤 싫어해?"

빨간색 목도리 위로 눈만 빼꼼히 내놓은 채 재희가 물었다. 기태는 그런 재희를 물끄러미 바라보다가 품에 가만히 안았다.

"이제 내가 옆에 있을게."

기태는 그렇게 말하고 재희를 더욱 힘주어 안았다. 조금 불안했지만 마음에 무언가 꽉 들어찬 느낌이었다. 앞으로 그 느낌이 어떻게 붕괴되어 갈지 기태는 그날 상상조차 하지 못했다.

그날 기태는 새벽에야 집에 들어갔다. 어둑한 거실 소파에 누군가 앉아 있었다. 아버지였다.

"안 주무셨어요?"

대답은 없었다. 대신 뺨에서 불똥이 튀었고 기태는 기우뚱하며 바닥에 쓰러졌다.

"네 엄마 병원에 모시고 가란 말 못 들었냐?"

아버지의 목소리는 어둠 속을 낮게 질러 기태의 머리 위로 쏟아졌다.

"사람 구실도 못하는 놈!"

또다시 묵직한 진동이 기태가 쓰러져 있는 바닥으로 내리꽂혔다. 아버지는 그렇게 말하고는 찬바람을 일으키며 방으로 들어갔다. 그제야 아침에 아버지가 당부한 말이 생각났다. 엄마가 약을 다시 처방받아야 한다는 얘기였다. 왼쪽 뺨을 만져 보았다. 뜨겁게 열이 올랐다.

잠시 후 기태는 아무 일도 없었다는 듯 맥없이 일어나 자기 방으로 들어갔다.

현식이 야근을 끝마치고 마크툽에 들어섰을 때 이미 순영은 많이 취해 있었다. 준이를 전남편에게 데려다 준 날이면 순영이 대책 없이 술을 마신다는 걸 현식은 잘 알고 있었다. 순영은 현식을 보자마자 배시시 어린애처럼 웃으며 술잔을 권했다.

"어서 와. 앉아, 앉아. 잘 왔어, 잘 왔어."

같은 말을 두 번씩 반복하는 건 순영이 취했다는 증거였다. 미자는 현식을 향해 두 눈을 찡긋했다. 순영을 그만 집에 데려다주라는 눈짓이었다.

"누나, 그만 가요. 많이 취했네."

"누가 취해? 아냐, 아냐. 안 취했어, 안 취했어."

순영이 손사래를 치더니 픽 하고 소파로 쓰러졌다. 현식과 미자는 잠이 든 순영을 간신히 현식의 차 뒷자리에 앉혔다.

"현식 씨, 번번이 미안하네."

미자는 잠든 순영 대신 사과를 했다. 현식은 쓸쓸히 웃을 뿐 말이 없었다.

미자는 현식의 마음을 오래전부터 알고 있었다. 순영이 그런 현식을 적당히 거부하고 적당히 받아들이고 있다는 사실도 알고 있었다. 순영의 거리 조절은 때론 너무 얄밉게 느껴졌다. 그렇다고 해서 현식에게 그러한 거리를 좁힐 만한 저돌성이 있는 것도 아니었다.

둘의 관계는 지켜보기에도 답답하고 미지근했지만 어떤 고고한 미학적 참을성이 느껴져서 제삼자가 섣불리 참견할 수 없는 아우라까지 보였다.

순영의 집 앞에 도착한 현식은 차 안 실내조명을 켜고는 뒤를 돌아다봤다.

"누나, 다 왔……."

현식이 말을 마치기도 전에 순영의 감긴 눈에서 눈물 한 줄기가 흘러내렸다. 현식은 그 모습을 가만히 지켜보다가 라디오를 틀고는 적당히 볼륨을 낮췄다.

아임 드리밍 오브 어 화이트 크리스마스
저스트 라이크 더 원스 아이 유스투 노우…….

학교도 들어가기 전인 것 같은 꼬마 여자아이의 목소리가 흘러나왔다.

"첫눈이 뭐 이래. 진눈깨비로 오고."

어느새 음악에 젖어 있던 순영이 침묵을 깼다.

"애같이 왜 울어요?"

"……"

순영이 대답을 못하자 현식은 포기한 듯 여자아이의 노래를 따라서 흥얼거렸다.

"매번 미안해. 조심해서 가."

순영이 차문을 열고 내려섰다. 비틀거리는 순영의 옆에는 어느새 현식이 와 서 있었다. 현식이 팔을 부축하고 나서자 순영은 도움을 거절했다.

"괜찮아. 길 미끄러운데 조심히 운전해."

그런 순영의 팔을 현식은 다시 잡고 나섰다. 이번에는 순영도 그의 도움을 거절하지 않았다.

"현식 씨, 『브람스를 좋아하세요』란 소설 알아?"

순영은 뜬금없이 소설 얘기를 꺼냈다.

"제목은 들어 봤어요."

"그래, 프랑스 여자 쁘라잉쑤와즈 사강 알지?"

과도하게 혀를 꼬아 발음하며 순영은 실없이 웃었다.

"알아요."

"그 여자가 스물네 살 때 서른아홉 먹은 여자 얘기를 썼더라. 미자 언니랑 내 나이의 여자들 얘기잖아. 새파란 게 어떻게 그런 마음을 알았을까."

"……"

"꼭 내 얘기처럼 읽혔어. 똑똑하지도 못하고, 미련만 잔뜩 안고 살고, 결국 바람둥이 옛 남자에게로 돌아가지. 그게 참 알 수 없는 거거든. 나 같은 여자들이 하는 사랑이란 게 그래. 미련퉁이 같고 곰 같은. 난 좀 영악해져야 하는데……. 그래서 내가 현식 씨를 만나나? 나 좀 영악해진 거 같아?"

그 말에 현식은 순영을 잡고 있던 팔짱을 풀었다.

"전혀."

싸늘한 목소리와 눈빛이었다.

무색해진 순영은 비틀거리며 번호 키를 누르더니 뒤도 돌아보지 않고 문 안으로 사라졌다. 현식은 굳게 닫힌 문 앞에서 담배 한 대를 피워 물고는 그렇게 잠시 서 있었다.

꽁초를 비벼 끄고 되돌아갔을 때 차 안에서는 꼬마 여자아이의 캐롤이 아직도 시끄럽게 흐르고 있었다. 현식은 다시 담배 한 대에 불을 붙이고 차창을 내렸다. 갑자기 들이닥친 찬바람이 히터 열기를 금세 빼앗아갔지만 그는 창문을 올리지 않았다.

얼마나 지났을까. 그는 다 타 들어간 담배꽁초를 바닥에 버리고 또다시 담배 한 대를 빼어 물었다. 그리고 아까보다는 좀 더 힘 있게 여자아이의 캐롤송을 흥얼거렸다.

얼마 후, 순영의 방에 불이 꺼졌고 현식은 그제야 차창을 올렸다.

순영은 차에 시동이 켜지고 현식이 멀어져 가는 소리를 듣고는 그제야 방 안의 불을 다시 켰다. 어둠이 몰려나가고, 멀뚱히 방문에 기대선 여자가 환한 형광등 불빛을 받으며 자꾸만 창백해졌다.

그날 오후 류도 다른 날보다 한 시간 일찍 수족관 쇼윈도의 조명을 껐다. 흡사 카페의 네온사인 간판처럼 주홍빛으로 점멸하던 'fish world'란 글자가 어둑한 밤하늘 아래로 사라졌다.

출입문 쪽 전면 유리 앞에 설치된 2층짜리 수족관 안에는 열대어인 구피들이 오밀조밀하게 모여 각자의 빛깔로 유영하고 있었다. 어둑한 실내에서 류는 가끔 수족관에 설치된 낮은 조도의 빛만으로 구피들을 감상하곤 했다.

류의 피시월드는 와우산로의 소상인들 중 주인장의 숨겨진 성격이 가장 솔직하게 드러난 상점이었다. 뒤쪽 선반에는 각종 사료와 어항, 조명, 펌프 등이 꽤 찾기 쉽게 정돈되어 있었고, 오른쪽 벽으로는 잉어과나 냉수어과 물고기, 그리고 새우나 갑각류, 파충류 등이 그들만의 영역을 구축하고 있었다. 왼쪽 벽으로는 류 선생이 쓰는 책상 위로 각종 수산과학 서적들이 늘어서 있었고, 작은 액자들로 꾸민 물 속 생물 사진들이 어느 예술사진 수집가의 컬렉션처럼 벽의 빈 공간을 빼곡히 채웠다.

땅딸막한 키, 부은 것처럼 살집이 있는 눈, 일자로 옹골지게 닫힌 입, 늘 같은 종류의 옷만 입는 류를 처음 보는 사람들은 그에게서 이유를 알 수 없는 답답함이나 꽉 막혀 있을 것 같은 융통성 없는 성격을 연상했다.

하지만 피시월드에 한번 들러 보면 그런 첫인상 같은 것은 홀러덩 벗겨져 나갔다. 이유를 알 수 없는 답답함은 전문 영역에 대한 뚝심과 열정으로 이해되었고, 융통성 없는 성격은 매력적인 수

집가적 성격으로 이해되었다.

그렇지만 류는 그런 이미지 쇄신의 방법에 대해 전혀 모르고 있었다. 미자를 피시월드에 초대하지 않은 것은 그가 미자에게 한 가장 큰 실수였다.

미자가 순영의 술주정을 받아 주고 있는 동안, 류는 쇼윈도 밖의 흩날리는 비와 눈을 배경으로 하는 레드플라밍고의 유영을 노곤한 기분으로 감상했다. 다홍빛으로 발색하는 녀석의 꼬리는 이름 그대로 홍학의 깃털처럼 또는 플라멩코를 추는 무희의 프릴 스커트처럼 화사한 아름다움을 지녔다.

류는 미자를 생각하다가 이내 포기하고, 레드와인 한 병을 꺼내 코르크 마개를 땄다. 아직 성인이 되지 않은 소녀의 뺨에 핀 주근깨를 보듯 류는 와인 잔을 눈높이에서 바라봤다. 아내의 얼굴에도 나이에 맞지 않는 수줍은 주근깨가 군데군데 있었다. 아직 익지 않은 과일처럼 풋내 나는 와인은 아내가 좋아하던 유일한 술이었다.

미자를 처음 봤을 때 류는 본능적으로 아내를 떠올렸다. 미자에게서 맡아지는 약한 알코올 냄새가 아내가 마시던 와인 향과 비슷했다. 아내도 미자도 레드플라밍고의 꼬리처럼 화려한 여자들은 아니었다. 하지만 둘 사이엔 어떤 공통점이 있었다. 그녀들은 포도주병 아래에서 고요히 가라앉아 있다가 술병을 흔들기만 하면 화려하게 피어나는 보랏빛 침전물과도 같은 여자들이었다. 류는 아내의 그런 내재된 활력과 아름다움을 사랑했다.

아내는 류의 운전석 옆에 앉아 있었다. 괴로워하는 류를 향해 아내는 이렇게 말했었다.

"난 당신을 믿어."

그것은 아내가 류에게 남긴 마지막 말이 되었다.

류가 다니는 학교에서 폭력 사태가 발생했다. 방과 후에 일어난 일이라 목격한 사람은 아무도 없었다. 단지 생물을 가르치는 류 선생과 이사장의 조카만이 교실에 남아 있었다. 얼굴이 찢어지고 빗장뼈가 부러진 사람은 이사장의 조카였다. 순식간에 일어난 일이었다. 병원에 입원한 이사장의 조카는 대충 다음과 같이 진술했다.

"생물 선생님이 갑자기 의자를 들어 올리더니 제게로 던졌어요. 답안지를 백지로 냈다는 이유만으로 따로 불러내더니 저를 이렇게 만들었어요."

술이 깼다고 생각했다. 류는 운전대를 잡았고, 중앙선을 넘어오는 차를 피하려다 인도로 돌진해 전봇대를 박았다. 아내는 류의 말을 듣고 있었고, 순식간에 차창 밖으로 튕겨져 나갔다.

류는 뻐끔거릴 뿐 아무 소리도 내지 않는 물고기들이 마음에 들었다. 적당한 먹이에 적당한 환수, 몽환적인 작은 조명, 그들을 바라봐 주는 호기심 어린 관람자의 눈만 있으면 레드플라밍고든 금붕어든 체리새우든 간에 별 탈 없이 잘 자라 주었다.

류는 마크툽의 미자를 보면서 수족관의 어류 같다고 생각했다.

천천히 감겼다 떠지는 눈꺼풀, 맑은 수조처럼 투명한 눈동자, 지느러미처럼 살랑대는 밤색 머릿수건, 물속을 걷는 듯 느릿느릿한 몸짓, 아무 말도 없이 뻐끔거리며 술잔을 빠는 입.

아내도 그랬다. 심해에서 유영하는 물고기처럼 여유 있고 나른했다. 와인을 따라 주면 아내는 그 속에 들어가 잠들 것처럼 보랏빛으로 일렁이는 술잔을 한참 동안 들여다보았다. 류는 아내가 하던 것처럼 와인 잔을 천천히 돌렸다. 시큼털털한 향내가 코끝을 휘감았다. 아내는 너무 일찍 곁을 떠났고, 미자는 심연의 바닥에 가라앉아 나올 줄을 몰랐다.

쇼윈도 밖에는 어느새 눈이 그쳤고, 류는 와인 잔을 비우고 집에 갈 채비를 했다.

블먼알3
허공을 부유하는 눈송이들

"맛있는데요. 와인도 끓여 마시는지 처음 알았어요."

다산의 박 여사가 보온병에 담아 온 뱅쇼는 금방 동이 났다. 기준은 몸살기가 있다며 연신 뜨거운 와인을 홀짝였다.

"그렇지? 이게 감기에 좋대. 레몬이랑 생강, 계피 넣고 푹 끓인 거니까 약이랑 똑같은 거야."

새해 들어 동장군이 유난을 부렸다. 하루걸러 눈이 왔고, 칼바람이 부는 맹추위에 와우산로에 있는 몇몇 상점의 수도 계량기가 동파됐다. S대생들의 빈약한 자취집에 있는 보일러도 얼어붙기 일쑤였다.

뱅쇼 한 잔씩을 다 마시고 나서야 마크툽에 모인 사람들은 움츠린 어깨를 펼 수 있었다.

"참, 그 할머니가 또 찾아왔다면서?"

이번에는 전 실장이 따끈한 청주를 내왔다. 주전자에 담아 중탕을 하지 않았는데도 전자레인지에 돌리는 것만으로 제법 향이 살아 있었다.

"따끈한 청주엔 태운 복어 지느러미를 띄워야 제맛이죠."

기준은 연애소설로 건너가 기어이 불에 구운 복어 지느러미를 가져왔다. 구수한 향이 시큼한 청주 향과 함께 마크툽을 따뜻하게 감쌌다. 전 실장이 할머니 얘기를 꺼낼 무렵 미자는 청주가 든 잔을 입으로 불어 식히고 있었다.

"그동안 통 안 보였는데 어제 오셨더라고요."

"이번에도 슬쩍해 갔어?"

박 여사의 물음에 기태는 귀를 세웠다.

지난 가을 기태의 행적을 아는 사람은 블먼알에서 미자와 형 기준뿐이었다. 기태는 쭈뼛거리며 눈치를 살폈다. 사람들은 예전과 별 다를 게 없어 보였다. 순영과 현식은 좀 지친 얼굴이었고, 류 선생이 왠지 멜랑콜리한 분위기라는 것만 빼고는.

'아줌마가 정말 아무한테도 말하지 않았구나.'

기태는 안심했다. 형 기준만이 유일하게 눈을 부릅뜬 험악한 표정으로, 안심하고 있는 기태에게 의미심장한 눈빛을 날렸다. 기준은 동생이 저지른 작년 가을의 유치한 절도 행각을 좀처럼 쉽게 잊을 수 없을 것 같았다.

반면 미자는 태연했다. 재희가 왔다 간 이후로 기태에게 좀 심하다 싶을 정도로 냉랭했는데, 새해 들어 태도가 변했다. 변화는 기태에게 일주일에 한 번씩 책을 건네는 것으로 시작됐다. 물론 마크툽에 있는 헌책이었다. 기태는 선물이냐고 물었다. 미자는 기태를 쳐다보지도 않고 길 잃은 어린양에게 주는 적선이라고 말했다. 그리고 매번 이렇게도 말했다. 읽든 말든 네가 알아서 해. 하지만 안 읽으면 네 인생에 있어서 큰 손해일 거야.

어느덧 사람들은 은발의 할머니 얘기로 관심이 집중됐다.

"아뇨, 이번엔 놓고 갔어요."

박 여사의 주파수가 민감하게 반응했다.

"응? 뭘?"

"책이요."

"아, 답답해. 말 좀 길게 해 봐. 그럼 그 노인네가 훔쳐 간 책들을 다시 가져온 거야? 아니면 책을 어쨌다는 거야?"

미자가 뜸을 들이자 기태가 대신 대답했다.

"새 책들이었대요. 저 아래 서점에서 사온 것들로요. 아줌마 그 뒤에 어떻게 됐어?"

"새 책? 웬 새 책? 그리고 넌 아줌마가 뭐니. 시집도 안 간 사람한테. 나한테나 아줌마라고 해라."

박 여사의 핀잔에 기태는 들릴 듯 말 듯 꿍얼거렸다.

"아줌마가 아줌마지 뭐가 어때서요. 정감 있고 좋은데."

그때 류 선생이 흠흠 하고 목을 가다듬더니 정색을 하고 이렇게 말했다.

"경고하는데, 우리 나 사장님한테 예의 좀 차리지."

잠시 정적이 흐르다 여기저기에서 비실비실 웃음이 터져 나왔다. 정색하고 말한 류의 의도와는 다르게 '우리 나 사장'이란 말에 모두들 자기 귀를 의심했다.

"그럼, '우리 나 사장님'이 블먼알의 창시자신데 기품 있는 말로 존칭해 드려야지."

다산 전 실장의 한 술 더 뜬 농담에 모두가 시시덕거렸지만 미자와 기태만은 서로 다른 이유로 귓불까지 빨개진 채 화를 삭였다.

기태는 류의 위협적인 말투에 한껏 성이 났고, 미자는 친밀함을 과대 표시한 류의 표현에 뒤통수를 얻어맞은 것 같았다. 마흔일곱 아저씨가 마흔 살 아줌마를 두둔하는 말이라기보다는, 류가 미자를 생각하는 마음 때문에 튀어나온 말이라는 것을 아는 사람은 다 알았다.

단, 기태만이 자신을 향한 위협적인 말투 말고도 미자를 '우리 나 사장'이라고 표현한 것에 몹시도 언짢아했다. 마치 류가 미자를 희롱하는 것만 같았다. 왜 그렇게 느껴졌는지는 스스로도 알 수 없었다.

"그만들 해요. 하나도 안 웃기니까."

급기야 미자는 성까지 냈지만 분위기는 좀처럼 가라앉지 않았다. 좀 전의 할머니 이야기로 다시 화제를 돌리는 수밖에 없었다.

"그 할머니 치매 환자예요."

역시 효과가 있었다. 마크툽의 오래된 책 도둑 중 한 명이 치매 환자라니. 헐떡이며 웃던 소리들이 한순간에 잠잠해졌다.

"손녀랑 같이 왔더라고요. 할머니가 새 책들을 사 모으더니 여기에 가져다줘야 한댔다며 쇼핑 가방에 잔뜩 싸 왔는데, 책값도 안 받겠다고 하고 좀 난감했어요."

"쯧쯧, 그 할머니 증상 참 독특하시네. 언제는 고릿적 책을 슬쩍하더니 이제는 새 책을 가져와서는 그냥 가져라? 자기한테 좀 미안했나 보다. 치매 때문에 정신이 오락가락하시나 보네."

박 여사가 안타깝다는 듯 혀를 차며 말했다.

"손녀는 할머니가 여기 와서 책을 가져간 건 모르는 거 같아요. 그냥 할머니가 하도 우기니까 따라서 온 거 같던데요."

단정하게 머리를 묶어 올린 얌전하게 생긴 손녀는 S대에 다니고 있다고 했다. 그녀는 확실히 할머니와 닮은 구석이 있었다. 길쭉한 얼굴에 넓은 이마가 그랬고, 흰머리가 성성하지만 아직도 지적인 분위기를 풍기는 할머니처럼 손녀도 꽤 학구적으로 보였다.

실제로 노인의 머리는 은은한 회색빛이 간간이 섞여 있어서 백발이라는 말보다는 윤기 있게 빛나는 멋진 은발이라는 표현이 더 잘 어울렸다. 젊은 사람들이 머리를 탈색하고, 물을 들이고, 온갖 공을 다 들여도 나올 수 없는 색이 바로 그 색이었다.

은발의 할머니는 거의 일 년 만에 마크톱을 찾았다.

"여긴 없는 게 너무 많아. 책도 먼지투성이고."

꼭 호통을 치는 것 같았다.

"책방이 이러면 안 되지. 주인 없다고 이렇게 게으름 피우면 되

나. 아버지 오시면 나만 욕먹는다고."

속사포같이 쏟아 놓는 노인의 말에 미자의 눈이 휘둥그레졌다. 아버지라니, 무슨 말일까. 손녀는 미자와 할머니의 눈치를 동시에 보고 있다가 할머니가 잠잠해진 틈을 타 미자의 귀에 대고 이렇게 속삭였다.

"치매를 앓으세요."

손녀는 할머니에게는 들리지 않게 목소리를 최대한 낮춰 다시 말했다.

"죄송해요. 증조할아버지가 책방을 하셨대요. 할머니가 자꾸 어린 시절로 돌아가셔서 그때 일들을 지금과 혼동하세요."

은발 여인은 이젠 서가를 돌아다니면서 책장에 앉은 먼지를 털어 대기 시작했다.

"작년 가을쯤 여기 책들을 몇 권 사 가지고 오셨더라고요. 할머니 방에서 봤어요. 그런데 아버지 책방에서 가져왔다고 그러시길래 혹시나 했죠. 병원에 모셔 갔더니, 맞대요, 치매가. 몇 달 전부터는 증세가 좀 심각해지셔서 아예 밖에 못 나가시게 했는데 며칠 전부터 자꾸 여기 와야 된다고 하셔서요. 어쩔 수 없이 제가 따라나섰어요."

손녀는 미자에게 미안했는지 그림책을 보고 있는 할머니의 손을 잡아끌었다.

"책은 받아 주세요. 그게 할머니 마음인가 봐요."

손녀는 나가지 않으려는 할머니를 어르고 달래 간신히 마크톱을 나설 수 있었다. 미자는 종종 할머니를 모시고 오라는 말로 손녀에게 인사를 대신했다.

미자의 얘기에 좀 전과는 정반대의 분위기가 형성됐다. 모두 조금씩 쓸쓸한 눈빛을 하고 있었고, 박 여사는 거의 울 것 같은 표정을 짓고 있었다. 그리고 식어 버린 청주를 거의 동시에 한 모금씩 들 입에 물었다.

기태는 또다시 엄마 생각이 났다. 지금 이대로라면 엄마가 치매에 걸리는 것은 시간문제처럼 느껴졌다.

"자, 퀴즈 시간입니다."

현식이 가라앉은 분위기를 전환시키기 위해 먼저 입을 열었다. 다산의 두 내외는 빈 잔들을 모아 청주를 다시 한 번 따끈하게 데워 냈다.

"잘 들으세요."

현식이 목소리를 가다듬었다.

"오늘은 고전 명작의 제목을 맞추면 됩니다. 자, 첫 번째 힌트입니다. 책 속의 한 구절을 읽어 볼게요. '그대의 손을 통해 이 권총이 내게로 왔습니다. 그대가 먼지를 닦았겠지요. 그대의 손길이 닿았으니 나는 몇 번이나 그대가 준 권총에 키스를 했습니다.'"

문제를 듣자마자 미자는 또 기억의 숲을 헤맸다. 현식이 낭독한 구절에 연상되는 것이 있었다. 그런데 도대체 제목이 생각나지 않았다. 기억력 감퇴가 나이 먹는 증거라는 것을 절실하게 느끼는 요즘이었다. 주위를 둘러봤지만 모두가 고심하는 눈빛이었다. 마흔을 그것도 훌쩍 넘어 버린 사람들에게는 당연한 일이라 생각하니 조금 위안이 되었다.

고전적 문체, 권총, 키스, 아무래도 화자는 권총을 준 사람을 사랑하나 보다, 그렇다면…… 반짝 떠오르는 게 있었다. 그때 현식이 자신이 늘 메고 다니는 낡은 양가죽 가방 안에서 책 한 권을 꺼냈다.

"참고로 오늘의 상품은 이 책입니다."

현식이 꺼내든 것은 진초록색 표지의 꽤 두꺼운 책이었다. 생김새만 보면 현학적인 학술 서적으로 보이다가도 우아하고 새침한 여인의 분위기를 풍기기도 해서 도통 어떤 장르의 책인지 쉽게 판단이 서지 않는 책이었다.

"『치명적 매력』이란 책이에요."

앞표지에는 진초록 바탕을 배경으로 창문에 한쪽 팔을 기댄 어떤 여자의 옆얼굴이 실루엣만으로 화면 가득 채워져 있었고, 현식의 말대로 '치명적 매력'이란 글자가 오른쪽 하단에 금박으로 박혀 있었다.

"릴케의 연인 루 살로메 아시죠? 부제가 '루 살로메와 연애 그리고 매력적인 여자'예요. 우리 블먼알 누님들한테 딱 필요한 책이죠."

제 딴에는 농담을 던진 것이었는데 현식의 말을 듣고 웃는 사람은 아무도 없었다. 그의 말대로라면 더욱 정체를 알 수 없는 책이라고 미자는 생각했다.

"정답!"

그때 박 여사가 유치원생마냥 팔을 높이 쳐들었다.

"네, 박 여사님! 정답은?"

"『무기여 잘 있거라』!"

순간 미자와 현식이 누가 먼저라 할 것 없이 웃음을 터뜨렸다.

"아니야? 총에 키스까지 한다며. '무기여 잘 있거라'가 제목으로는 딱 맞는데……. 사실 옛날에 읽어서 잘 기억은 안 나. 남자 주인공이 자살 안 하나?"

자꾸만 터져 나오려는 웃음을 참기 위해 애쓰며 현식이 가까스로 대답했다.

"그러니까, 그게, 헤밍웨이가, 권총 자살하긴 했죠. 그 소설 쓴 작가요."

류 선생이 현식의 말을 고쳐 주었다.

"권총이 아니고, 엽총 자살이야. 누군 사고라고도 하고."

기준과 기태는 눈만 동그랗게 뜨고 있을 뿐 얼굴에는 웃음기가 없었다. '루 살로메'와 '헤밍웨이'와 '무기여 잘 있거라'와 '엽총 자살'이 형제의 머릿속으로 어지럽게 날아다녔다.

"그럼 두 번째 힌트 드릴게요. 주인공은 불륜의 사랑에 안타깝게도 목숨을 겁니다. 자살을 하지요. 그리고 이걸 서간체 소설이라고 하죠? 편지들을 엮은 게 소설이 된 거예요."

미자가 짐작하던 답은 현식의 힌트로 인해 더욱 확실해졌다. 이쯤에서 손을 들어 볼까 생각하던 차에 순영이 무릎을 치며 정답부터 외쳤다.

"아, 알겠다! '베르테르의 슬픔' 맞지?"

현식은 만족스러운 미소를 지으며 고개를 끄덕였다.

"정확히는『젊은 베르테르의 슬픔』이죠."

"아, 맞다. 젊은 베르테르. 사랑하는 여자 이름이 로테였지?"

"네, 맞아요."

"그런데 로테가 베르테르한테 총을 건네 줬어? 뭐야, 자살을 방조한 거네, 자기를 사랑해 주는 사람한테 어쩜!"

"직접 주진 않았지만 어쨌든 로테 손을 거치긴 했어요. 그래도 설마 로테가 알고 줬겠어요."

"그래도 그렇지. 비극이다, 정말."

순영은 마치 자신이 로테나 되는 양 치를 떨었다.

"여기요, 상품. 사실 순영 누나 생각하며 이 책 고른 거예요. 어떻게 주인을 잘 찾아갔네."

순영은 책을 받아 들고는 이리저리 자세히 살폈다. 연애란 말이 부제에 들어가 있는 걸 보니 뭔가 조언을 해 주는 책 같기도 했다. 순영은 이런 종류의 책을 별로 좋아하지 않았다. 같은 인간인데 유독 여자들만 연애 지침서를 읽는 것도 은근히 자존심이 상했다. 무엇보다 자신은 그런 책이나 정보 같은 것 없이도 아직은 마음만 먹으면 남자란 종족에 얼마든지 어필할 수 있는 여자라고 생각했다. 순영은 현식을 나무라듯 노려봤다.

"뭐야, 연애 지침서야? 아니면 여성학이나 평전 같은 거야?"

"그냥 연애 지침서가 아니에요. 루 살로메잖아요. 나이를 막론하고 릴케부터 니체, 프로이트까지 시대의 지성들을 사로잡은 여자요. 이 책은 살로메가 팜므파탈이었다, 그러니 그것을 배워 보자, 이런 식은 아니에요. 그보다는 살로메가 만났던 남자들이 모두 지적, 영적으로 더 성숙하게 됐다는 데 초점이 맞춰져 있어요. 그러니까 근대 지성과 석학, 예술가들의 정신적 스승? 아니면 창작과 연구를 자극하는 빛의 원천? 이런 거라니까요."

"그런데?"

장황하게 늘어놓은 현식의 설명에도 순영은 별로 탐탁치 않아 했다. 현식은 그런 순영의 반응이 당황스러웠다.

"그러니까…… 음, 릴케가 스물두 살 때 서른여섯 살 살로메를 만났는데, 릴케가 시에 더 매진할 수 있도록 자진해서 떠나간 건 유명한 일화고……, 그러니까 릴케는 살로메를 전 생애에 걸쳐 흠모하고 존경하고……. 그래서 매력적인 여자는 이런 여자다……. 그리고 뭐 자유연애 같은 거, 여자여! 한 남자에 목매지 마라, 이를테면 그런 내용……."

현식은 순영의 눈을 똑바로 바라보며 얘기했다. 순영은 잠시 열뜬 기분이 되어 현기증을 느꼈다. 현식의 눈빛은 그 어느 때보다 따뜻했다.

"에이, 나는 딱 알겠는데. 매력적이고 능력 있는 연상의 여자들이여, 주위에 있는 연하남을 잘 살펴라! 뭐 이런 거 아니겠어요?"

내내 잠자코 있던 기준이 현식과 기태 그리고 자기를 손가락으로 가리키며 능청스러운 표정을 지었다. 기태는 과장되게 놀라며 자기는 아니라는 손짓을 했고, 현식은 당황했는지 술잔을 만지작거리며 딴청을 부렸다.

"어어, 이거 왜 이래. 류 사장이랑 나는 왜 빼나. 우린 남자도 아니야?"

전 실장의 너스레에 박 여사가 가볍게 힐난했다.

"거기에 유부남이 왜 껴? 주책이야. 그건 그렇고 그럼 미자는? 미자한테도 그 책 줘야겠구만. 왜 순영이만 생각해? 더 급한 건 미잔데."

"그럼요. 미자 누님도 잘 살피세요. 요즘 우리 가게 오는 커플 대부분이 연상녀 연하남이에요."

기준이 맞은편 연애소설을 가리켰다. 박 여사는 기준의 말에 고개를 끄덕이더니 이렇게 물었다.

"그래, 그 누구더라. 스카프가 차 바퀴에 끼어 죽은 여자?"

"이사도라 덩컨."

전 실장이 재빨리 대답했다.

"맞다. 이사도라 덩컨도 애인이랑 열일곱인가 열여덟 살 차이가 났대지. 우리 큰딸도 기태랑 동갑인데 지금 고 2짜리 남자애랑 사귄다고 그래서 내가 얼마나 웃었는지 몰라."

박 여사의 수다에 전 실장이 헛기침을 하며 눈총을 줬다. 전 실장은 딸에게 당장 헤어지지 않으면 이번 달부터 용돈은 없을 거라고 엄포를 놓은 상태였다.

"니체는 살로메보다 열일곱 살인가 많았어요. 찰리 채플린은 오십대에 십대 후반의 부인을 얻어 죽을 때까지 잘살았고, 그것도 아마 네 번째 부인인데도 말이죠. 그것뿐인가요? 『젊은 베르테르의 슬픔』을 쓴 괴테는 일흔이 넘은 나이에 성년도 안 된 어린 여자애를 좋아했어요."

더욱 고급스러운 정보로 좌중을 뒤흔든 주인공은 류 선생이었다. 모두들 류의 뜬금없는 신변잡기적 지식에 감탄사를 연발하며 입을 다물지 못했다. 미자도 류 선생이 새삼 달라 보였다. 일부러 나이 차가 많이 나는 커플들로만 몰래 연구해 온 것처럼 딱 떨어지는 지식이었다.

미자는 머릿속으로 계산에 들어갔다. 류 선생은 자기보다 일곱 살이 많았고, 기태는 자기보다 열여덟 살이 적었다.

계산의 결과와 함께 미자는 급속도로 침울해졌다. 류 선생은 미자에게 사랑을 고백했고, 기태는 미자에게서 책들을 훔쳐 갔다. 류 선생은 미자를 '우리 나 사장'이라 부르며 옹호했고, 기태는 미자를 '아줌마가 아줌마지.'라며 무시했다.

미자는 꿀꺽하고 정종 한 모금을 삼켰다. 아직 식지 않은 것이어서 목구멍이 불에 덴 것처럼 화끈거렸다.

그때까지 일행은, 한켠에서 과자를 먹으며 『세계의 명탐정』이라는 만화 시리즈를 보고 있던 준이의 존재를 깜박하고 있었다. 준이는 순영이 『젊은 베르테르의 슬픔』이라고 정답을 알아맞힐 때부터 일행의 언행을 자신이 보고 있던 만화의 탐정들처럼 면밀히 지켜보고 있었다. 미자가 뜨거운 정종에 괴로워하며 찬물을 찾아 들이킬 때 준이는 순영에게로 다가갔다.

"엄마, 김현식 씨 아저씨가 엄마 좋아하는 거 같아."

순영은『치명적 매력』을 이리저리 훑으며 못마땅한 구석을 찾는 중이었다.

"응? 아니야, 아니야. 얘가 별소리를 다하네."

딸의 갑작스러운 발언에 순영은 적극 부인에 나섰다. 하지만 준이는 좀 전에 본 만화책에서 나온 장면처럼 엄마가 당황하는 모습을 놓치지 않고 다시 추궁에 들어갔다.

"나도 해바라기반 상진이가 나 좋아한다고 고백했을 때 얼굴이 빨개졌어. 그런데 엄마 얼굴이랑 김현식 씨 아저씨 얼굴이랑 지금 둘 다 빨간데."

"그, 그건 엄마가 술을 마셔서 그래. 엄마 이제 그만 마셔야겠다. 우리, 집에 가자. 시간이 벌써 이렇게 됐네."

벽에 걸려 있는 시계의 바늘은 열 시를 가리키고 있었다. 블면알은 보통 열한 시쯤 끝이 났지만 순영은 준이의 손을 잡고 서둘러 마크툽을 나서려 했다.

"가려고요? 같이 가요. 나도 가게 가 봐야지. 너는 더 있다가 와."

순영이 일어서자 기준도 덩달아 일어났다. 기태도 엉덩이를 들썩했지만 더 있다 오라는 형의 말에 엉거주춤했고, 그 순간 박 여사가 스웨터 소매를 잡아끄는 바람에 그대로 소파에 털썩 주저앉아 버렸다.

"형 간다고 따라가는 게 어디 있어. 자긴 남아 있어."

"벌써들 가? 정종 한 병 더 남았는데."

전 실장이 아쉬움에 겨운 소리를 하자, 박 여사는 이번에는 다른 이유로 전 실장의 소맷부리를 잡아끌었다. 아무래도 순영의 표정이 어두워 보였기 때문이다. 순영과 현식의 사이에 무슨 일이 있었던 게 분명했다. 게다가 뜨거운 정종에 입을 데어 찬물을 벌컥거리던 미자도 걱정이 있는 사람처럼 침울해 보였다.

순영 모녀와 기준이 각자의 길로 돌아가고 난 후 현식이 입을 열었다.

"여기서 『브람스를 좋아하세요』란 소설 읽어 본 분 계세요?"

"왜?"

미자가 딱 붙어 떨어지지 않으려는 입을 열었다. 대답하는 사람이 아무도 없었기 때문이었다.

"대충 어떤 내용이에요?"

"주인공 여자가 바람둥이 남자와 오랜 시간 사귀었는데, 너무 길들여져서인지 만남에 만족도 못하면서 헤어지지도 못해. 큭큭. 그런데 그 여자한테 시몽이란 연하남이 접근하고, 그래서 뭐 두 남자 사이에서 갈등하다가 결국 바람둥이 원래 애인에게로 가 버린다는 얘기일걸. 아마도 말이야. 아유, 바보 같은 년. 바보야, 바보. 그러고 보니 그 소설에도 연하남이 등장하네. 뭐야 도대체."

현식을 제외한 모두가 놀란 표정으로 미자를 바라봤다. 미자의 말이 길어지고, 쓸데없이 배시시 웃다가, 심지어 욕까지 하는 것을 보니 취한 게 분명했다. 다산 커플은 미자의 그런 모습에 절로 웃음이 나왔다. 미자에게는 확실히 순진한 어린애 같은 구석이 있었다. 반면 그런 미자를 류는 걱정스러운 얼굴로, 기태는 불만 가득한 얼굴로 각각 쳐다봤다.

"저도 그만 가 볼게요. 내일 아침 중요한 회의 있는 걸 깜박했네요."

잠시 동안 말없이 앉아 있던 현식은 누가 잡을 틈도 없이 쏜살같이 일어나 밖으로 나갔다. 그의 얼굴은 불쾌감에 사로잡힌 것처럼 온통 일그러져 있었다. 쓰디쓴 약을 입에 문 듯한 현식의 표정은 모두에게 낯선 것이었다.

박 여사는 아까부터 좌중의 물밑에서 흐르는 미묘한 심리 상태를 감지하고 있었다. 뭔가 '애정' 비슷한 기운들이 블먼알 사람들의 머리 위로 날아다녔고, 절묘한 타이밍과 눈치 없음, 거부의 몸짓들이 눈에 밟혔다.

급기야 박 여사는 자기도 이만 일어나는 게 좋겠다고 결정 내렸다. 아무래도 류와 미자를 단 둘만 남게 하는 것이 좋을 것 같았다.

"여보, 막내가 내일 아침 일찍 교복 맞추러 가야 한다는데 우리도 얼른 가요. 첫 교복인데 멋있게 잘 맞춰야지. 우리 막내아들이 올해 중학교 들어가거든."

박 여사는 남편의 손을 잡아끌며 남아 있는 일행을 향해 억지 눈웃음을 지었다. 전 실장은 아들 교복 맞추는 일이랑 일찍 자리를 뜨는 것이랑 무슨 상관관계가 있는지를 밝히기 위해 반박하고 나설 태세였지만 아내의 부릅뜬 눈에 꼬리를 내리며 따라나섰다.

이제 마크톱에 남아 있는 사람은 미자와 기태, 류뿐이었다. 미자는 오랜만에 마시는 뜨거운 술에 이미 몸도 마음도 노곤히 늘어져 있는 상태였다. 기태는 자리를 뜨기 위해 아까부터 엉덩이를 들썩였지만 류 선생과 미자 단 둘이만 남겨 두고 가기는 싫었다. 한편 류는 이제 곧 자리를 정리하고 미자를 쉬게 해줘야겠다고 생각했다.

"아줌마 괜찮아?"

기태는 짜증이 잔뜩 난 얼굴로 물었다. 한쪽 손바닥으로 턱을 받친 채 고개를 떨어뜨리고 있던 미자가 머리를 조금 들어 기태를 쳐다봤다.

"괜찮아, 이놈아."

미자는 음절 하나하나에 힘을 주어 말했다. 그렇게 말하지 않으면 무척 자존심이 상하기라도 하는 사람처럼.

"미자 씨, 쉬는 게 좋겠어요. 그만 너도 일어나."

미자에게 하는 것과는 달리 류 선생은 기태를 향해 명령조로 얘기했다. 기태는 교사직에 있지도 않은 류가 여전히 자기를 학생처럼 대하는 게 싫었다. 류의 말을 못 들은 척 무시한 건 그 때문이었다.

"아줌마, 괜찮은 거 같은데 나랑 한 잔 더해요."

두 개의 빈 술잔에 데우지 않은 차가운 정종이 채워졌다. 기태는 잔을 부딪치려 했지만 미자는 기태를 피해 단숨에 잔을 비워 냈다. 기태는 미자가 비워 낸 잔에 다시 술을 채웠다. 그리고 잠시 침묵이 흘렀다.

"나 사장님 얼굴빛이 안 좋아 보여요."

류는 들끓는 무언가를 억누르며 미자에게 말했다. 미자는 가만 히 손사래를 치는 것으로 류의 말에 반응했다.

"아줌마, 왜 그래? 무슨 안 좋은 일 있어?"

기태는 다시 류의 말을 무시하고 미자를 향해 걱정스러운 얼굴 을 했다.

"너 내가 아까 경고했지."

류가 나직이 내뱉었다. 이번엔 기태가 무시할 수 있는 수준이 아니었다.

"내가 선생님 아들이라도 돼요? 내가 아줌마라 부르든 반말을 하든 무슨 상관이에요?"

기태의 말이 끝나기가 무섭게 류의 차돌 같은 손아귀가 기태의 목 바로 아래 스웨터를 부여잡았다. 움찔 놀란 기태는 소파에 반 쯤 드러누운 채로 류의 손아귀에서 벗어나려고 버둥거렸다.

"너처럼 싸가지 없는 놈들은 정말 이가 갈려."

"이거 못 놔요!"

"미자 씨한테 사과해."

"뭘요?"

"몰라서 물어?"

이런 식으로 대하는 사람은 아버지 하나로 족했다.

재희를 봤을 때 느꼈던 동질감, 터지지 못하고 부글거리며 불쾌한 기분을 조장하는 거품. 기태는 창자로부터 끓어오르는 거품의 실체를 비로소 느꼈다.

"내 친구가 당신한테 이런 식으로 당한 거였어?"

기태는 폭발하고야 말았다. 그 말에 류는 한쪽 손을 번쩍 치켜들었다.

"어디 다시 한 번 말해 봐!"

류가 잠시 망설이는 사이 기태는 류를 밀쳐 내고 소파에서 빠져나왔다. 그 반동에 의해 기우뚱하더니 류는 테이블에 머리를 박고 바닥에 나뒹굴었다.

"당신 아줌마 좋아해? 폭력 교사에, 음주운전까지 해서 부인도 죽였다며! 아줌마 이 사람은 안 돼! 절대……."

그때였다. 기태의 뺨이 홧홧했다. 미자였다. 양 주먹을 내려 쥔채 신들린 사람처럼 온몸을 부들부들 떨고 있었다.

"……."

별안간 맞은 따귀에 기태는 뺨을 부비며 잠시 말없이 서 있었다. 눈은 금방이라도 울 것처럼 보였지만 입은 웃고 있었다.

이윽고 기태는 이 말을 남기고는 부수어 버리기라도 할 듯 문을 거칠게 열어젖히고 순식간에 미자의 눈앞에서 사라져 버렸다.

"씨발, 내 뺨은 동네북이야?"

기태가 나갈 때까지 넋이 나간 사람처럼 바닥에 퍼질러 앉아 있던 류는 소리도 없이 부스스 일어났다. 미자는 여전히 간헐적으로 몸을 떨며 서 있었다. 류는 미자의 어깨에 손을 짚으려다가 이내 그만두었다.

"……미안해요."

류도 이 말을 남기고는 찬바람 속으로 조용히 걸어 나갔다.

잠시 후 열어젖혀진 문을 통해 눈발이 날아들었다. 미자는 밖으로 나가 하늘을 올려다봤다. 어둑한 하늘로부터 눈이 내리고 있었다. 새해 들어 처음 내리는 함박눈이었다. 함박눈 사이로 류의 뒷모습이 보이는 것 같다가 다시 흐릿하게 사라졌다.

미자는 대충 술자리를 정리하고 남은 정종 한 병을 마크툽 한쪽에 붙어 있는 그녀의 방으로 가져갔다.

침대에 걸터앉아 창문을 보니 커다란 눈송이들이 여전히 허공을 부유했다. 일 년에 한두 번 정도 볼까 하는 아름다운 장면이었다. 미자는 정종을 병째 들고 남은 술을 모두 마셨다.

남은 한 방울까지 목구멍에 털어 넣고 나니 가만히 앉아 있기도 힘이 들었다. 미자는 천천히 침대로 미끄러져 들어갔다. 팔다리가 이불 아래로 무겁게 내려앉으며 깜깜한 어둠이 머릿속으로 빠르게 밀려들었다. 모든 게 꿈만 같았다.

와우산구둣방 노인은 새벽잠에서 깨어나 골목길로 나왔다. 자정이 넘어서 눈은 그쳤지만 발목까지 빠질 정도로 많은 눈이 쌓여 있었다.

노인은 합판으로 만든 널찍한 삽을 들고 눈을 치우기 시작했다. 아직 얼기 전이어서 점포 앞 눈은 그리 어렵지 않게 치울 수 있었다. 노인은 허리를 펴고 담뱃갑에서 피우다 만 꽁초 하나를 꺼냈다. 라이터 불빛이 아직 미명인 새벽녘의 어둠을 순간적으로 밀어냈다. 한 모금 빨아들이자 차가운 새벽 공기와 함께 노인의 폐 속으로 구수하고 따뜻한 연기가 스며들었다.

노인은 어느새 마크툽을 바라보고 있었다. 담배가 거의 다 타들어가 손가락 끝이 뜨거워질 때까지 노인은 재를 털 생각도 않고 헌책방만을 바라봤다. 노인이 담배꽁초를 길바닥에 버리고 그만 안으로 들어가려 할 때쯤 마크툽의 문이 열렸다.

그리고 누군가가 밖으로 나왔다.

노인의 눈이 돋보기안경 속에서 가늘어졌다. 푸르스름한 미명 아래 보인 실루엣은 젊은 남녀 둘이었다. 남자가 먼저 나왔고, 곧이어 방울 달린 털모자 아래로 긴 머리가 드리워진 여자가 종종걸음을 하며 걸어 나왔다. 남자는 문이 제대로 잠겼는지 확인하더니 곧 여자의 허리를 감싸고 골목을 돌아 나갔다. 곧 새벽의 어스름만이 갸웃거리는 노인의 시야를 다시금 가득 채웠다.

갑자기 내리는 비

거짓말이라 외치는 것처럼, 거칠고 굵은 빗줄기가

마크톱이 텔레비전 화면에 나오고 있었다.

흰 바탕에 검정색 고딕체로 쓰인, 주인만큼이나 무뚝뚝해 보이던 간판. 꼬불거리는 아랍 문자와 전화번호는 그을음에 잘 보이지 않았지만 분명히 마크톱의 간판이었다.

기태는 집에 들어가자마자 텔레비전을 켰다. 그리고 얼마 안 있어 잠에 빠져들었다. 목이 말라 어렴풋이 잠에서 깨어났을 때 텔레비전 화면에서는 뉴스가 흐르고 있었다. 기태는 자기도 모르게 벌떡 일어나 화면 앞으로 바싹 다가앉았다. 소방관들은 검정 물이 뚝뚝 흐르는 헌책방 여기저기를 휘젓고 다니며 뒷정리를 하고 있었고, 경찰은 구경꾼들을 통제하고 있었다. 그들 사이에서 순영과 박 여사가 보였다.

"뭐야!"

잠긴 목에서 외마디 비명이 낮게 비어져 나왔다. 아무리 찾아봐도 화면 속에 미자는 없었다.

　오늘 새벽 도심 곳곳에서 화재가 발생했습니다. 강추위로 난방기구 사용이 늘면서 화재가 빈번히 발생하고 있는데요. 인명사고 등 피해가 컸던 화재 현장을 연결해 보겠습니다.
　오늘 새벽 5시께 서울 마포구 와우산로의 한 헌책방에 불이 나 도서 등을 태우며 천만 원 상당의 재산피해를 내고는 30여분 만에 꺼졌습니다. 불이 나자 인근 소방서에서 소방차와 소방대원들이 출동해 진화에 나섰습니다. 경찰과 소방당국은 책방 안에서 발견된 담배꽁초에서 불길이 번진 것으로 추측하며 목격자 진술을 토대로 정확한 화재 원인을 조사 중입니다. 당시 책방 안에는 사람이 있어 이웃 주민이 유리창을 깨고 들어가 구조했으나 둘 다 연기에 질식해 쓰러져 병원으로 옮겨졌습니다. 또 다른 화재는 신림동 다세대주택에서 발생…….

기태는 뉴스가 채 끝나기도 전에 옷을 챙겨 입고 현관문을 나섰다. 식탁 의자에는 엄마가 앉아 있었다. 기태가 거실로 나오자 엄마는 부스스한 머리를 매만지며 목소리를 가다듬었다. 어눌하고 느릿한 말이 기태의 뒤통수에 달라붙어 끈적거렸다.
"어디이 가아니이?"
거실에 놓인 텔레비전에서도 뉴스가 나오고 있었다. 화재 현장을 연결하던 뉴스는 끝나고, 또 다른 기자가 겨울철 난방기구 화재의 심각성에 대해 보도하는 중이었다. 기태는 현관문을 나서며 새벽녘 일을 떠올렸다.

엄마는 아무 대꾸도 하지 않는 아들의 뒷모습만 좇다가 매만지던 머리에서 손을 거두고는 다시 정적 속에 빠져들었다.

새벽녘 마크툽을 빠져나간 남자와 여자의 실루엣을 목격한 노인은 고개를 갸웃거리며 구둣방 안으로 들어갔다. 눈을 치우며 땀을 흘려서인지 노인의 몸은 찬 기운에 금세 서늘해졌고, 구둣방 안의 한기도 노인의 무릎관절을 파고들기 시작했다.

노인은 서둘러 주전자의 플러그를 콘센트에 꽂고는 일회용 믹스 커피 봉지를 뜯어 가루를 종이컵에 담았다. 그러고는 작업용 의자에 앉아 두 발을 쭉 뻗었다. 곧 물이 끓어올랐고 주전자의 노란 불빛이 "탁" 소리를 내며 자동으로 꺼졌다.

그 소리와 동시에 노인은 자리에서 벌떡 일어났다. 마크툽을 빠져나오던 남자와 여자의 실루엣이 좀처럼 머릿속에서 떠나질 않았다. 노인은 다시 밖으로 나갔다. 구둣방 안에는 따뜻한 수증기가 피어오르고 있었고 종이컵 속의 커피는 여전히 가루로 남아 있었다.

노인은 초조한 마음으로 골목 끝 모퉁이에 위치한 마크툽을 향해 천천히 걸어갔다. 길의 중간쯤에서 노인은 코를 킁킁거려 보았다. 무언가 타는 냄새가 바람결에서 느껴졌다. 노인은 재빨리 모퉁이 쪽을 바라봤다. 어둑한 풍경 속으로 하얗고도 검은 연기가 자욱하게 피어오르고 있었다. 연기를 본 노인은 걸음을 재촉했다. 삐걱거리는 관절이 걸음을 옮길 때마다 날카로운 통증을 전해 왔지만 노인은 지체하지 않았다.

아니나 다를까 마크툽의 유리창 너머로는 연기가 가득 차 있었다. 노인은 절룩거리며 창에 바싹 다가섰다. 연기 너머에서 어렴풋이 불길이 보였다. 그러던 순간 불길이 커지더니 화르륵 하고 공중으로 치솟았다. 불꽃은 서가 주변에 쌓아놓은 헌책들로 금방이라도 옮겨 붙을 태세였다. 다급한 노인이 매달려 보았지만 유리문은 꿈쩍도 하지 않았다.

"미자야!"

노인은 문을 거칠게 두드리며 마크툽 여주인의 이름을 큰 소리로 불렀다.

"미자야! 불이야!"

문을 부수고라도 들어가고 싶었지만 노인의 몸으로는 어림도 없었다. 노인은 주변을 둘러보며 절규하듯 외쳤다.

"동네 사람들! 불이요, 불! 여기 불났소!"

상점들이 즐비한 골목이었지만 깊은 새벽녘에 밖을 내다보는 사람은 아무도 없었다. 노인은 다시 있는 힘껏 소리쳤다. 생각만큼 목소리는 크게 나오지 않았다. 오히려 갈라지고 새된 소리가 노인의 가슴만 더욱 답답하게 할 뿐이었다. 노인은 주위를 살폈다. 유리를 깨부술 만한 무언가가 필요했다. 노인의 눈에 연애소설 앞에 놓아둔 화분 하나가 들어왔다. 크리스마스트리 장식을 한 인조 나무였지만 화분의 무게는 제법 묵직했다.

"미자야! 불났다, 불!"

노인은 그렇게 외치며 창문을 향해 힘껏 화분을 던졌다. 그때 공원 초입에서 쓰레기를 치우고 있던 환경미화원이 노인의 외침을 듣고는 마크툽으로 달려왔다. 그가 도착했을 때 노인은 창틀에 날카롭게 붙어 있는 유리들을 발로 걷어차고 손으로 떼어 내며 안으로 들어갈 준비를 하고 있었다. 그는 노인을 말렸지만 막무가내였다.

"우리 딸이 저기서 자고 있단 말이여!"

노인은 그 말을 남기고는 지체하지 않고 연기 속으로 뛰어들었다. 넋을 놓고 바라만 보던 미화원은 그제야 생각난 듯 전화를 꺼내 화재를 신고했다. 뿜어져 나오는 시커먼 연기에 미화원은 저절로 뒷걸음질이 쳐졌다. 안으로 들어간 노인의 모습은 보이지 않았고, 불은 이미 서가 쪽으로 번져 있었다.

신고를 마치고 발을 구르던 미화원은 주변의 상가 문을 두들기며 도움을 청하기 시작했다. 그제야 상가 안에서 잠을 자던 몇몇 사람들은 이웃 가게에 불이 난 것을 알아차렸다. 그들은 잠옷 바람으로 황급히 뛰쳐나왔다. 손에는 휴대전화나 물 양동이, 소화기가 들려 있었지만 너나 할 것 없이 허둥지둥하는 모습이었다.

그렇게 공포와 추위로 새파랗게 질린 사람들이 마크툽으로 모여들 즈음 연기와 불길 속에서 무언가가 움직이는 것이 보였다.

좀 전 불길 속으로 뛰어든 노인이었다. 그는 이불을 뒤집어쓴 누군가를 부축하며 입구로 나오기 위해 안간힘을 쓰고 있었다.

노인은 분명 누군가를 구해 나오는 중이었지만 그의 모습은 당장이라도 화마에 휩쓸려 버릴 것처럼 위태로워 보였다. 노인은 부축한 사람과 연거푸 넘어졌다가 다시 일어서기를 반복했고, 얼마 안 가 두 사람은 비로소 마크툽 앞에 모습을 드러냈다.

시커멓게 그을린 그들은 입구를 벗어나자마자 내던져지듯 쓰러지며 땅바닥을 뒹굴었다. 그러고는 피라도 토할 것처럼 기침을 해 대기 시작했다. 사람들이 그들을 안아 일으켰을 때 두 사람은 거의 미동이 없었다.

이윽고 요란한 사이렌 소리와 함께 소방차와 구급차가 와우산로에 도착했다. 쌓인 눈 때문에 출동에 애를 먹었다고 이후 소방 관계자는 전했다.

구둣방 노인과 미자가 의식을 잃은 채 구급차에 실려 가기 정확히 한 시간 전쯤, 눈을 치우던 노인이 목격한 남녀는 기태와 재희였다. 노인이 목격하기 다섯 시간 전쯤으로 또다시 돌아가면 기태는 류의 손아귀에서 벗어나자마자 미자에게 뺨을 맞았었다.

그 뒤로 기태는 마크툽을 뛰쳐나와 재희를 만났다. 둘은 새벽까지 술을 마셨고, 별 다른 계획 없이 눈길을 걸었다.

"그 아줌마 술 많이 취했어?"

재희가 기태에게 물었다.

"그런 거 같아."

재희는 기태의 말을 흘려듣는 척하고 이렇게 말했다.

"마크툽 가서 몸 좀 녹이고 집에 가자."

"아줌마 깨면 어떡해."

"조용히 들어가면 되지. 여기서 제일 가깝잖아. 나 좀 어지럽기도 하고, 폭신한 소파에 앉아서 잠깐 쉬고 싶어. 아주 잠깐만."

"……."

기태는 동의하지 않았지만 재희가 팔짱을 낀 채 끌어당기자 못 이기는 척 걸음을 옮겼다.

S대 앞 큰길에는 택시를 잡으려는 젊은 취객들이 간간이 보였지만, 조금 외진 곳에 위치한 와우산로 입구에 들어서니 상점들은 모두 문을 닫고, 간판의 불마저 끈 상태로 행인이라곤 찾아볼 수가 없었다. 마크툽도 어둠 속에서 하얀 간판만이 어스름하게 빛을 낼 뿐이었다.

기태는 주머니를 뒤져 열쇠를 꺼냈다. 그러고는 최대한 조심하며 문에 달린 두 개의 잠금장치를 소리 나지 않게 여는 데 성공했다. 마크툽의 실내는 온기가 사라져 서늘했지만 유리창 너머로 흰 눈을 마주보고 있는 헌책들은 아늑한 분위기로 기태와 재희의 검은 실루엣을 맞이했다.

기태는 카운터 위에 있는 책상용 스탠드를 켜고는 소파에 앉아 있는 재희 옆에 전기난로를 세워 놓았다. 스탠드와 난로 불빛은 손님용 소파와 테이블을 중심으로 조그맣게 어둠을 밀어내고 금세 온기를 전해 왔다.

"나 라면 먹고 싶어. 컵라면."

재희가 최대한 목소리를 낮춰 속삭였다. 기태는 다시 난감한 표정으로 돌아갔다.

"아줌마 깨면 어떡해."

"조용히 하면 되잖아. 그리고 뭐 어때? 추워서 잠깐 들어온 건데."

"물 끓여 놔."

"알았어. 최대한 조용히 할게."

기태는 고양이걸음으로 마크툽을 빠져나가 밖에서는 뛰다시피 편의점으로 향했다. 사실 기태 본인도 출출하던 참이었다. 새벽 해장에 라면만 한 것도 없었다.

전기난로는 시간이 갈수록 점점 벌겋게 달아올랐다. 재희는 기태가 모퉁이를 돌아 나가는 것을 확인하고는 천천히 일어났다. 그러고는 기태처럼 발뒤꿈치를 들고서 카운터 안쪽으로 들어갔다. 컴퓨터 모니터를 올려놓은 책상에는 서랍이 여러 개 달려 있었다. 재희는 맨 위의 서랍을 열었다. 책방 여주인은 지폐 뭉치와 동전들을 그곳에 두었다.

처음 이곳에 왔을 때였다. 재희는 알베르 카뮈의 책을 구입했다. 가방에는 팝업북과 『쟁점 유럽현대사』가 들어 있었지만 값을 지불하지는 않았다. 책방 여주인은 무표정한 얼굴로 돈이 든 서랍을 열었고, 꾸깃거리는 지폐 두 장을 세어 재희에게 내주었다. 그리고 여주인의 얼굴만큼 무표정한 서랍이 삐걱거리며 다시 닫혔었다.

재희는 재빨리 지폐만 집어 들어 호주머니에 아무렇게나 쑤셔 넣었다. 서가 쪽에서 끼익 하고 나무 뒤틀리는 소리가 났지만 곧 정적이 흘렀다. 재희는 기태가 돌아오기를 기다리며 전기포트에 물을 끓이고, 담배를 피워 물었다.

"여기서 담배 피우면 안 되는데."

편의점에서 돌아온 기태가 재희의 눈치를 살피며 말했다.

"밖에서 피우기엔 너무 춥잖아. 한 대만 안 될까?"

재희는 기태가 사온 컵라면의 포장을 뜯으며 한쪽 눈을 찡긋했다.

"에이, 그럼 나도."

재희의 애교 섞인 미소를 보고 기태도 담배를 피워 물었다.

미자가 잠을 자고 있는 방에서는 아무런 기척도 없었다. 라면을 먹고 있는 동안 둘은 아무 말도 하지 않았다. 후루룩 면발을 빨아들이는 소리와 서가 쪽에서 끽, 쿵 하는 소리만이 다시 들려올 뿐이었다.

얼마 후 기태는 테이블 아래 놓인 플라스틱 쓰레기통에 라면 용기를 구겨 넣었다. 둘은 담배 한 대씩을 더 피운 뒤 꽁초를 쓰레기통에 던졌다.

"가자."

기태가 먼저 나섰고, 재희는 기태를 뒤따르다 무언가 생각난 듯 뒤돌아섰다.

"난로 꺼야지."

재희는 플러그를 뽑고 주위를 둘러봤다. 입가에 의미를 알 수 없는 웃음이 번져 있었다. 미안하다고 멋쩍게 사과할 때 짓는 웃음이기도 했고, 고소해 죽겠다는 웃음이기도 했다.

"나는 난로 생각도 못했네. 너 아니었으면 큰일 날 뻔했다."

밖으로 나온 기태가 재희의 허리에 팔을 두르며 만족스러운 웃음을 지었다.

미자는 꿈속에서 아버지를 봤다. 불길 속에 늙은 남자가 있었다. 늙은 남자의 안경 쓴 옆모습은 분명 아버지였다. 미자는 아버지를 불렀다. 목소리가 나오지 않았다. 불길이 점차 거세졌다. 아버지는 미자의 목소리를 듣지 못하는 것 같았다. 미자는 온힘을 다해 또다시 아버지를 불렀다. 뜨거웠다. 아버지와 자기를 가로막고 있는 화염이 어느새 시야를 가로막았고, 결국 아버지는 눈앞의 화염 속에서 사그라졌다. 미자는 탈출할 생각도 않고 마냥 주저앉아 통곡했다.

하루가 꼬박 지난 후 미자의 의식이 돌아왔다. 회백색 천장이 눈앞에서 나선을 그리며 돌더니 기다란 형광등이 점차 뚜렷이 보였다. 의식이 또렷해지자 뜨거운 물속에서 숨이라도 쉬는 것처럼 한 번도 겪어 보지 못한 끔찍한 통증이 엄습해 왔다. 입안은 물론이고 목과 가슴 속까지 바싹 말라 타들어 가는 것 같았다.

"정신이 들어?"

순영이 미자의 손을 잡았다. 미자는 대답 대신 신음 소리를 냈다. 혀와 목구멍의 상태가 엉망이 되어 제대로 말이 나오질 않았다.

기억나는 게 별로 없었다. 본능적으로 기침을 하다 깨어났는데 자기 몸이 침대 아래에서 뒹굴고 있었다. 그리고 거의 동시에 누군가 문을 박차고 들어왔다. 누군지 확인할 새도 없이 유독가스가 방 안으로 먹구름처럼 밀려들었다. 문을 박차고 들어온 남자는 미자에게 이불을 둘러씌웠고, 둘은 바깥으로 나오기 위해 안간힘을 썼다.

휘날리는 불꽃들은 당장이라도 모든 것을 집어삼킬 듯 기세를 부렸다. 활활 타고 있는 소파를 에둘러 나와야 돼서 탈출은 쉽지가 않았다.

"잠깐 기다려!"

긴박한 남자의 외침이 들렸다. 늙은 남자의 목소리였다. 미자는 거의 패닉 상태였다. 남자가 외치지 않아도 불길 앞에서 걸음을 뗄 엄두는 나지 않았다. 방으로 다시 들어간 남자는 또 다른 이불을 가지고 나왔다.

"내 뒤에 꼭 붙어 따라와!"

늙은 남자는 가지고 나온 것을 좌우로 내리치며 불길을 헤쳤다. 그럴 때마다 이불은 점점 타들어 갔고 불똥과 파편들이 남자와 미자의 몸을 덮쳤다. 내리쳐진 곳의 불길은 순간적으로 잦아들 뿐 기세를 누그러뜨리지 않았다. 그래도 두 사람은 사력을 다해 앞으로 나아갔다. 미자는 남자의 뒤에 바싹 붙었고, 남자는 끊임없이 불꽃과 연기 속에서 길을 만들어 냈다. 그리고 기어이 두 사람은 밖으로 나왔고, 이후 아무 기억이 없었다.

미자가 무언가 적는 시늉을 하자 순영은 종이와 볼펜을 가져왔다.

－불이 난 거야?

"응, 언니."

순영이 고개를 끄덕였다.

－어떻게?

"나도 잘은 몰라. 지금 경찰이 와 있어. 언니 오빠도 어제 저녁에 올라오셨고. 밖에서 얘기 중이야."

－나를 구해 준 사람이 있었는데, 어떻게 됐어?

순영은 종이를 들여다보며 아무 말도 하지 못했다. 차마 입이 떨어지지 않았다.

"으응…… 언니처럼 회복중이야."

－누구야?

순영은 머뭇거렸다. 미자는 의심스러운 눈빛으로 순영을 바라봤다.

순영은 미자가 건강을 회복하는 것이 우선이라고 생각했다. 그렇다고 해도 자기를 구해 준 사람이 누구인지 알고 싶어 하는 마음까지 모른 체할 수는 없었다. 순영은 기본적인 사실만 알고 있는 것처럼 최대한 담담하게 얘기하려고 노력했다.

"그 골목에 사시는 어떤 할아버지래."

―혹시 공원 앞에서 구둣방 하는 노인이야?

순영은 종이를 물끄러미 쳐다봤다. 미자는 구둣방 할아버지의 정체를 이미 알고 있던 것 같았다.

"으응……."

순영이 고개를 끄덕이자 미자는 쥐고 있던 볼펜을 떨어뜨렸다.

"언니, 오빠 불러올게. 언니가 안 깨어나서 걱정 많이 하셨거든."

순영은 황급히 자리를 떴다.

꿈에서 본 옆얼굴, 동그란 안경을 쓴 그 늙은 남자, 아버지가 맞았다. 심장이 벌떡거렸다. 가슴 부근의 통증이 더 심하게 느껴졌다. 미자는 넋이 빠진 채로 얼마간 힘없이 앉아 있었다. 그리고 떨리는 눈꺼풀을 힘겹게 감았다. 아버지가 찾아왔던 일 년 전쯤의 어느 날이 희미하게 떠올랐다.

햇살이 눈부시던 봄날이었다. 와우산에서 불어오는 꽃가루에 연신 재채기를 하면서도 상인들은 황홀한 표정이 되어 바깥 풍경에 넋을 잃던 계절이었다. 노인은 초라한 행색이었다. 양복을 입고 있었지만 차려 입은 모습이 더 안쓰럽게 느껴질 정도로 빛바랜 것이었다. 언제 감았는지 모르는 머리는 빗자국이 나게 빗어 넘겨 꼭 선을 보러 나온 시골의 노총각처럼 보였다. 미자를 바라보는 눈에 단단히 박힌 초점이 없었다면 미자는 모르는 사람이라고 아예 무시했을지도 몰랐다.

"네 오빠한테서 알아냈다. 여기 있다는 거."

"……."

"결혼은 안 하니?"

"……."

"네 나이가 몇인데, 아직 혼자야."

"무슨 상관이에요. 이제 와서 아버지 노릇하려고요?"

미자는 자신이 내뱉은 말에 스스로 흠칫 놀랐다. 그렇게 말하리라 다짐한 적도 없었다. 그냥 말 자체가 미끄덩하며 몸 밖으로 나와 버렸다. 언젠가는 꼭 나와야만 했던 것처럼 말이 자기 스스로 기어 나온 것 같았다.

"……골목 끝에 점방 하나 마련했다. 네 마음이 나를 받아들일 수 있겠거든 언제든 좋으니까 찾아와라. 기다리마."

노인은 그 말과 함께 힘겹게 자리에서 일어났다. 지팡이를 짚고서도 다리를 절룩거렸다.

"괜찮니?"

눈을 떠 보니 오빠가 침대 옆에 와 있었다. 미자는 고개를 끄덕였다. 3년 전인가 엄마의 사망 보험금을 들고 오빠를 찾아갔었다. 오빠는 그 돈으로 마크툽을 차리는 데 선뜻 동의해 줬다. 그때 이후 일 년에 한 번 엄마의 기일에만 마주한 오빠였다.

세월의 흔적은 오빠에게도 고스란히 지나가고 있었다. 예전에 없던 배가 나와 있었고, 머리가 눈에 띄게 희끗거렸다.

"몸이 좀 괜찮으시다면 몇 가지 여쭤 봐도 되겠습니까?"

침대 발치에 멀찌감치 서 있던 경찰관이 가까이 다가와 물었다. 미자는 볼펜을 다시 쥐었다.

-네.

"혹시 담배 피우시나요?"

-아니요.

"그럼 책방 안에서 다른 사람들이 담배를 피우곤 하나요?"

-아니요. 안에서는 금연이에요.

"발화 지점이 테이블 아래 쓰레기통이었어요. 담뱃불로 인한 화재로 추정하고 있습니다."

-안에서는 담배 피울 사람이 없는데요?

"누군가 침입해서 피웠을 수도 있죠. 책방 열쇠를 가지고 있는 사람이 또 있나요?"

기태 말고는 없었다. 미자가 외출할 때 기태가 자유롭게 오고갈 수 있도록 열쇠를 복사해 준 적이 있었다. 미자는 잠시 주저하다가 다시 볼펜을 들었다.

-아르바이트생이 있어요. 그런데 낮에만 출입해요.

"사람이 사망한 화재 사건이라 조사가 면밀히 이루어져야 해요. 아르바이트생 전화번호 좀 알 수 있을까요?"

순간 미자의 동공이 커졌다. 오빠를 바라봤다. 고개를 숙인 채였다. 미자는 떨리는 손으로 이렇게 적었다.

　-누가 죽었어요?

　경찰이 무언가 말하려고 하자 오빠가 먼저 입을 열었다.

　"너 왜 얘기 안했니? 아버지가 네 옆에 와 계신다는 거?"

　미자의 동공이 더욱 커졌다. 설마, 아니야. 아닐 거야. 두려움이 엄습해 왔다.

　미자는 침대에서 몸을 일으키더니 오빠의 팔을 붙잡고 세차게 흔들었다.

　"……아, 아버지야? 아버지가 죽은 거야?"

　미자의 목에서 쇳소리가 났다. 턱이 덜거덕거리고 온몸이 부들부들 요동을 쳤다.

　"진정해, 미자야."

　경련하는 미자의 양 어깨를 붙잡으며 오빠는 이렇게 말했다.

　"너까지 이러면 안 돼……. 네 짐작대로야. 그래, 돌아가셨어. 너를 구하고는……. 유독가스를 너무 많이 마셨어. 팔이랑 얼굴에 화상도 심했고……."

　미자는 나오지 않으려는 쇳소리를 힘겹게 다시 끄집어냈다. 짐 승 같은 소리가 미자의 목에서 흘러나왔다.

　"거, 거짓말!"

　경찰도 오빠도 아무 말이 없었다. 미자는 들고 있던 볼펜과 종이를 벽을 향해 힘껏 집어던졌다. 거짓말, 거짓말. 아무리 외치려고 해도 사람의 소리는 나오지 않았다. 짐승의 울부짖음만이 병실을 가득 채웠다.

미자는 울부짖으며 고개를 쳐들었다. 의식이 돌아왔을 때처럼 천장이 빙빙 돌고 있었다. 미자는 욕지기를 느끼며 본능적으로 몸을 뒤틀었다. 내장이 경련하며 아래에서 위로 치받았다.

"우욱, 우욱, 우우우욱."

거품을 일으키며 노란 위액이 미자의 입에서 쏟아져 나왔다. 미자는 구토를 하면서도 계속해서 거짓말이라고 외치려 했다. 하지만 미자의 말을 알아듣는 사람은 아무도 없었다.

어느새 간호사가 뛰어왔고, 발버둥 치는 미자의 팔에는 진정제가 놓여졌다.

후두둑.

그때였다. 진정제를 맞은 미자가 다시 정신을 잃을 때쯤 빗줄기가 병실 창문을 요란하게 두드렸다. 미자를 대신해 거짓말이라 외치는 것처럼, 거칠고 굵은 빗줄기가 세차게 창문을 때렸다.

다잔잠

이미 오래전에 깨어 버린 잠

기태는 멀찌감치 서 있었다. 불에 그을린 간판은 여전히 흔들림 없이 매달려 있었지만 마크툽의 실내는 전소하다시피 했다. 카운터 쪽과 출입문으로부터 가장 멀리 들어서 있는 첫 번째 소설 서가 정도가 그나마 책장으로의 역할을 했음을 알아볼 수 있는 정도였다.

천장과 벽은 그을음으로 온통 시커멨고 가구와 집기들은 형체를 알아볼 수 없을 정도로 검게 무너져 내렸다. 바닥에는 절반쯤 타들어 가거나 물에 흠씬 젖어 엉망이 된 책들이 어지럽게 널려 있었다.

기태는 새벽의 행적을 빠짐없이 떠올려 보려고 애썼다.

'전기난로와 담배.'

불이 날 만한 요인은 그것밖에 없었다. 불이 난 시간은 재희와 기태가 나가고서 채 삼십 분도 되지 않은 시각이었다. 그 시각 마크툽을 나서는 남자와 여자를 본 사람이 있다면 충분히 그들을 방화범으로 지목했을 것이다. 의도하지 않았다 해도 어쩔 수 없는 일이었다.

기태는 점퍼에 달린 모자를 깊이 눌러쓴 채 마크툽 앞을 지나쳤다. 최대한 눈에 띄지 않게 행동했다. 다행히 안면이 있는 사람은 길가에 보이지 않았다.

연애소설로 들어간 기태는 눈에 띄지 않는 구석 자리로 가 털썩 주저앉았다. 형은 아직 출근 전이었다. 시계를 보니 열두 시를 조금 넘기고 있었다. 형의 출근 시간은 세 시쯤이니 아직 여유가 있었다.

기태는 주머니를 뒤져 열쇠들을 모두 끄집어냈다. 연애소설과 마크툽 그리고 집 열쇠가 손 안에서 꾸러미로 무겁게 짤랑거렸다. 기태는 가게를 빠져나와 공원으로 올라갔다. 열쇠꾸러미 중 두 개를 두텁게 쌓인 눈구덩이에 처박았다. 마크툽의 것이었다. 기태는 미자 이외에 마크툽의 열쇠를 가지고 있는 유일한 사람이었다. 자신에 대한 경찰 조사는 정해진 수순이었다. 분실했다는 핑계가 통하려면 일단은 수중에 열쇠가 있으면 안 될 일이었다.

다시 연애소설로 돌아온 기태는 자리에 앉아 마음을 가라앉히려고 노력했다. 어떻게 하면 좋을지 아무 생각도 나지 않았다. 미자가 입원해 있는 병원에 가 보고 싶었지만 경찰이 있을 게 틀림없었다. 도저히 엄두가 나지 않았다.

혹시 미자가 중상이라도 입었다면 자신은 살인자나 다름없었다. 기태는 자기 앞에 놓인 의자를 신경질적으로 걷어찼다. 화가 나 견딜 수가 없었다. 일이 이렇게 꼬이리라고는 생각지도 못했다. 그때 재희의 말이 떠올랐다. 불과 몇 시간 전이었다. 기태는 재희를 들장미에 데려다 주는 중이었다.

"너 집 안 나올래?"

들장미로 들어서며 재희는 그렇게 말했었다. 주인이 없는 작은 술집은 텅 비어 있었고, 칸막이가 쳐진 곳마다 벌거벗다시피 한 여자들이 육감적인 몸매를 자랑하며 벽에 걸려 있었다. 안쪽으로 걸어 들어가자 곰팡내와 지린내가 동시에 코를 찔렀다. 엄마가 없는 동안 재희는 청소 따위는 하지 않은 것 같았다.

"집? 그럼 네가 재워 줄래?"

"오케이. 당연히 여기는 말고."

"그럼 어디?"

"아무데나. 서울 아니어도 괜찮고."

"나 돈 없어. 그리고 형이나 아버지가 알면 나는 죽음이야."

"집 나가는 게 소원이라며? 이제 독립할 때도 됐잖아. 돈 걱정은 마. 많지는 않지만 엄마 보석금 내려고 했던 돈도 있고 내가 그동안 모아 둔 돈도 있어."

재희는 반달 같은 눈을 찡긋해 보였다. 꼭 열 살짜리 남자아이처럼 웃었다. 기태는 그런 재희의 미소가 마냥 좋아 보이지만은 않았다.

"엄마 보석금이라며⋯⋯."

기태의 말에 재희는 금세 냉소를 머금었다. 차라리 그편이 더 어울렸다.

"괜찮아. 지금 보석금 낼 돈이 어디 있어? 나부터 살아야지."

"⋯⋯."

차가운 말이었다. 허허벌판에 서서 맞는 눈보라처럼 어지럽고, 고통스러우며, 짜릿한 말이기도 했다. 재희 말이 맞았다. 자신도 늘 아버지와 엄마, 형의 손에서 벗어나고 싶었다.

마크툽에 불이 나기 몇 시간 전 기태는 재희를 만났고, 또 그 몇 시간 전 류 선생과 몸싸움을 했다. 그리고 또 몇 시간 전 그날 아침의 일이 떠올랐다.

새벽녘까지 형의 가게에서 일을 돕던 기태는 집에 돌아와 깊은 잠에 빠져들었다. 누군가 잠을 방해한다면 본능적으로 주먹이 먼저 나갈지도 모르겠다고 잠결에 어렴풋이 생각하기까지 했다.

"일어나 봐라."

숙면은 그리 오래가지 못했다. 누군가가 방문을 벌컥 열고 들어왔다. 아버지였다. 기태의 어깨를 거칠게 흔드는 아버지는 출근을 위해 양복까지 다 갖춰 입은 모습이었다. 기태는 짜증이 가득한 눈으로 아버지를 올려다보았다.

"언제까지 기준이 가게에서 죽칠래? 대학은 정말 안 갈 거냐? 집안에 어떻게 대학 나온 아들이 하나도 없어!"

잠결에 누군지 확인하지도 않고 본능적으로 주먹을 내지르지 않은 것을 다행이라 생각하며 기태는 억지로 몸을 일으켰다.

이럴 때는 못 들은 체하고 화장실로 들어가 문을 잠가 버리는 게 최선이었다.

"버르장머리 없는 놈. 엄마가 불쌍하지도 않아? 네들이 말도 안 듣고 집에도 안 붙어 있고 지들 멋대로니까 네 엄마 병이 안 낫는 거야! 보내 주겠다는 대학들도 안 가고 걸핏하면 교회도 빠지고, 뭐 술집을 차려? 나쁜 새끼들. 우리 집에서 유일하게 대학 나온 네 엄마가 저러고 재주를 썩히고 있는 게 난 불쌍해 죽겠는데, 넌 네 엄마가 불쌍하지도 않아?"

아버지는 화장실까지 쫓아와 문을 두드렸다. 기태는 아무 대꾸도 하지 않고 변기뚜껑 위에 앉아 있었다. 눈을 질끈 감고 손바닥으로 양쪽 귀를 막았다. 아버지는 여전히 기운이 넘쳤다. 스물두 살인 자신보다 더 힘이 남아도는 것 같았다.

기태는 소리 나지 않게 중얼거렸다. 씨발, 대학 나오면 뭐해. 그렇게 잘난 엄마가 왜 저러는데…….

"너 낳고부터 네 엄마가 더 심해지기 시작했어. 널 뱃속에 넣고 있느라 약도 못 먹고 얼마나 고생이 많았는지 알기나 해! 효도는 못할망정 평생 속이나 썩히고……."

아버지는 갑자기 말끝을 흐렸다. 안방에서 엄마가 나온 게 틀림없었다.

사실 기태는 이보다 더한 말을 수없이 듣고 자랐다. 아버지는 늘 예측 못할 순간에 뜬금없이 화를 냈고, 손찌검과 함께 막말을 퍼부었다. 네 녀석들을 낳지 말았어야 했다, 자식 없이 둘이서만 오순도순 살아야 했다, 너희한텐 사탄이 들려 있는 게 확실하다, 하느님이 언젠가 네들을 벌할 것이다…….

아버지의 푸념은 너무 어처구니가 없는 것이어서 말대꾸할 가치조차 느끼지 못하게 했다. 그런 일은 예사로 일어나 형제는 아버지의 폭력과 막말을 어쩔 수 없는 일상 정도로만 생각할 정도였다. 기태는 다시 한 번 소리 나지 않게 중얼거렸다. 씨발, 그러게 낳지 말지 왜 낳았어.

똑똑.

머리로 절구를 찧으며 변기뚜껑 위에서 졸던 참이었다. 기태는 노크 소리에 번뜩 고개를 쳐들었다. 아버지가 아직도 출근을 안 한 건가.

똑똑똑.

이번에는 매우 큰 소리였다.

"기태야, 거기 있니? 나 늦었어. 얼른 나와."

엄마였다. 아버지의 그 야단 속에도 어림잡아 십 분 이상은 변기 위에 앉아서 존 것 같았다. 기태는 방으로 돌아가기 위해 문을 열었다.

"늦었어, 늦었어."

엄마는 중얼거리며 문턱에 어중간하게 서 있는 기태를 밀치고는 화장실 안으로 황급히 들어갔다. 거실에 걸린 시계는 8시 5분을 가리키고 있었다.

화장실 안에서는 엄마의 낮고도 빠른 중얼거림이 계속해서 들려왔다. 기태는 엄마를 돌아다봤다. 역시나 똑같은 행동들이었다. 엄마는 세면대 뒤쪽에 걸린 수건부터 반듯하게 매만져 널기 시작했다. 수건을 정확히 반으로 접어서는 접힌 부분을 정확히 수건대에 맞춰 널었다.

하이라이트는 다음 순서다. 엄마는 수건이 널린 모양대로 사각의 가장자리를 양손으로 훑어 내렸다. 한 번, 두 번, 세 번. 언제나 세 차례 그렇게 매만졌다. 신경이 예민한 날에는 여섯 번, 아홉 번, 그 이상을 하기도 했다.

다음은 욕실 물품 차례다. 모든 물품은 고유의 모양대로 제자리에 놓여야 했다. 각양각색의 라벨들이 정면을 향할 때쯤 엄마의 표정은 다소 편안해졌다.

부엌과 안방은 수시로 엄마의 생각대로 정돈되었지만, 거실과 화장실은 공용 공간이어서 엄마의 강박적 배치를 다른 가족들이 흩트려 놓을 수밖에 없었다.

정확히 8시에 엄마는 화장실과 거실의 순으로 이 의식을 거행했다.

"약 안 먹었어?"

기태는 엄마의 하는 양을 지켜보다가 신경질적으로 물었다. 엄마는 매우 바쁜 사람인 양 거실로 허겁지겁 나가며 대답했다.

"먹었어."

"그런데 왜 그래? 이번 약도 효과가 없는 거야?"

"……."

엄마는 아무 말이 없었다. 처방받은 약은 효능이 반반으로 나타났다. 부작용이 나타나면 약을 바꿔 보는 것이 처방의 전부였다.

이제 엄마는 거실에 있는 물건들을 정리하고 확인하기 시작했다. 엄마가 가장 신경 쓰는 물건은 진열장 안에 있는 도자기 작품들과 결혼 전부터 모아 온 장식용 도자기 인형들이었다. 엄마는 날개를 단 하얀 천사 인형과 씨름하기 시작했다.

엄마가 이런 행동들을 매일 하는 것은 아니었다. 약이 효과가 있는 날에는 베란다 앞에 놓인 흔들의자에 하루 종일 앉아 있거나 안방 침대에 누워 나오지 않는 경우가 많았다. 그런 엄마는 사람이 아닌 것 같았다. 커다란 헝겊인형이나 짚으로 만든 허수아비였다.

"약 제대로 먹은 거 맞아?"

기태는 엄마를 의심했다. 몇 년 전엔가는 약을 먹는 척만 하고 뱉어 낸 적이 있었다. 그때 엄마는 식탁 가득 그릇을 빚어 놓았다. 유약을 바르고 초벌을 하고 다시 유약을 바르고 재벌 하는 과정을 반복하며 약 없이 잠시 동안 생기 있는 모습을 보이기도 했다. 하지만 잠깐이었다. 그러다가는 점차 스스로의 행동을 제어하고 확인하는 데 너무 많은 시간을 들였고, 엄마의 그릇들은 늘 미완성으로 끝나 버렸다.

"먹었어, 먹었어."

엄마는 기계처럼 반복해 말했다. 무릎을 꿇은 채, 눈을 맞추고,

세심한 주의를 기울여, 천사 인형과 씨름 중이었다. 엄마는 정해 놓은 선에다가 천사를 밀착시켰다. 그러다가 다시 떨어뜨려 놓고 또 한 번 신중을 기해 선 앞에 세웠다. 그러기를 몇 번을 더 반복했다.

기태는 더 이상 보고 있을 수가 없었다. 저번처럼 약을 먹는 척만 했다면 아빠가 두고두고 못살게 굴 사람은 자기밖에 없었다.

"안 먹은 거지? 거짓말하는 거지?"

엄마는 이번엔 들은 체도 하지 않았다. 아니 실제로 들리지 않았다. 양쪽 엄지와 집게손가락으로 신중하게 천사의 날개를 잡고서는, 티도 나지 않는 움직임을 위해 온 신경을 모으고 있었기 때문이다.

"왜 생각을 안 해!"

기태는 소리를 버럭 질렀다. 그제야 엄마는 뒤를 돌아다봤다. 기태의 얼굴이 벌겋게 달아올라 있었다.

"왜 자꾸 확인하는지, 제대로 된 게 맞는데 왜 자꾸만 확인해야 하는지, 그 이유를 왜 생각을 안 하냐고!"

그 말과 함께 기태는 엄마의 손가락 사이에서 천사 인형을 가로채 힘껏 집어던졌다. 천사는 거실 한가운데를 휙 하고 날아가 낡은 소파 위로 힘없이 떨어졌다.

"이까짓 거 저기 있든, 여기 있든 무슨 상관이야!"

엄마의 얼굴이 금세 일그러졌다. 겁에 질린 표정이었다.

"왜? 왜 생각을 안 해? 모든 게 엄마가 만들어 놓은 충동에 불과

하단 걸 왜 깨닫지 못하냐고!"

기태는 울먹이고 있었다. 이왕 이렇게 된 거 내장에 가득 차 부글거리는 거품을 모두 쏟아 내고 싶었다.

"엄마 빼고 다 잘 돌아가고 있어! 그걸 왜 몰라? 생각을 하라고, 생각을! 엄마가 왜 그러고 있는 건지, 그게 얼마나 무의미한 짓인지, 모든 게 아무렇지도 않게 잘 있는지! 내가 어렸을 때부터 지금까지 엄마 때문에 얼마나 숨죽이며 살았는지 알아? 이럴 거면 나를 왜 태어나게 했어? 끔찍이 생각하는 아버지하고나 살지. 책임도 못 지면서, 엄마 노릇도 못하면서!"

엄마의 표정은 서서히 일그러졌다. 기태는 양손으로 머리를 쥐어뜯고 있었고, 그런 아들을 본 엄마는 어느새 고개를 떨어뜨렸다.

기태는 방으로 들어가 옷을 갈아입었다. 밖으로라도 뛰쳐나가야 속이 편할 것 같았다.

기태가 막 운동화를 신으려고 할 때 등 뒤에서 낮게 떨리는 엄마의 목소리가 들렸다.

"……미안하다."

엄마는 그렇게 말하고 천사 인형에 대한 집착을 버린 채 안방으로 힘없이 걸음을 옮겼다.

새벽까지만 해도 와우산로의 길바닥은 새하얀 흰 눈으로 덮여 있었다. 누군가 지나가면 그 뒤로 순백의 발자국만 남을 뿐이었다.

불과 몇 시간 만에 흰 눈은 검은 재가 묻은 발자국들로 오염되었다. 와우산로의 상인들은 골목 모퉁이에 위치한 헌책방의 화재에 관해 전에 없던 관심을 기울였다.

지금까지 골목에서 가게가 전소될 정도의 큰 화재가 난 적은 없었다. 게다가 사람이 죽었다는 소문이 돌자 일손조차 놓으며 마크툽을 살피기 위해 몰려들었다. 누군가 일부러 방화를 저지른 거라면 화재에 취약한 주변의 소점포들도 위험한 상황이었다.

생각에 잠겨 있던 기태는 창가로 나가 바깥 상황을 살펴보았다. 그때 마크툽 앞에서 수첩을 들고 구경꾼들을 상대로 탐문조사를 벌이던 경찰이 갑자기 연애소설 쪽으로 고개를 돌렸다. 기태는 경찰과 눈이 마주치자 곧바로 주방으로 들어갔다.

드르륵. 연애소설의 미닫이문이 열렸다.

"계십니까?"

기태는 잠시 망설이다 주방에서 얼굴을 내밀었다.

"무슨 일인데요?"

"맞은편 헌책방 화재 때문에 몇 가지 물어볼 것이 있습니다."

"네……. 물어보세요."

"혹시 오늘 새벽 몇 시쯤 영업을 마치셨습니까?"

기태는 블먼알 모임에서 류와 먹살잡이를 한 후 연애소설로 돌아가지 않았다. 몇 시에 영업이 끝났는지 알 리가 없었다.

"세 시 반쯤이었던 것 같은데요."

기태는 자신을 뚫어져라 바라보고 있는 경찰의 눈을 마주 쳐다볼 수 없어 창밖 먼 곳을 응시하며 대답했다. 평소 영업을 마치는 시간으로 둘러대는 수밖에 없었다.

"그럼 오늘 새벽 3시에서 4시 사이 헌책방에 사람이 들어가는 걸 목격하시거나 하진 않았나요?"

"아니요. 문 닫을 시간엔 밖을 살필 여유가 없어요. 문 닫고 나서도 별 신경 안 쓰고 집으로 곧바로 가서 무슨 일이 있었는지는 잘 모르겠네요."

"혹시 이 가게 주인 되시나요?"

"아, 아뇨. 형이 사장인데, 전 그냥 도와주고 있어요."

"형은 출근 전이신가요?"

기태는 고개를 끄덕였다.

경찰은 수첩에 무언가를 적더니 이내 돌아갔다. 경찰이 멀어져 가는 것을 확인한 기태는 의자에 풀썩 주저앉았다. 현기증이 일었다. 잠시 눈을 감고 호흡을 가다듬었다.

얼마 후 기태는 가게 장부에서 종이 한 장을 찢어 내 형에게 남길 메시지를 적어 나가기 시작했다.

"좀 오랫동안 집을 떠나 있으려고 해.

아니, 영영 떠나는 게 될 수도…….

아버지와 엄마랑은 더 이상 같이 살고 싶지 않아.

형은 나를 이해해 줄 거라 믿어.

그리고 미자 누님한테도 쪽지를 썼어.

꼭 할 말이 있어서…….

전해 줘."

"몸은 괜찮은 건지 걱정돼요.

믿지 않을지 모르지만 마크툽에서 일하면서

그동안 아줌마 걱정 많이 했어요.

저 멀리 떠나요. 빨리 회복하세요.

사실은, 새벽에 잠깐 마크툽에 들어갔어요.

불이 난 게 나 때문인지는 모르겠지만

만약 정말 나 때문이라면 나중에, 꼭 다 갚을게요.

지금은 떠나야만 해요. 불 난 거 때문만은 아니에요.

술 조금만 마시고…….

여러 가지로 정말 미안해요."

기태는 두 개의 쪽지를 장부 사이에 넣어 놓았다. 날마다 들어 오는 식재료와 물품들을 기입하는 장부여서 형은 늘 그것을 끼고 살았다.

기태는 점퍼에 달린 모자를 눌러쓰고 밖으로 나왔다. 그리고 모퉁이를 돌아 나가는 대신 열쇠를 버린 공원 쪽으로 몸을 돌렸다. 누군가 자신의 이름을 부르는 소리가 들렸다. 박 여사 같았다. 기태는 뒤돌아보지 않고 걸음만을 재촉했다.

준이에게 시리얼을 말아 주며 순영은 걱정스러운 얼굴로 미자를 쳐다보았다. 미자는 머리도 빗지 않은 채 식탁 앞에 앉아 하품을 했다.

"언니, 어제 또 술 마셨어?

"응."

"누구랑?"

"혼자."

"……."

미자는 하얀 우유에 떠 있는 형형색색의 시리얼들을 멍하니 쳐다봤다. 초콜릿맛, 딸기맛, 바나나맛, 멜론맛 볼들이 서로 어우러져 있었다.

이런 비슷한 장면을 본 적이 있었다. 마크툽의 그림책 서가……. 각각의 판형과 색으로 마크툽을 생기 있어 보이게 하던 유일한 헌책들…….

"준이야, 맛있니?"

"응, 뭐 그냥."

준이의 심드렁한 말에 순영은 멋쩍게 웃었다.

"바쁠 땐 시리얼 먹이는데, 평소엔 밥 먹거든. 얘는 조그만 게 밥을 더 잘 먹어."

순영은 미자의 눈치를 살피며 너스레를 떨었다.

"준이야, 미안. 오늘 꼭 밥해 놓을게."

준이는 엄마의 사과 같은 건 귀에 들어오지 않았다. 지금 당장은 넋 놓고 앉아 있는 미자의 모습이 신기할 따름이었다. 준이는 호기심 어린 눈으로 미자를 살피며 숟가락을 입으로 가져갔다. 제대로 방향을 못 잡은 숟가락 위에서 흰 우유와 시리얼들이 위태롭게 찰랑거렸다.

"준이야, 숟가락을 봐야지. 어딜 자꾸 보는 거야?"

순영이 준이를 타일렀고, 그제야 미자는 시리얼 그릇에서 고개를 들어 준이를 바라봤다. 준이의 맑은 눈동자가 미자의 눈에 가득 찼다.

"미자 언니 이모 보는 건데, 머리가 꼭 내 인형 미미 같다."

준이의 말에 미자는 푸석푸석한 산발의 머리카락을 대충 손가락을 이용해 빗고는 손목에 매고 있던 머리끈으로 묶었다.

"언니, 이제 봄이야. 어제 낮에는 노곤 노곤하더라."

순영은 미자의 텅 빈 눈을 헤집으며 조심스럽게 말을 꺼냈다.

"건물주도 재촉한다며? 그만둘 거 아니면, 더 멋지게 만들면 되잖아."

"……."

"아버지가 남겨 주신 돈으로 하면 되잖아. 그거 정말 안 쓰려고?"

미자는 여전히 말이 없었다.

"치매 할머니가 준 돈도 있고……."

그 말에 미자는 비로소 반응을 보였다.

"그게 무슨 말이야?"

순영이 눈치를 보며 말을 이었다.

"언니가 못 받는다고 해서 내가 몰래 갖고 있었어. 마크툽 복구하게 되면 주려고."

미자는 순영이 돈을 돌려준 줄로만 알았다.

불이 나고 사흘 후쯤인가 은발의 책 도둑 노파는 손녀를 대동하고 다시 와우산로로 들어섰다. 할머니는 마크툽 앞에 멈춰 서서 한참 동안 그을음으로 시커메진 실내를 들여다봤다. 그러더니 갑자기 주저앉아 꺼이꺼이 목을 놓아 울기 시작했다. 마치 어린아이가 우는 것 같았다.

"아이고, 아버지, 아버지 이 일을 어쩝니까?"

무릎을 치며 우는 할머니를 진정시키기 위해 손녀는 애를 먹고 있었다. 할머니는 그대로 놔뒀다간 실신이라도 할 것처럼 기력이 쇠해 몹시 위태로워 보였다.

"할머니, 할머니, 아버진 괜찮으시대. 걱정 마요."

손녀가 그렇게 말하자 노파는 그제야 울음을 그쳤다. 나무껍질 같은 손으로 눈물범벅이 된 얼굴을 훔치며 할머니는 반색을 표했다.

"그래? 그게 정말이야, 아가씨? 아이고, 아버지, 천만다행이오."

세상에단하나에서 이 광경을 지켜보고 있던 순영도 눈물을 훔쳤다. 미자 대신 자신이라도 나가 할머니를 위로해야 할 것 같았다.

"며칠 전에 뉴스 보고 이러세요. 꼭 여길 와 봐야 한다고 그러셔서……."

순영은 노파의 손을 지긋이 잡았다. 노파의 눈에는 아직도 눈물이 그렁그렁했다.

"할머니, 제가 봤어요. 할머니 아버님은 무사하세요. 그러니까 걱정 안 하셔도 돼요."

순영의 말에 노파는 더욱 안도하는 표정을 지었다. 그러고는 한 차례 더 눈물을 닦아 내더니 낡은 손가방 안에서 주섬주섬 무언가를 찾았다. 곧이어 그녀의 손에 들려 나온 것은 꼬깃꼬깃하게 주름이 지고 손때가 타 너덜너덜해진 종이봉투였다. 노파는 순영의 손에 그 봉투를 쥐어 줬다.

"여기서 일하던 그 처자한테 주쇼. 배싹 말라서 피죽도 못 얻어먹은 것처럼 보인께 얼마나 가엾던지. 이번 일로 얼마나 놀랐을까나. 이제 일자리도 없을 긴데 뭘 먹고살아 볼까. 쯧쯧쯧."

은발의 노파는 갑자기 꼬장꼬장한 목소리로 이야기했다. 아까 전까지 울고불고하던 사람이 아니었다. 순영은 손에 쥐어진 봉투를 놀란 눈으로 보다가 손녀를 쳐다보았다. 손녀도 모르는 일인지 할머니에게 물었다.

"할머니, 이거 뭐야?"

"돈이여. 네 애비 돈 아니고, 내 돈이니께 걱정하지 마, 썩을 년."

노파는 허리를 주욱 펴더니 갑자기 손녀에게 욕까지 했다.

"꼭 그 처자 주쇼. 내가 주는 용돈인께."

순영에게 다시 한 번 다짐을 받은 노파는 성큼성큼 앞장서 걷기 시작했다. 손녀는 어쩔 줄 몰라 하다가 순영의 손에 쥐어진 봉투를 보며 이렇게 말했다.

"그분한테 전해 주세요. 아마도 할머니가 용돈을 모아 두신 건가 봐요. 그럼……."

손녀는 멀찌감치 가고 있는 할머니를 따라잡기 위해 뛰다시피 걸어갔다. 순영은 그들의 모습이 안 보일 때까지 멀뚱하니 서 있다가 가게로 돌아왔다.

봉투를 열어 본 순영은 생각보다 많은 돈에 깜짝 놀랐다. 백만 원짜리 수표와 현금 뭉치가 들어 있었다. 용돈을 모은 금액치고는 상당한 액수였다.

순영은 자식들에게 용돈을 받아 당신의 장례 비용을 마련해 놨던 죽은 엄마를 떠올렸다. 받아서는 안 될 거 같아 황급히 밖으로 나가 보았지만 이미 노파와 손녀는 보이지 않았다. 이름이라도 묻는 것이었는데 아차 싶었다.

-가지고 있다가 다시 찾아오면 네가 돌려줘.

병상에 누워 있던 미자는 종이에 그렇게 적었었다. 순영은 노파가 찾으러 오지 않는 이상 돈을 돌려주진 않을 거라고 속으로 다짐했었다.

준이가 시리얼 그릇을 다 비우자 순영은 기다렸다는 듯이 준이의 손을 잡고 헐레벌떡 밖으로 뛰어나갔다. 유치원 차가 도착할 시간이었다.

홀로 남겨져 있으니 미자는 더 몽롱해지는 것 같았다. 내내 식탁에 앉아 있던 미자는 베란다를 통해 거실로 내려앉은 햇살을 물끄러미 바라보았다. 축축하고 곰팡내 나는 헌책들을 말리기에 아주 좋은 햇살이었다.

미자는 햇살 아래로 걸어 들어가 양 무릎을 세우고 앉았다. 손바닥으로 얼굴을 쓸어 보니 까칠하고 메마른 느낌이 동시에 전해졌다. 마치 모래조차 별로 없는 모래밭 같았다.

마크툽이 다 타 버린 지 한 달 하고도 보름 가까이 흘렀다. 한 달은 병원에서 지냈고, 보름은 순영의 집에 머물렀다. 보름 동안 미자는 틈만 나면 술을 마셨다. 주로 순영과 준이가 잠이 들고 나면 밤손님처럼 몰래 나와 혼자 소주를 마셨다. 그렇게 하지 않으면 잠을 잘 수가 없었다. 너무 자주 마시는 술로 늘 속이 쓰렸지만 잠을 잘 수 없는 것보다는 나았다.

햇살 아래서 느껴지는 통증은 더욱 날카로웠다. 미자는 가슴을 부여잡았다가 아예 마룻바닥에 대자로 누워 버렸다. 자신도 알고 있었다. 이제 그만 잠에서 깨어나 일어나야 한다는 것을.

잠은 이미 오래전에 깨어 버렸다는 것을.

배앓이

어디선가 목련꽃 향내가 바람에 실려 왔다

간판은 내려져 있었다. 그을린 자국이 보기 흉했기 때문이다. 깨진 유리창이 있어야 할 곳엔 파란 꽃무늬 패턴이 있는 갈색 천이 가림막으로 쳐져 있었다.

블먼알 회원들은 화재가 있고 얼마 지나지 않아 마크툽에 다시 모여 타다 남은 잔재들과 그을음 등을 청소하는 데 힘을 모았다. 화재 원인 조사도 끝난 마당에 흉물이 되어 버린 마크툽을 더는 두고 볼 수 없어서였다. 파란 꽃무늬가 그려진 천으로 임시방편을 한 것은 박 여사의 적극적인 제안 때문이었다.

"파랑은 상실감을 치유하는 재생의 색이거든."

박 여사의 말에 모두들 목구멍이 무겁게 짓눌리는 것을 느꼈다. 부동산업을 하다 보니 공간의 구조와 색이 갖는 치유 능력에 대해 저절로 관심이 간다고 박 여사는 덧붙였다.

"노랑은 억압된 감정을 밖으로 내보이는 데 도움을 주고, 초록은 편안함과 안정감을 주는 색이야. 나는 고객들한테 이렇게 얘기해. 벽지 고를 때 자기가 어떤 색을 만나야 도움을 받을지 잘 생각해 보라고."

순영과 박 여사는 여러 가게들을 전전한 끝에 파란 꽃잎이 커다랗게 그려진 천을 찾을 수 있었다. 창틀과 쇼윈도마다 천으로 못질을 하는 일은 전 실장과 류 선생이 담당했다.

물론 잔해는 여전히 곳곳에 남아 있었다. 타다 만 집기들은 한쪽으로 치워져 있었고, 화염과 물대포에 엉망이 되어 버린 책들 대부분은 쓰레기장에서 소각되었다. 개중 형태를 알아볼 수 있는 것들은 나중에라도 미자의 손을 거치도록 분류해 놓았다.

미자는 퇴원하고 나서도 두 달 가까이 와우산로 근처에는 발걸음을 하지 않았다. 그러던 미자가 늦봄의 어느 날에 마크툽을 찾았다. 여느 날처럼 순영의 거실 마룻바닥에 누워 햇볕을 쪼이던 중이었다. 미자는 부스스 일어나더니 꿀차 한 잔을 진하게 탔다. 가늘고 기다란 티스푼이 찻잔을 휘저을 때마다 따스한 김이 달콤한 향을 풍기며 미자의 코를 자극했다. 미자는 아주 천천히 오랫동안 그것을 마시는 데 몰두했다.

마지막 한 방울의 찻물을 목구멍으로 넘기고 나서 미자는 또다시 부스스 일어났다. 이번에는 문턱을 밟고 밖으로 나서기 위해서였다.

마크툽의 한쪽 벽면에는 화재 속에서 멀쩡하게 살아남은 책들이 쌓여 있었다. 잔해를 청소하던 블먼알 회원들은 구석에서 타지 않고 남아 있는 헌책들을 발견하고는 기적 같은 일이라고 수선을 떨었다. 헌책 더미의 맨 위의 책 몇 권만 시커먼 재를 뒤집어썼을 뿐 아래에 있는 책들은 헌책으로 마크툽에 들어올 당시와 별반 다를 것이 없어 보였기 때문이다.

미자는 그중 눈에 띄는 하나를 집어 들어 먼지를 털어 냈다. 처음 마크툽을 열 때 가져온 자신의 책이었다. 무작정 펼쳐 든 페이지에는 다음과 같이 적혀 있었다.

히아신스 정원에서 우리가 밤늦게 돌아왔을 때

너의 머리는 젖어 있었고, 팔에는 한 아름 꽃을 안고 있었다.

나는 말을 할 수 없고, 눈도 보이지 않아

산 것도 죽은 것도 아니었다. 그리고 아무것도 알 수 없었다.

빛의 핵심인 고요함을 들여다보았을 뿐.

다섯 행의 문장에 연필로 밑줄이 그어져 있었다. 미자는 그 문장들에서 한참 동안 머물렀다. 4월이 잔인하다 말한 시인의 또 다른 시구였다.

갓 스물이 넘은 때였다. 미자는 문리학관 뒤편에 있는 커다란 버드나무 그늘에 앉아 이 시를 읽었다. 난해한 시인의 시가 마음속에 오래 남아 있지는 못했다. 하지만 4월이 잔인하다는 말과 함께 방금 읽은 다섯 행의 구절에서 미자는 그때도 오랫동안 머물 렀었다.

그 당시 미자는 누군가를 마음 깊이 좋아했었다. 사랑을 하면 세상이 아름답게 보인다는 상투적인 말이 결코 상투적인 말이 아 님을 미자는 그때 처음 알게 되었다. 버드나무 그늘 아래에서 바 라본 세상은 온통 반짝거렸고, 사람들은 모두 행복하고 즐거워 보 였다.

이후 그녀는 '아름답다.'라는 단어에 집착했다. 그것은 역설적 이게도 '아름답다.'라는 단어가 주는 어떤 우울한 이미지 때문이 었는데, 당시엔 아름다움과 슬픔에 대한 연관 관계를 전혀 알 수 없었다. 그저, 아름다움과 슬픔을 동시에 느끼며, 누군가를 사랑 하고 있는 자신이 황홀하게 느껴졌을 뿐이었다.

몇 년 후 미자는 마음 깊이 좋아한, 세상을 아름답게 보이게 한 누군가를 잃어버렸다. 비로소 '아름답다.'란 단어에서 '슬픔'이 읽 히는 이유를 알고야 만 것이었다.

'이 시구 같은 것이겠지.'

미자는 책을 내려놓으며 생각했다.

'히아신스를 한 아름 안아 든 젖은 머리의 너는 너무도 아름다 워서 꼭 지켜 주고 싶지만, 결국 너를 가만두지 않는 아름다움 반 대편의 것들이 네 곁에 창궐하겠지. 그것이 현실이니까. 그래서 '에이프릴'이란 음가를 가진 예쁜 단어도 결국 시인의 말처럼 잔 인해지는 거겠지.'

시인의 말은 기태를 바라보던 미자에게도 적용되었다.

"아줌마는 평소에 너무 우울해 보여. 심술궂은 마녀 같기도 하고. 그런데 신기한 게 하나 있어. 말해 줄까?"

어느 날인가 기태가 얘기했었다. 미자는 웃고 있는 기태의 가늘고 깊은 눈을 바라보았다. 얘가 지금 뭐라는 거지. 미자는 기태를 외면하며 무덤덤하게 말했다.

"뭔데? 또 놀려 먹을 게 있어?"

자꾸만 빨리 뛰려는 가슴이 곤혹스럽게 느껴지던 차였다.

"아줌마가 예뻐 보일 때가 있다니까. 술에 취해 수다 떨 때. 아무 말도 않고 있으면 꼭 약 먹은 우리 엄마 같지만, 취기가 올라 볼이 발갛게 돼서 아줌마가 좋아하는 것들에 대해 얘기할 때면 눈이 초롱초롱 빛나. 어떻게 저 나이에 저런 눈을 하고 있을까 싶을 정도로."

기태의 말이 채 끝나지도 않았지만 미자는 여전히 시선을 피하며 딴청을 부렸다. 술도 마시지 않았는데 얼굴이 달아올랐다. 아까부터 곤혹스럽던 심장은 더욱 쿵쾅거렸다.

"칭찬을 해 주면 뭐 돌아오는 게 있어야지, 왜 아무 말이 없어?"

미자는 마지못해 이렇게 대답했다.

"일이나 해."

기태는 그런 미자의 뒷모습을 보며 재미있어 죽겠다는 듯 낄낄거렸다.

"아줌마, 부끄럽구나. 이럴 땐 꼭 어린애 같단 말이야. 칭찬 하나 더 해 줄까? 먼지떨이 들고서 서가 사이에 있을 때도 꽤 괜찮아 보여. 단 햇빛이 쨍쨍할 때. 햇빛의 도움을 조금 많이 받아야 눈부셔 보이긴 하지만."

"……."

"어, 또 아무 말이 없네. 왜 그러지? 칭찬이 싫어?"

그때 미자는 결국 아무 말도 하지 못했다. 속으로는 이렇게 말하고 있으면서도…….

'정말 눈이 부신 건 너야. 너는 그걸 모르지. 너의 깊고 슬픈 눈, 아직 어린 나이에 어울리지 않는 눈, 너한테 무슨 일이 있었던 거니. 네 눈을 보고 있으면 너를 지켜 주고 싶어져. 하지만 나는 아무것도 할 수가 없구나.'

미자는 뜨거워지는 마음을 숨기기 위해 기태의 놀림을 뒤로하고 무작정 밖으로 걸어 나갔다. 그때 기태는 어떤 얼굴을 하고 미자의 뒷모습을 보고 있었을까. 미자는 내내 그것이 궁금했었다.

'그리고…… 지금은 왜 내 곁에서 사라져 버린 거니…….'

마크툽의 그을린 벽과 천장, 바닥에선 퀘퀘한 탄내가 아직도 코를 찔렀다. 미자는 생각보다 말끔히 정리돼 있는 공간을 구석구석 천천히 배회했다. 제자리에 있는 것은 단 하나뿐이었다. 카운터 뒤에 놓였던 키 작은 수납장은 놀랍게도 꽤 멀쩡해 보였다. 여러 군데 불똥이 튀었지만, 오히려 그것 때문에 보랏빛 펄이 더욱 돋보였다. 제일 크게 손상된 곳은 오른쪽 귀퉁이였다. 뜨거운 열에

페인트가 녹아 흘렀지만 은색 손잡이는 그대로였다. 손잡이를 쥐고 있는 미자의 손이 미세하게 떨려 왔다. 미자의 꽉 다물었던 입이 조금씩 벌어지는 동시에 수납장의 문도 조금씩 틈을 넓혔다.

제일 먼저 눈에 띈 것은 푸른 심해의 빛을 띤 드라이진이었다. 사각형의 병은 흠집 하나 없이 그대로였다. 바다 속 절경을 발견한 다이버의 심정으로 매우 아껴서 맛을 보던 술이었다. 몇몇 술병들은 제자리를 못 찾고 넘어져 뒹굴고 있었지만 깨진 것은 하나도 없었다. 미자의 입에서 감탄의 숨이 내쉬어졌다. 민망하게도 눈시울까지 뜨거워지려 했다.

"나오셨네요."

갑작스러운 목소리의 출현에 미자는 놀란 얼굴로 뒤를 돌아다봤다. 벌어진 천 사이로 햇살이 들어와 입구에 서 있는 남자를 세로로 가로질렀다. 미자는 부신 눈을 몇 번 껌벅거렸다. 류가 빛을 등지고 서 있는 것이 보였다.

"가게에서 밖을 내다보고 있었는데 미자 씨가 이리로 걸어가는 게 보였어요."

"……."

"건강은 좀 어때요?"

류는 딱 한 번 병문안을 갔었다. 그녀가 넋 나간 사람처럼 멍하게 있는 모습을 보느니 차라리 보고 싶은 것을 참는 편이 낫다고 생각하고는 더 이상 병원을 찾지 않았었다.

"괜찮아요. 청소 고마워요."

미자는 순영을 통해 블먼알 사람들의 소식을 듣고 있었다. 이웃들의 생각지도 못한 마음 씀씀이는 미자를 다시 일으켜 세운 커다란 동력이었다. 부담스럽게만 느껴지던 류의 마음에도 미자는 진심으로 감사했다. 미자는 유순해진 눈빛으로 류를 바라봤다.

"별말씀을요. 당연히 도와야죠. 여기 복구하는 것도 언제쯤 도울 수 있을지 벼르고 있었는데요."

"네…… 고마워요."

미자는 여전히 짧은 감사의 말만 전했다.

류는 그런 미자를 보며 자꾸만 조급해졌다. 그녀가 퇴원을 하면 꼭 얘기를 꺼내 봐야겠다고 다짐한 바였다.

미자는 류의 마음을 눈치 챈 듯 이렇게 덧붙여 말했다.

"그런데 제 힘으로 해야죠. 더 이상 폐를 끼칠 수는 없어요."

간결한 미자의 말에서 류의 보호 본능이 더욱 발동되었다.

"폐라뇨. 그런 걱정은 할 필요가 없어요. 실제로 전 미자 씨 일을 제 일처럼 생각해요. 미자 씨는 안 그럴지도 모르지만……."

잠시 침묵이 흘렀다. 미자는 고개를 들지 못하고 바닥만 내려다봤다. 류는 이만 자리를 떠야겠다고 생각했다.

"저는…… 여전해요. 한 번이라도 깊게 생각해 줬으면 해요."

"……"

류는 발길을 돌렸다. 무반응의 미자를 보고 있을 수가 없었다. 한 걸음, 두 걸음, 세 걸음째에 류는 다시 뒤돌아섰다. 미자는 류의 뒷모습을 바라보다가 그가 뒤돌아서자 다시 고개를 돌렸다.

깊게 생각하지 않은 것이 아니었다. 류는 단순한 만큼 믿음직한 남자였다. 하지만 미자는 자신할 수 없었다. 그의 상실감을 채워 줄 수 있는 사람이 되기에 자신은 철저히 염세적인 사람이었다.

"솔직히 말씀드릴게요. 미자 씨랑 결혼하고 싶습니다."

류는 미자를 향해 힘주어 말했다.

미자는 여전히 류를 외면한 채였다. 좀 전보다 더 긴 침묵이 마크룹을 휘감았다.

류는 문을 대신하여 둘러져 있는 파란 꽃무늬 천을 떨리는 손으로 쥐었다. 들려진 틈 사이로 오후의 햇살이 더욱 반짝이며 점멸했다. 류의 망막은 작은 무지갯빛 공기 방울들로 어지러웠다. 류는 절망스러운 심정이 되어 이렇게 물었다.

"왜 나는 안 되는 거죠?"

미자는 어떠한 말이라도 해야 했다. 더 이상 류를 아프게 해서는 안 된다고 생각했다.

"……류 선생님이라 안 되는 게 아니에요. 그냥 제가 안 되는 거예요. 더 이상 이런 얘기 안 했으면 좋겠어요. 반복될수록 다치는 건 제 자신도 마찬가지예요."

양팔을 내려뜨리고 서 있는 미자의 몸에 힘이 들어갔다. 반면 류는 어깨를 힘없이 늘어뜨린 채 햇살 속으로 걸어 나갔다. 떨어지지 않는 발길을 억지로 옮기며 류는 아내를 생각했다.

아내는 류의 청혼에 수줍은 웃음으로 대답을 대신했었다. 그의 기억에서 가장 아름답게 웃던 모습이었다.

"여보, 제대로 안 되네. 아무래도 당신한테 더 면목이 없게 됐어."

류는 가만히 읊조리며 하늘을 올려다봤다.

류가 시야에서 사라지자 미자는 아랫배를 움켜쥐고 잠시 쪼그려 앉아 있었다. 다리에 힘이 풀리자 배 안에서 미세한 통증이 느껴졌다. 요즘 다시 마시기 시작한 술 때문인 것 같았다. 아직 긴 시간 산책을 하기에는 상처가 아물지 않았을지도 몰랐다.

미자는 병원에 있으면서 화재의 후유증만으로 힘든 것만은 아니었다. 온몸에 기력이 없었고, 원인 모를 배앓이를 했다. 아랫배가 뻐근한 것이 허리까지 아파 왔고 급기야는 하혈까지 있었다.

진단 결과, 원인 모를 배앓이는 자궁에 난 혹 때문이었다. 손가락 길이만 한 혹들이 무려 세 개나 있었고, 그보다 작은 혹들도 대여섯 개나 있어 미자의 자궁 안을 뒤덮다시피 하고 있었다. 미자는 알 수 없는 생물체의 숙주가 되어 그것들을 틔우고 품고 있었던 것처럼 느껴져 자기 자신이 몹시도 끔찍해졌다.

이렇게 한꺼번에 많은 일들이 발생한다는 것 자체가 믿기지 않았다. 어렸을 때부터 그랬다. 아버지의 부재도 아무 잘못 없는 어린 미자에게는 갑작스러운 선고였다. 부러진 뼈들과 흥건한 피로 대변된 엄마의 죽음도 아무리 어른으로 맞닥뜨린 사고라 치더라도 영원히 기억될 고통스러운 일이었다.

아버지의 죽음은 또 어떤가. 전 생애를 통해 인정하기 싫던 한 사람이 자신으로 인해 목숨을 잃었다.

간신히 목소리를 되찾은 미자는 자궁에 무단으로 뿌리를 박고 있던 혹들을 무참히 제거했다. 그리고 몇날 며칠을 멍하게 누워만 있었다. 아버지의 죽음을 전해 듣던 순간 창문을 때리던 거친 빗줄기는 믿기 힘들 정도로 수시로 내려 미자의 마음에 파문을 일으켰다. 마치 장마철이나 된 것 같은 늦겨울이었다. 저주받은 인생이란 이런 것이구나 싶었다.

병실에서 미자는 늘 혼자였다. 블먼알 사람들은 더 이상 모임을 진행하지 않았다. 한두 차례씩 병문안을 왔던지만 하루 종일 시중을 들어줄 사람은 아무도 없었다. 오빠는 주말을 포함해 나흘간의 휴가를 냈을 뿐 지방 공무원의 생활로 곧바로 돌아가야 했다.

미자는 괜찮다고 생각했다. 저주받은 어떤 사람의 인생이 다른 이에게 전염되는지는 모르겠지만 혼자 있는 편이 그런 면에서는 더 안심이 되었다.

미자를 찾아온 와우산로 사람들은 대부분 기태를 언급하고 돌아갔다. 화재 이후 갑자기 사라졌다는 점, 기태의 거처를 형 기준도 모른다는 점, 그즈음 영 불안해 보이는 기태를 목격한 사람들이 있다는 점, 병문안 한 번 찾아오지 않았다는 점 등이 그 이유였다. 미자는 듣기만 할 뿐 아무런 대꾸도 하지 않았다.

화재가 나던 전날 밤 미자는 기태의 뺨을 때렸었다. 류에게 쏟아 내던 기태의 폭언이 뺨을 때린 이유라면 이유였다. 하지만 그럴 권리는 누구에게도 없었다. 미자는 그 일을 두고두고 후회했다.

그 후의 일들은 미자의 기억에 남는 것이 별로 없었다. 남은 정종을 마저 비우고 눈이 오는 창문을 바라보며 나락에 떨어지듯 깊은 잠에 빠져든 것 이외에는.

플라스틱 쓰레기통이 발화 지점이고 원인은 담뱃불 같다고 했지만 도통 알 수 없는 일이었다. 담배를 피우는 사람은 순영과 류 선생, 기준, 기태, 현식까지 다섯 사람이나 됐다. 순영과 기준, 현식이 차례대로 일어났고, 담배를 안 피우는 다산 부부는 열외 대상이었다. 마지막까지 남아 있던 사람은 류와 기태, 본인뿐이었다. 화재의 원인을 제공한 사람은 미자 본인일 수도 있었고, 류 선생일 수도 있었고, 사람들 말처럼 기태일 수도 있었다.

'다들 돌아간 후 내가 혼자서 담배를 피웠던가.'

미자는 끊어진 기억을 헤집어 봤다. 그럴 수도 있었다. 삼십대 초반까지 술김에 담배를 피운 경우가 간혹 있었기 때문이었다.

그런데도 자꾸 마음에 걸리는 것은 기태의 실종이었다. 화재와 연관된 것인지, 아니면 그저 어디로 떠나 버린 것인지 알 수가 없었다. 어떤 이유이건 미자의 마음은 그가 실종됐다는 사실 하나만으로도 가슴 한편에서 메마른 바람이 부는 것을 느끼곤 했다.

'기태가 화재의 원인을 제공했다면, 그게 사실이라면, 나는 어떻게 해야 하는 건가.'

수없이 고민해 봤지만 나오는 답은 없었다.

'그래서 어쩌란 말인가.'

이미 다 일어난 일이었다. 뺨을 맞은 것에 악의를 품고 방화를 저지를 그 정도의 철없는 아이는 아니었다. 정말 나쁜 아이였다면 군이 쓰레기통과 담배꽁초를 이용하지도 않았을 것이다.

"내가 보기에 너는 그냥, 상처 많은, 아직은 어린, 책 도둑일 뿐이야."

기태가 뭔가에 마음이 뒤틀려 위악적인 말들을 해 댈 때마다 미자는 그렇게 말해 주었다. 기태는 미자의 말들에 몹시 자존심 상해했지만 곧 잠잠해지기도 했다. 꼭 혈기 왕성한 짐승이 길들여지는 것 같다고 미자는 생각했다.

기태는 약속한 삼 개월 동안에도 꾸준히 마크툽에 나와 주었다. 그리고 일주일에 한 번씩 두 사람 사이에 책이 건네질 때마다 둘의 간격은 서서히 좁혀지고 있다고 두 사람 모두 직감하는 중이었다.

"마크툽⋯⋯."

미자는 조용히 탄식했다.

아버지가 죽었다. 깊고 슬픈 눈의 그 애는 그럴 리가 없었다. 나 때문에, 혹은 너 때문에, 아버지가 죽었다.

'너는 도대체 어디에 있는 거니, 나는 왜 이렇게 네가 보고 싶은 거니, 네가 그러지 않았다고 제발 말해 줘⋯⋯.'

미자의 바람은 헛되이 허공을 맴돌 뿐이었다.

미자는 별로 생각할 것도 없이 건물주에게 배상금을 건넸다. 수사를 더 진행시키는 것은 못할 짓이었다. 무엇보다 기태가 스스로 연락해 올 것을 믿었다.

연애소설의 기준을 보기에도 안타까웠다. 기준은 동생의 가출을 의심하는 블먼알 사람들과 많이 소원해져 있었다.

다행히 건물주는 세입자를 쫓아내지는 않았다. 다산부동산 내외가 건물주를 설득하는 데 앞장선 덕이 컸다. 그리고 마크툽의 복구를 돕겠다는 단골손님들도 꽤 있었다.

미자가 기준이 건넨 기태의 쪽지를 받아 든 것은 그로부터 더 한참 후였다. 기준은 많이 망설였다. 확실치 않은 사건에 기태의 쪽지가 증거가 될 수 있었기 때문이었다. 미자가 사건을 종료시키자, 그제야 기준은 미자에게 쪽지를 건넸다. 영원히 함구할 수 있었지만 동생에 대한 오해를 풀고 싶었다. 기준은 동생 기태의 마음이 누구보다 여리다는 것을 잘 알고 있었다. 일부러 불을 내는 짓은 절대 못할 녀석이었다.

미자는 기준이 건넨 쪽지를 보고 이렇게 중얼거렸다.

"어디에 있든 건강히 잘 있었으면 좋겠네."

기준은 미자의 반응에 입이 잘 떨어지지 않았다. 사람이 죽은 일이었다. 게다가 그 사람은 미자의 아버지였다.

"새벽에 잠깐 들어갔었다는데…… 동생이 실수한 걸 수도 있지만 절대 고의로 그런 건 아닐 거예요. 그랬다면 이렇게 쪽지를 남길 필요도 없고……."

"알아. 기태 말을 믿어."

미자는 말과는 다르게 고통스러운 표정을 짓고 있었다.

"어떻게든 동생을 찾아볼게요. 찾아봐야 어떻게 된 일인지 진위를 알 수 있으니까요. 만약 동생 실수라면…… 마땅히 책임을 져야죠."

미자만큼이나 기준도 고통스러운 표정을 지었다. 미자는 그런 기준을 향해 허탈하게 웃어 보였다.

"기준 씨, 그게 무슨 소용이야. 원인이 너무도 불분명한 일이고, 실수로 그런 거라 밝혀져도 기태를 전과자로 만들고 싶진 않아."

미자의 말은 그 어느 때보다 또렷하게 들렸다.

기준은 쓸쓸히 돌아서는 미자를 바라보며 생각했다. 마크툽을 꼭 다시 복구해야겠다고. 그리고 어떻게 해서든 동생을 찾아야겠다고.

기태가 사라진 뒤로 엄마의 우울과 강박 증상은 점차 호전되고 있었다. 그동안 스스로 의지를 보인 경우가 아예 없지는 않았지만 기태의 가출로 인해 엄마는 더 굳은 결심을 한 듯 보였다.

미자가 병원에서 퇴원할 때쯤 엄마는 기준이 있는 연애소설에 발걸음을 했다. 가게를 연 후로 처음 있는 일이었다.

"기태가 집을 나가던 아침에 내게 그러더구나. 모든 게 내가 만들어 놓은 충동일 뿐인데 그걸 왜 깨닫지 못하냐고 소리치더라. 그 말에 이상하게도 마음이 편해지는 거야. 왜 이제껏 그 말을 해 준 사람이 없었는지 모르겠어."

그렇다고 엄마의 병이 완치가 된 것은 아니었다. 여전히 강박적 충동을 이기기 위해 거의 모든 기운을 소진해야만 했다. 운동을 시작하고, 다시 그릇을 빚기 시작한 것은 정말 오랜만의 일이었다. 그런 이유에서도 기준은 기태의 가출을 나무랄 수만은 없었다. 오래전에 집을 나온 자기로서는 오히려 동생에게 많은 빚을 지고 있었다.

아랫배의 통증은 점차 사그라졌다. 미자는 마크톱을 나와 와우산공원으로 발걸음을 옮겼다. 사월 초였지만 아직 기력을 회복하지 못한 미자에게 바람은 여전히 차가웠다. 입구에 가까이 갈수록 땅바닥에 달라붙어 피어 있는 노란 민들레와 하얀 봉오리를 매단 목련 나무들이 여기저기서 수줍게 행인들을 맞이하고 있었다.

준이가 다니는 유치원 앞마당에는 진달래와 개나리도 무더기로 보였다. 가정집을 개조해 보호용 난간과 그물을 두른 옥상에서 아이들이 재잘거리며 빙글빙글 돌고 있었다. 선생님의 호루라기 소리에 맞춰 들려오는 천진한 웃음소리가 와우산 초입을 가득 메웠다.

미자는 고개를 들어 옥상 위 아이들을 바라보다가 천천히 몸을 돌렸다.

'와우산구둣방……'

마크톱의 간판만큼이나 무뚝뚝한 간판이 비좁은 공간 위에 휑하니 걸려 있었다. 미자는 점포 유리문 앞으로 가까이 다가갔다. 아버지가 쓰던 연장들과, 낡았지만 반짝거리며 윤이 나던 각종 구두들은, 이제 어디에도 없었다. 오빠는 가게가 좀처럼 팔리지 않는다고 불평했었다.

　퇴원하고 순영의 집에 머문 지 닷새쯤 되는 날이었다. 주말을 이용해 순영의 집으로 찾아온 오빠는 검정색 상자를 미자 앞으로 내밀었다.

　"뭐야?"

　"열어 봐."

　미자는 상자의 뚜껑을 열었다. 입을 벌린 상자 안에는 빨간색 구두 한 켤레가 한 짝씩 엇갈려 놓여 있었다. 보통 숙녀화 매장에서 볼 수 있는 평범한 디자인에 육칠 센티미터 정도 되는 기본 굽을 하고 있었지만, 뒤꿈치에서 앞볼로 떨어지는 라인은 우아함 그 자체였다. 빨간색도 밝고 선명한 다홍빛에 가까워, 보고 있는 사람에게 저절로 생기를 안겨 주었다.

　"아버지가 너 주려고 만든 거야."

　"……."

　미자는 아무 말 없이 구두만 내려다보았다.

　"내 것도 한 켤레 만들어 놓았더라. 여기 봐봐. 네 이름이 새겨져 있잖아. 내 것도 바닥에 영문으로 이름이 새겨져 있었어. 상자 옆에 볼펜으로도 적어 놓고."

　오빠는 구두 한 짝을 들어 바닥에 새겨진 글자를 가리켰다. 상자 옆에 '미자에게'라고 적힌 아버지의 글씨가 없었다면 믿으려 하지 않았을지도 몰랐다. 오빠는 아버지 가게에서 유품들을 정리하다 이것들을 찾아냈다고 했다.

"그것뿐만이 아니야. 아버지가 저축도 꾸준히 하셨는지 남겨 놓으신 돈도 꽤 되더라."

"······."

미자는 여전히 말이 없었다.

"장례 때 오신 아버지 친구분이 그러시는데, 아주 오래전에 혼자 되셨나 봐. 같이 살던 여자분하고 자식들도 없었고······."

"······."

"엄마 돌아가시고 나서 나하고도 소식이 끊기긴 했지만 여기 와서 이러고 계실지는 정말 몰랐다. 아마 네가 밟혔겠지."

딸기 꼭지를 일일이 잘라 내 접시에 담던 순영이 과도를 내려놓고는 휴지를 찾았다. 미자의 귀에는 더 이상 오빠의 이야기가 들리지 않았다. 순영의 훌쩍이며 우는 소리만이 그녀의 귀를 자극했다.

미자는 구둣방 유리문에 오른쪽 손바닥을 가져다 댔다. 차가운 유리에 금세 그녀의 온기가 전해져 손가락을 따라 입김처럼 하얀 자국이 생겨났다. 그녀는 나머지 왼쪽 손바닥도 가져다 댔다. 그리고 나직이 읊조렸다.

"엄마······."

유리문에 미자의 뜨거운 입김이 가 닿았다. 입김은 하얗게 원을 그리다 이내 사라졌다.

"엄마지?"

하얀 원이 또다시 만들어졌다.

"엄마가…… 아빠를 불러온 거지?"

유리문에 가져다 댄 손바닥이 천천히 미끄러져 내렸다.

곧이어 땅바닥에 처음 내리는 빗물처럼 투둑투둑 눈물이 떨어져 내렸다.

엄마가, 너무, 보고 싶었다.

응급실 피떡 진 머리의 엄마 말고, 단정하게 빗어 넘긴 파마머리의 엄마. 홍역을 앓는 딸에게, 정성스레 닭죽을 쑤어 주던 엄마. 남색 트렌치코트를 입고서 딸의 졸업식에 참석해 목련보다 더 활짝 웃고 있는 엄마가…….

미자는 고개를 들었다. 어디선가 목련꽃 향내가 바람에 실려 왔다. 뒤를 돌아다봤다. 유치원 옆에 서 있는 목련 나무 한 그루가 햇빛에 빛나고 있었다.

"목련처럼 살다 가면 얼마나 좋겠니. 청초하고, 향긋하고, 나무에 매달려 있는 순간까지, 지나가는 사람들이 모두 황홀한 눈으로 올려다보잖아."

엄마가 그렇게 말하고 있었다.

와우산로를 떠나며

돌아오기 위해 떠나는 사람들

현식은 사표를 제출했다. 태국을 거쳐 라오스로 갈 예정이었다. 얼마나 떠나 있을지 본인도 몰랐다. 루앙프라방부터 시작해 마음이 닿는 데로 떠돌 예정이었다. 터키나 시리아, 레바논 같은 중동 지역의 나라들도 좋을 것 같았다. 그렇게 해서 가을쯤 독일이나 프랑스로 가도 좋고, 어떻게든 한국에 들어오는 것을 최대한 늦춰 볼 작정이었다.

솔직히 그의 심정으로는 여행 금지 국가만 빼면 그게 어떤 곳이라도 별 상관이 없었다. 타인들의 나라에서 낯선 구름을 보고, 낯선 미소에 화답하고, 낯선 잠자리에서 밤을 새우면 그것으로 만족할 것 같았다. 그저 '낯선'만 있으면 됐다. 그렇게 되면 '낯익은' 모든 것이 새롭게만 느껴지고 낡은 감정들이 스스로 도망쳐 버리겠지. 현식은 그렇게 생각했다.

퇴사를 말리기 위해 나선 동료들의 술잔 앞에서도 현식은 떠나야 한다는 명제만 떠올렸다. 소식을 들은 오십대 중반의 기획이사가 술자리에서 말했다.

"무슨 일 있나? 이렇게 갑자기 사표를 쓰면 어떻게 해?"

이사는 정말 큰일이라도 난 것처럼 현식을 걱정했다. 그는 서른셋이라면 결혼을 하거나 가정을 꾸릴 준비에 만반을 다하고, 앞으로의 인생을 위해 가장 열심히 일해도 모자랄 나이라고 조언했다.

"우리 때 해외여행은 은퇴해 큰마음 먹고 가는 거였고, 휴가 때 다녀오는 국내여행도 쉬운 일이 아니었지."

정말로 걱정해서 하는 말인지, 아니면 아무 때나 떠날 수 있는 부하 직원을 부러운 마음에 철없는 남자로 만들려는 말인지 애매하기만 했다.

"떠나지 않으면 돌아올 수도 없다고 하던데요. 누군가요."

현식이 술잔을 기울이며 철학자나 된 것처럼 말했다.

기획이사는 그의 말에 어깨를 으쓱해 보였다. 더 이상 말해 봐야 소용없다고 느낀 것 같았다.

현식은 이사의 마음을 이해했다. 한 달 전쯤 순영 앞에서 그도 그런 마음이었다.

떠나야 할 때를 깨닫는다는 건 현명하기보다 어리석은 것일지도 몰랐다. 돌아오기 위해 떠나야 한다면 떠나지 않는 게 더 나을지도 몰랐다. 하지만 현식은 떠나는 걸 택했다. 순영을 위해 그렇게 하는 것이 좋겠다고 본능처럼 느꼈다. 아니면 자신의 진짜 본

능을 숨기기 위한 최선의 방법이 떠나는 것이라고 생각했는지도.

"그 사람하고 재결합하기로 했어."

순영이 불현듯 꺼낸 말에 현식은 자신이 할 수 있는 최선의 방법을 그렇게, 갑작스럽게, 그리고 매우 자연스럽게 결정했다.

순영은 아무렇지도 않은 표정으로, 그보다는 좀 무료하다는 표정으로 찻잔을 만지작거렸다. 현식과 마주한 순간에도 순영은 몇 시간 후면 전남편이 딸을 데리고 나타날 거라며 현식의 가슴에 쐐기를 박았다.

현식은 돌처럼 굳어 버렸다. 부서지기 일보 직전의 사람처럼.

"누가 먼저 그러자고 했어요?"

"내가."

순영은 단호한 목소리로 말했다. 가슴에 박힌 쐐기는 돌처럼 굳은 현식의 몸에 미세한 금들을 그어 나갔다. 순영은 현식의 가슴에 한 차례 더 망치질을 했다.

"준이는 그 사람이 필요해."

"……."

"좀 더 솔직히 말하자면, 내가 그 사람을 못 잊겠어."

순영의 망치질은 멈출 줄을 몰랐다.

"멍청해 보여요. 이혼한 사람이랑 다시 결혼하는 사람들."

현식은 자신의 몸에 균열을 일으키고 있는 금들을 틀어막기 위해 순영에게 모진 소리를 뱉어 냈다.

순영은 잠시 이를 악물었다. 그러고는 금세 스스로를 이완시켰다.

"알아."

순영은 안다고 했다. 분명 그렇게 말했다.

현식은 술잔이 채워지는 모양을 응시했다. 이사는 현식의 어깨를 툭 치더니 이렇게 말했다.

"여기에 다시 돌아오고 싶게 만드는 누군가가 있는 모양이군. 어쨌든 여행 잘하게."

이사는 너스레를 떨며 자리에서 일어섰다. 소용없는 사람에게 시간을 들이는 것을 가장 큰 리스크라고 생각하는 사람이었다.

알아. 순영은 체념한 듯 말했다. 정말 안다고? 현식은 급기야 자신의 몸이 한꺼번에 무너져 내리는 것을 느꼈다.

진동이 크던 여자의 음파는 금이 나 갈라진 현식의 몸속으로 파고들었고, 그녀와 함께했던 사랑스러운 기억들이 한순간에 소거되는 느낌이었다.

현식은 조용히 자리에서 일어섰다. 무너지는 자신을 여자에게 보이고 싶지 않았다.

"현식 씨는 왜 나 같은 여자를 좋아해?"

지난 가을이었다. 사흘간의 명절 휴일로 와우산로는 그 어느 때보다 한산했다. 준이를 친가로 보낸 순영은 그 어느 때보다 외로웠고, 현식은 그런 순영의 옆에 사흘 동안 내내 함께 있어 주었다.

"나 같은 여자가 어떤 여잔데요?"

"나이도 한참이나 많고, 심각한 골초에, 한 번 갔다 오고, 애까지 딸렸고, 미련도 많은……."

순영은 간이 테이블 위의 재떨이에 담뱃재를 털며 자기 같은 여자가 어떤 여자인지를 설명했다. 정오가 다 되어가는 아침, 침대에 누워 게으르게 피우는 담배는 더욱 맛이 좋았다.

"그런 여자라서 좋아요."

현식은 순영의 말이 끝나기도 전에 그렇게 말했다.

"농담하지 말고."

살찐 고양이 같은 얼굴로 순영은 현식의 앞머리를 가만히 넘겨주었다. 현식은 그 어느 때보다 진지한 얼굴을 했다.

"정말이에요. 나이가 한참 안 많았거나, 담배는 한 대도 못 피우는 젬병이거나, 한 번 갔다 오지도 않은 신입이거나, 준이까지 딸리지 않았다면, 아마 누나를 안 좋아했을 거예요. 참, 미련 많은건 빼고. 그건 정말 보기 싫어."

순영은 현식의 머리를 쓰다듬다가 이내 그만두었다.

무거웠다. 현식의 말들이 하나하나 순영의 몸으로 들어와 무게추가 되어 쌓이는 것 같았다.

'이 사람에게 상처 같은 건 줄 수도, 받을 수도 없을 것 같아.'

그런 생각과 함께 순영은 전남편을 떠올렸다. 그 남자라면 얼마든지 자신에게 쌓인 무게추를 덜 수 있을 것 같았다. 그렇게 서로에게 짐을 내려놓기도 하고 가져오기도 하며 현실이라는 균형을 잡을 수 있을 것 같았다.

"북엇국이라도 끓일까요? 나 이래 봬도 요리 잘해요."

현식은 한층 명랑한 얼굴이 되어 침대에서 일어나 주방으로 향했다. 순영의 마음은 알지도 못한 채, 다가올 앞날에 대해 부풀어 있었다.

순영을 뒤로하고 카페를 나오며, 현식은 지난 가을의 사흘을 기억해 냈다. 또다시 가을이 되려면 아직 멀었다. 봄이 와야 하고, 여름이 지나야 했다. 가을까진 절대 돌아오지 않겠다고, 현식은 자꾸 되뇌었다.

비쩍 마르고 키만 커다란 현식의 뒷모습이 순영의 눈에서 자꾸 멀어져 갔다. 그의 뒷모습을 보고 싶었다. 그의 뒤에는 자신이 남고 싶었다.

순영은 잘된 일이라고 자꾸만 되뇌었다. 그를 다시는 못 보게 된다 해도 너무나 잘된 일이라고 중얼거리며, 눈동자 가득 그 사람의 뒷모습을 담았다.

거의 비슷한 시기에 미자와 류는 각자의 공간에서 각자의 목적지를 향해 짐을 꾸렸다. 잠시라도 와우산로를 떠나 있기로 마음먹은 사실은 같았지만 서로가 동시에 그런 마음을 먹었다는 사실은 전혀 몰랐다. 그들은 여정을 끝내고 와우산로에 도착해서야 서로 비슷한 시기에 이곳을 떠나 있었다는 걸 깨달았다.

류의 짐 가방엔 각종 책들이 들어찼다. 여행을 떠나는 것이 아니라 학술 연구를 하러 가는 사람처럼 그의 손엔 언제나 수산과학에 관한 책이 쥐어져 있었다.

반면 미자의 배낭엔 책이라곤 한 권도 들어 있지 않았다. 늘 가까운 곳에 놓고 즐기던 은제 플라스크도 없었다. 배낭에 넣은 짐이라곤 순영이 빌려 준 옷가지들과 간단한 간식 정도였다.

류는 꽤 오랜 시간 동안 서재에서 가방에 넣을 책들을 골랐고, 미자는 십 분도 채 안 돼 아직도 채울 자리가 휑하게 남아 있는 배낭의 지퍼를 올렸다.

류의 목적지는 서남쪽 해안 도시였다. 류의 고향이기도 했고, 선후배와 지인들이 터를 닦고 생활하는 곳이었다. 그는 미리 기차표를 끊었고, 여유롭게 승강장에 도착했다.

목적지로 향하는 내내 두 잔의 커피를 마셨고, 삼백여 쪽에 달하는 책을 끝까지 완독했다. 역에 내려서는 심호흡을 크게 한 번 했고, 고등학교에서 교편을 잡고 있는 후배를 만나기 위해 약속 장소로 발걸음을 옮겼다.

그는 홀어머니가 계시는 고향집에 머물렀다. 아침엔 책을 읽었고, 낮에는 해안가를 따라 걸었다. 저녁엔 날마다 약속을 잡고 오랜 지인들과 회포를 풀었다.

여행은 매우 만족스러웠다. 내내 생각 같은 것은 하지 않으려고 노력했지만 점심 산책 때는 자연스레 미자와 아내가 떠올려졌다. 그는 그저 '사건'이나 '감정'이 아닌 그 둘의 얼굴만을 떠올리려고 노력했다. 그리운 만큼 마음껏 그 둘의 얼굴을 지웠다가 다시 그려 내기를 반복했다.

미자의 여행은 초고속으로 결정됐고 그 즉시 실행에 옮겨졌다. 목적지는 정해지지 않았다. 해가 지는 오후였지만 그녀는 무조건 터미널로 달려갔고, 가장 먼 곳까지 가는 버스의 차표를 구입했다.

버스의 종착역은 동남쪽 내륙에 위치한 국립공원이었다. 미자는 버스 안에서 어둠이 깊었다가 점차 새벽이 밝아오는 것을 내내 뜬 눈으로 지켜봤다.

차창이 희뿌예지면 손으로 둥글게 닦아 내고는 거울처럼 비치는 자기의 얼굴을 가만히 응시하기도 했다.

이른 새벽녘에 도착한 그녀는 근처 찜질방에서 잠깐 눈을 붙이고 곧바로 산행을 시작했다. 와우산로와 마크툽을 떠나 이렇게 밖으로 나온 것은 정말로 오랜만이었다.

그녀 인생을 통틀어 여행이란 것은 손에 꼽았다. 십여 년 전 혼자 남쪽 바다에 있는 섬에 갔다 온 후 처음인 것 같았다. 그녀는 땀을 흠뻑 흘려가며 산에 올랐고 저녁때쯤 돼서 다른 지역으로 가는 버스에 몸을 실었다.

미자가 있는 곳에서 좀 더 동쪽으로 운행하는 버스는 그녀를 작은 해안가 마을로 안내했다. 그녀는 민박을 잡고 그제야 무겁고 지친 몸을 놓았다. 그리고 잠을 자기 시작해 다음 날 오후에야 깨어났다.

류가 서남쪽 해안 마을에서 막 산책에서 돌아올 즈음, 미자는 동남쪽에 위치한 바닷가를 찾았다. 그곳 바다엔 모래사장이라곤 없었다. 날카롭고 거친 돌들과 검은 바위들만이 밀물과 싸우고 있었다.

미자는 바위 위에 올라 들어차는 바닷물을 하염없이 바라봤다.

기태…… . 이상하게도 미자의 머릿속엔 기태만이 가득했다.

끔찍한 기억으로 미자 곁을 떠나 간 엄마와 아버지는 마음속을 잠시 스칠 뿐이었다. 미자는 그저 기태의 존재만을 오롯이 떠올렸다. 그가 어디에 있는지, 그가 누구와 있을지, 그가 자기를 생각할지 따위의 생각은 결코 하지 않았다.

그 점은 류와도 비슷했다.

미자는 닷새 동안을 똑같은 해안가 마을에서 머물렀다. 질리고 물릴 때까지 바다를 바라봤고, 바위 위를 오르내렸다. 저녁 무렵이 되면 한바탕 소리를 질렀고, 눈물이 차오르면 아낌없이 울었다.

일주일 뒤쯤, 미자와 류는 떠날 때와 마찬가지로 비슷한 시기에 와우산로에 도착했다. 류가 하루 먼저였는데 그는 오자마자 가게를 부동산에 내놓았다.

다음 날에는 미자가 도착했다. 역시 류가 와우산로를 떠났다가 돌아온 것은 까맣게 모른 채였다. 미자는 순영의 집에 짐을 풀고 아버지가 남긴 통장을 해약하기 위해 그날로 은행에 들렀다.

와우산로에 다시 나타난 류는 조금 살이 올라 있었고, 미자는 형편없이 말라 있었다. 하지만 블먼알 사람들은 그 둘의 눈빛이 예전과는 다르다는 것을 어렵지 않게 느낄 수 있었다.

　그들의 눈은 어느 때보다 온화하고 부드러웠다.

　무엇보다 장담할 수 있는 건 격변에 몸살을 앓는 눈은 결코 아니었다는 점이다.

블먼알4

마크툽의 부활 그리고 칵테일 블루먼데이

유난히도 추웠던 지난겨울의 칼바람도 시간의 힘 앞에선 무릎을 꿇었다. 바람은 초록의 씨앗들을 품어 훈풍으로 불다가 어느새 초여름의 태양 볕 아래 잠잠해졌다.

맥주와 아이스크림 판매량이 급격하게 증가했고, 장마철을 대비한 제습기나 곰팡이 제거 스프레이, 레인부츠 등을 만드는 회사들은 앞다투어 신상품을 내놓았다.

S대 학생들은 기말시험 준비로 와우산로의 출입이 뜸했고, 곧 여름방학이 시작되면 아르바이트생을 빼고는 전국 각지로 흩어질 터였다.

와우산로의 자영업자들은 뜨거운 여름 한철을 어떻게 보내야 할지 벌써부터 영업 전략 고민에 빠지기 시작할 무렵이었다.

그동안 와우산로에도 작은 변화들이 있었다. 다산부동산의 장남이 공익근무요원으로 근무를 시작했고, 류 선생은 목포로의 이사 준비를 거의 마무리하는 단계였다.

순영은 전남편과 재결합해 그의 집에서 함께 살기 시작했고, 순영의 아파트에는 대신 미자가 세를 들어와 살게 되었다.

현식은 북유럽 쪽을 여행 중이라며 미자에게 메일을 보내왔다.

연애소설은 S대학 주변 상권에서 우후죽순 늘어나는 새로운 아이디어 술집들 때문에 고전을 면치 못하고 있었다. 게다가 카페나 식당의 사장들은 나날이 젊고 잘생긴 남자들로 교체되어 가고 있어, 기준의 인기도 날이 갈수록 한물가기 시작했다.

그중 가장 많은 변화를 겪은 건 미자의 헌책방 마크툽이었다. 그것은 변화라기보다 지역 사회의 작은 기적이었다.

여행에서 돌아온 미자는 일곱 번째 서가와 마주하고 있던 벽을 인부를 동원해 허물었다. 일곱 번째 서가는 인문학이나 교양 과학 서적들이 꽂혀 있던 곳이고 자신의 개인 거주 공간과 맞닿아 있는 곳이었다.

미자는 공간을 더 넓히는 것이 좋겠다는 생각이 들어 이전보다 세 개가 더 많은 총 열 개의 책장을 주문했다.

서가를 채울 헌책들도 이미 준비해 놓은 상태였다. 그동안 마크툽을 찾던 손님들, 예를 들어, 고물 자동차를 타고 성난 얼굴로 책 덩이들을 놓고 가던 깡마른 남자나, 푼돈이라며 딸의 그림책 값을 사양하던 중년의 여자도 아무런 대가 없이 자신의 책들을 더 가져왔다.

그뿐만이 아니었다. 와우산로 주변에 살고 있는 대학생이나 직장인들은 복구를 준비 중인 마크툽의 문 앞에 자신의 책 한두 권 정도를 슬며시 기증하고 갔는데, 나중에는 그것이 유행처럼 퍼져 꽤 많은 사람들이 동참하기에 이르렀다.

그렇게 된 데에는 블먼알 사람들의 아이디어가 크게 도움이 되었다. 미자는 중지를 모아 다음과 같은 작은 현수막을 만들어 마크툽 앞에 걸어 놓았다.

책을 기증 받습니다!

안타깝게도 마크툽은 지난 가을 원인을 알 수 없는 화재로 전소되었습니다. 헌책을 취급하는 작은 가게였지만, 책을 사랑하고 오래되고 버려진 것들을 다시 재생시키는 데 애정을 가진 분들의 관심이 아니었다면 화재를 극복하고 복구를 하기까지 많은 어려움이 있었을 것입니다.

지금 마크툽은 와우산로의 작고 소박한 가게들을 사랑하는 여러분의 손길이 더욱 필요합니다. 집에서 관심받지 못한 채 먼지만 쌓여 가는 헌책들을 한 권씩만이라도 기증해 주십시오. 여러분의 도움을 받아 복구된 마크툽은 헌책을 사고파는 것을 넘어 언제든 자유롭게 와 책을 읽고 토론할 수 있는 문화 공간으로 거듭나겠습니다.

미자는 현수막을 걸면서 왠지 쑥스러웠다. 마치 새로 이사 온

곳의 동네 사람들과 처음 인사를 하는 것처럼 떨리고 설레었다.

"요즘엔 소통이 대세야. 지역 주민들이랑 애정을 가지고 들러 주는 손님들의 마음을 사로잡지 못하면 헌책방도, 술집도, 앤티크 숍도, 부동산도 오래가지 못한다니까."

박 여사가 복구를 고민하고 있는 미자에게 한 말이었다.

"마음을 사로잡으려면 끊임없이 변화하는 손님들의 기호를 읽 어야 해요. 술집이야 그런 게 눈에 띄게 읽히긴 하지만 헌책방은 글쎄요……"

박 여사의 말을 듣고 기준이 한 말이었다.

미자는 떠오르는 생각이 있었다.

'블먼알 모임 이외에 사람들이 언제든 놀러 와 세미나나 토론을 하고 마음껏 책도 읽을 수 있는 공간을 만들면 어떨까. 주부들이 나 대학생들의 소모임도 결성하고 이곳을 활동 장소로 내주면 어 떨까.'

어떤 방식이든 마크툽의 확장은 필수적이었다.

'다시 처음부터 차근차근 해 나가자. 단, 예전과는 다른 방식으 로.'

미자는 소통과 대화에는 재주가 없는 편이었지만 어떻게든 사 람들에게 다가가 봐야겠다고 제 딴에는 굳은 결심을 하게 된 것 이었다.

이렇듯 마크툽의 부활이 얼마 남지 않은 때 벽을 허무는 인부 들 사이로 S대의 미술학도들이 찾아왔다.

"벽화를 그리고 싶어요."

머리카락을 죄다 밀어 정수리에 푸른빛까지 감도는 남학생이 마스크를 쓴 미자 앞으로 다가왔다.

"마크툽은 와우산에 잘 어울리는 곳이었어요. 원하신다면 저희들이 조금이나마 도움이 됐으면 좋겠는데요."

사실 미자는 인테리어를 어떻게 해야 할지 막막한 상태였다. 무작정 흰색 페인트를 칠해 볼까도 생각해 봤고, 석회반죽으로 질감을 살려 볼까도 생각해 봤지만 구체적인 계획은 세우지 못했다.

미자는 천군만마를 얻은 기분으로 민머리 남학생에게 흔쾌히 벽화를 허락했다.

그렇게 해서 마크툽에는 두 개의 벽화가 탄생했다. 〈헌책방 미스터리〉와 〈대문호들〉이 벽화의 제목이었다.

〈헌책방 미스터리〉는 각양각색의 책들이 꽂힌 서가와 그 사이에 기생하고 있는 미확인생물체들이 그려진 그림이었다. 기괴한 책벌레들과 책을 의식주와 에너지로 삼는 외계 생물체들이 그림의 주인공이다.

그림을 그린 학생들에 의하면 그들은 모두가 잠든 밤에 활동하는데, 책의 내용 일부를 바꿔 놓거나 삽화를 그려 넣는 등 자칫 딱딱하게 느껴지는 책의 세계에 장난을 친다고 했다.

〈대문호들〉은 그야말로 다큐적인 그림이었다. 톨스토이부터 헤밍웨이, 버지니아 울프 등의 세계 여러 나라 작가들이 엄숙하고 진지한 표정으로 가장 자신 있는 포즈를 취하고 있었다.

턱수염이 더부룩한 헤밍웨이는 즐겨 마시던 모히토 잔을 기울이고 있고, 톨스토이는 자신이 아끼는 책상에 앉아 종이 위에 펜으로 무언가를 적고 있으며, 버지니아 울프는 기다란 코가 돋보이는 옆모습으로 그려졌는데 힘없이 내리 깔은 눈으로 무언가를 응시하고 있다.

벽화의 탄생과 함께 마크툽은 일곱 평 정도 더 확장되었고, 책장은 열 개, 소파와 의자, 테이블은 기존보다 두 배로 늘어났다. 책을 읽다가 커피나 따뜻한 허브차를 마실 수 있게 마련했고, 가끔은 하얀 벽을 이용해 흘러간 영화를 상영하기도 했다.

그렇게 변화를 맞이한 마크툽에서 다섯 달 만에 블먼알이 재개되었다. 블먼알 사람들은 모두들 감격한 표정을 지었다. 복구를 넘어서 부활이라고 부를 만큼 미자의 헌책방은 새 생명이 감도는 듯했다.

미자는 오랜만의 모임에 새로운 칵테일을 선보였다. 모두들 전문가다운 그녀의 손놀림을 신기하게 바라보았다.

"정말 우리 주려고 이것들을 다 산 거야?"

박 여사가 칵테일 제조 전용 계량컵과 셰이커, 포우러 등을 가리켰다.

"마크툽이 더 고상해졌으니 블먼알도 좀 고상해져야죠."

기준이 손바닥을 비비며 테이블 앞으로 바싹 다가앉았다. 모두의 주목을 받는 것이 민망한 미자는 누가 묻지도 않았는데 칵테일 제조 방법을 소개하기 시작했다.

"이 칵테일 이름이 '블루먼데이'예요. 이렇게 보드카 1.5온스에, 트리플섹 0.5온스, 그리고 블루큐라소 0.5온스를, 셰이크하면 돼요."

잔에 따라 놓은 블루먼데이는 이름처럼 투명한 파란 빛이었다. 마치 몰디브 해변에서 찰랑이는 파도를 보는 것 같았다.

"솔직히 맛있어 보이지는 않는데……. 꼭 잉크를 풀어 놓은 것 같잖아."

팔짱을 끼고 바라보던 다산의 전 실장이 이맛살을 찌푸렸다.

"맛도 그렇게 좋지만은 않아요."

앞서 맛을 본 미자가 미안한 웃음을 보이며 실토했다.

"여기 있는 분들한테 술 한잔 사야 하는데, 직접 만들어 돌리는 게 의미 있을 거 같아서 고른 게 이거예요."

정말 오랜만에 함께 모인 자리였다. 그동안 이들의 도움이 없었다면 마크툽은 다시 부활하지 못했을 것이다. 미자가 잔을 위로 들어 올리며 말했다.

"그동안 고마웠어요."

류 선생도, 순영도, 기준도, 다산의 커플도 잔을 높이 들어 올리며 덕담 한마디씩을 보태었다. 그리고 블루먼데이 한 모금씩을 입에 물었다. 음미의 순간이었다.

"으음, 좋은데요."

류가 먼저 술잔을 내려놓으며 평가를 내렸다.

"으윽, 이게 무슨 맛이야!"

박 여사는 기겁한 얼굴로 입가를 재빨리 닦아 냈다.

"와, 진짜 강하네요. 독한데다가 정말 단데요."

기준도 술잔을 내려놓으며 고개를 내저었다.

"블루먼데이잖아. 가끔 이런 술이 필요해. 나는 몸이 좀 늘어지는 중이었는데 단맛 때문에 정신도 번쩍 드는데!"

순영은 만족스러운지 한 모금을 더 입에 물었다.

"그래, 그건 맞는 말이다. 우리 사는 거랑 똑같네. 어디 심심해 본 적이 있어야지. 사건에 사고에, 이 술보다 더 독하고 달달한 게 우리 사는 거지 뭐."

박 여사가 순영의 말에 맞장구를 치다가 문득 축하의 말을 던졌다.

"참! 순영아, 전남편이랑 다시 잘된 거 축하해."

순영이 재결합한 사실은 미자와 박 여사만이 알고 있었다. 블먼 알의 남자들은 박 여사의 말에 모두 조금은 놀란 얼굴을 하였다. 전 실장은 축하를 건네면서도 영 찜찜한 얼굴이었다.

"정말이야? 그럼 축하해야지. 당신은 왜 나한테 말도 안 했어?"

"사람 일은 끝까지 가 봐야지. 혹시 알아 현식 씨가 와서 콱 채 갈지. 근데 뭐 이미 합쳐 버렸으니 상황 종료된 거지."

이번에는 박 여사와 전 실장만 빼고 모두들 당황스러운 표정을 지었다. 류 선생과 기준은 헛기침을 해 댔고, 순영의 얼굴은 달아올랐다.

덩달아 얼굴이 벌게진 미자는 박 여사를 향해 나무라는 눈짓을 보냈다. 다들 어쩔 줄을 몰라 하자 박 여사가 무마에 나섰다.

"아니, 뭘 그래? 축하할 일인데 어때? 뭐 현식 씨는 좀 불쌍하지만 아직 젊잖아. 순영이 입장에선 총각한테 가는 게 더 좋을지도 모르지만 준이를 생각하면 백 번 잘한 일이야. 두고 봐. 과거는 다 잊고 앞으로 더 잘살걸."

주위를 둘러보며 박 여사는 일일이 눈도장을 찍었다. 더 이상의 잡음은 내지 말라는 표시였다. 그때 경고를 받지 못한 전 실장이 또 눈치 없이 나섰다.

"그런데 여행이 너무 길지 않아? 순영 씨를 꽤 많이 좋아했던 거 같은데, 타지에서 무슨 일이야 없겠지?"

전 실장은 노골적으로 순영을 놀리고 있었다. 짓궂은 미소가 입가에서 뚝뚝 떨어졌다.

"그만 놀리세요. 누가 누굴 좋아했다고 그러세요?"

순영은 원망 어린 표정으로 담배를 꺼내 들었다. 모두의 시선이 순영의 입가에 물린 담배에 가서 꽂혔다. 아까보다 더 얼굴이 빨개진 순영은 황급히 일어나 밖으로 나갔다.

"도대체 누가 그랬을까? 미자 씨는 궁금하지 않아요?"

"뭘요?"

류의 물음에 미자는 시치미를 뗐다. 다 끝난 얘기는 다시 할 필요가 없었다.

박 여사가 기준의 눈치를 살폈다. 보나마나 언짢은 얼굴이 되었을 게 분명했다.

"마크툽이 이렇게 멋지게 변신했는데, 새옹지마라고 더 좋은 일을 불러온 걸 수도 있지."

이번에는 전 실장이 박 여사의 옆구리를 찔렀다. 박 여사는 그제야 말실수한 것을 알아차렸다.

"미자야, 미안해. 진심으로, 아버지 일은 안됐지만…… 말이야. 아버지 몫까지 열심히 살아야 되지 않겠어?"

미자는 가만히 고개를 끄덕였다.

맞는 말이었다. 아버지를 위해서라도 마크툽을 살려야만 했다. 마크툽이 다시 살아나야 자신도 살아갈 의지가 생길 것 같았다.

어쨌든 살아야 했다. 미자는 무조건 그렇게 생각했다.

자기에게 주어진 시간만큼 매순간에 진지해야 했다. 그것이 어떤 모습이든 이제까지 살아온 것처럼 물 흐르듯 살아지는 대로 살지는 말아야 했다.

미자는 숙명처럼 그 모든 것을 온몸으로 받아들였다. 무겁고 버거웠지만 가슴 한복판에 불덩이를 간직한 것처럼 힘이 났다. 그것은 동력을 공급하는 증기기관처럼 미자의 몸속에 묵직하게 자리 잡았다.

"언니, 나는 아무래도 이 술이 좋아. 한 잔 더 만들어 줘."

담배를 다 태우고 돌아온 순영은 미자에게 블루먼데이 한 잔을 더 청했다. 류도 남은 술을 비우더니 빈 잔을 내밀었다.

"아무래도 오늘이 저한텐 마지막일 거 같아요."

류는 덤덤하게 말했다.

"벌써 가세요?"

미자도 덤덤하게 물었다. 류 선생의 피시월드 폐업은 모두들 알고 있는 소식이었다.

"네, 지난주에 드디어 가게가 나갔거든요. 이번 주까지 완전히 정리해 주기로 했어요."

"류 사장님 정말 대단하세요. 그 연세에 학업을 다시 시작하시다니. 존경스럽습니다."

기준은 류의 손을 덥석 잡았다. 정말로 감동한 얼굴이었다.

류는 다음 해부터 해양생물을 연구하기 위해 목포에 있는 대학원에 진학할 예정이었다. 사십 후반의 나이에 정말로 하고 싶던 일을 실천에 옮긴 것이었다.

모두들 기준처럼 류를 경외하는 눈빛으로 바라봤다.

"류 사장이 뭔가 할 줄 알았지. 멋있는 친구야. 여자들이 저런 사람을 알아봐야 하는데…… 목포 여자들은 뭐 좀 다르지 않을까?"

전 실장이 류를 치켜세우자 머쓱해진 미자는 술 만들기에 열중했다. 기준은 한껏 풀이 죽은 모습으로 미자에게 빈 잔을 내놓았다.

"모두들 축하할 일만 있네요. 저는 요즘 죽겠어요. 장사가 너무 안 돼서 전업 고민하고 있어요. 술집 말고 밥집을 해야 할지 그것도 모르겠고. 요즘 같은 불경기에는 어떤 장사도 안 될 거 같아요."

"여기 와우산로에 있는 가게들은 다 그래. 대로 주변에 잘 나가는 가게들이 한둘이어야 말이지. 작년만 해도 구석까지 찾아오던 사람들이 많았는데 말이야. 모퉁이 돌아서 이쪽 골목이랑 저쪽 골목 다 그래. 가게 내놓은 데도 여러 군데고."

다산 전 실장의 말에 박 여사도 거들었다.

"그래도 꽤 잘됐었잖아. 업종을 바꾸기보다는 지금 있는 거에서 메뉴나 가격이나 영업 방식을 차별화하는 게 낫지 않겠어?"

"머리가 다 아파요. 안 그래도 요즘 잘 나가는 식당들 관련해서 책 좀 보고 있어요."

기준은 두 손으로 머리를 감싸 쥐었다.

미자는 투명한 푸른빛으로 다시 채워진 술잔을 기준에게 건넸다. 이제는 조심스럽게 물어볼 때가 된 것 같았다.

"기태한텐 아직 연락 없어?"

"그 자식 얘긴 하지 마세요."

기준은 동생 이야기가 나오자 바로 얼굴을 찌푸렸다. 쪽지 한 장 달랑 남겨 놓고 사라진 동생을 형은 누구보다 걱정했지만, 이제 자신이 간섭할 일은 아니라고 생각했다.

기태가 아무 말 없이 가출한 사실을 알자 아버지는 기준까지 포함해 부자지간의 연은 끝났다고 선언했다. 기태가 사라지고 엄마만은 기준에게 이렇게 얘기했다.

"이제 정신 바싹 차리려고 해. 기태랑 연락 닿으면 전해 줘. 엄마는 기태가 남기고 간 말 때문에 힘이 났다고. 쓸데없는 충동이

들 때마다 약보다는 기태가 한 말을 생각하기로 했다고. 잘 있겠지……. 형인 네가 동생 좀 잘 챙겨 줘."

하지만 기태에게선 이제까지 아무 연락도 없었다. 기준은 걱정 속에서도, 동생이 어떤 운명 같은 것에 이끌려 불가항력으로 떠돌아다녀야 한다면 지금 나이에 떠도는 것이 좋다고 생각했다. 동생이 방황을 종결하고 다시 돌아올 날을 형은 굳게 믿고 있었다.

"동생이 집에서 스트레스를 많이 받았나 봐요. 말 못할 그런 게 있어요. 집 나가서 고생 좀 해 보면 곧 돌아오겠죠."

기준의 말에 모두들 고개를 끄덕였다.

"그래, 몸 성하고 젊은데 무슨 일이야 있겠어? 일탈해 본 젊음이 균형 잡힌 인생을 살 수도 있지."

류 선생이 말했다. 여전히 섣불리 자신을 오해해 버린 기태가 마음에 들지는 않았지만 녀석의 삶에 어긋나고 부서진 것이 있다면 하루빨리 바로잡기를 진심으로 원했다.

류의 나이에 무언가를 바로잡는다는 건 정말 힘겨운 일이었다.

"기태 여자친구 재희라는 애한테는 연락해 봤어? 그 앤 알 거 아니야."

미자의 말에 기준은 허탈한 얼굴로 웃었다.

"내 생각엔 그 애가 꼬신 거 같아요. 보통내기가 아니라고 생각하긴 했는데, 오래가지만 않았으면 좋겠어요. 동생이 생긴 것만큼 순진해요, 순수하고."

미자는 이미 기태가 그렇다는 것을 알고 있었다.

시는 쉽게 써야 한다고, 모두가 알아먹게 써야 한다는 아이였다. 게다가 투박하고 직선적인 말투, 스물을 넘겼어도 십대의 반항적 분위기가 차고 넘치던 몸만 어른인 소년. 자기와 비교해 술을 그다지 좋아하지도 않았고, 무엇보다 술 마시는 자기를 싫어했었다. 재희란 여자애, 곱지 않은 선을 가졌지만 치명적인 매력의 여자애. 그 애와 함께하면 위험하다는 사실도 모르는 채 오히려 그 애를 보호하고 나섰다.

미자는 기태를 처음 만나던 때를 떠올렸다. 군대에서 유격훈련까지 마쳤다는 사실이 믿기 어려울 정도로, 침해받지 않은 아름다움이 녀석의 이마와 코, 입매를 타고 흘러내렸다.

'그립다……. 보고 싶다……'

미자는 속으로 중얼거렸다.

"정말 많이도 변했다, 단 몇 달 만에. 요즘엔 도통 세상을 따라갈 수가 없어. 마음만 먹으면 아무 곳으로나 생각대로 획획 가 버릴 수 있고, 불이 나도 이렇게 금세 제 모습을 찾고. 십 년이면 강산도 변한다는 속담은 정말 시대착오적인 말이 됐어. 우리도 벌써 다섯 남매를 키우고 있고 말이야."

아쉽다는 것인지, 아니면 그저 놀랍다는 것인지 모를 표정으로 전 실장이 얘기했다. 박 여사는 그런 남편을 바라보며 동조했다.

"아유, 그럼. 우리가 언제 다섯이나 나오려고 생각이나 했나? 어쩌다 보니 이렇게 됐지. 사람 일이란 게 내일 일을 모르는 거니까. 혹시 알아? 미자가 내일 시집가겠다고 공개 발표할지?"

미자는 실없이 웃었다. 그럴 일은 없었다.

미자는 자신이 꽤 정체된 인간이라고 생각했다. 그저 주위 환경이 자신을 가만 놔두지 않을 뿐이었다. 그리고 요즘에는 주위에서 너무 많은 일이 일어나고 있었다. 더 이상 어떤 일도 일어나지 않기를 절실히 바라는 중이었다.

"그나저나 현식 씨가 없는데 퀴즈는 누가 내죠?"

"내가 준비했지."

미자의 말에 기다렸다는 듯이 박 여사가 손을 번쩍 들었다. 그러고는 주머니에서 무언가가 적힌 종이를 꺼내 들었다.

"내가 내도 되겠지? 나야 여기서 제일 얄팍한 독서량을 가지고 있지만 오늘은 내가 문제를 내보고 싶더라고."

박 여사가 말을 끝내기도 전에 모두들 환영의 박수를 쳤다. 그녀는 목을 가다듬기 위해 두어 번 헛기침을 하고는 말을 이었다.

"에에, 우선 작년부터 우리 블먼알 님들이 마음고생도 많이 하고 새 출발한 사람도 많고 해서 기운을 북돋고자 출제 문제를 뽑았다는 것을 밝혀 두는 바입니다. 문제 내기에 앞서 제 얘기부터 하자면, 저도 오십 넘게 살면서 별의별 일들을 다 겪었어요. 무엇보다 애들을 너무 많이 낳았지요. 아시다시피 쉬운 일이 아니에요."

박 여사는 자기가 말해 놓고도 키득거리며 웃었다. 신기하게도 박 여사 이외에 웃는 사람은 아무도 없었다. 모두 심각하고 진지한 얼굴이었다. 박 여사는 분위기를 파악하고는 다시 말을 이었다.

"셋째 낳았을 때는 산후우울증이 아주 심각했는데, 남편이 자기 일을 접고, 같이 있을 수 있는 일을 하겠다고 다산부동산을 오픈한 거랍니다. 남편이 밴드 생활했던 건 아시죠?"

모두들 고개를 끄덕였다.

"유명하지 않아 돈 벌이가 전혀 안 됐죠. 그래도 그 모습이 좋아 결혼한 건데 그만두란 말을 못하겠더라고요. 남편이 알아서 그만두긴 했지만 그 모습을 보니 마음이 너무 안 좋았어요. 그래도 금실은 좋아서 넷째, 다섯째를 만들었죠."

박 여사는 다시 한 번 키득거렸다. 그제야 다른 이들도 박 여사의 웃음에 동조했다.

"솔직히 말하자면 약을 먹은 적도 있어요. 그냥 충동적으로 다른 때보다 더 많은 양의 수면제를 먹었죠. 물론 지금은 후회해요. 우리 첫째가 내가 잠에서 깨지를 않으니까 남편에게 전화를 했어요. 엄마 이상하다고. 안 그랬다면 전 아마 이 세상 사람이 아니었을 거예요. 아, 너무 심각하게는 듣지 마세요. 살면서 그럴 때가 있더라고요."

그녀의 자살 시도 고백은 꽤 충격적이었다. 박 여사는 누구보다 쾌활한 중년을 살고 있었다. 그녀가 삶을 마감하려 한 적이 있다는 사실은 누구도 상상조차 하지 못한 일이었다.

박 여사는 남편의 손을 꼭 잡았다.

"에에, 그러니까 남편, 고마워. 그때 자기가 일을 접고 나랑 모든 걸 같이하겠다고 얘기했을 때 다시 살아나는 기분이었어. 조만간 기타 하나 꼭 사 줄게."

다산의 환상적인 커플은 서로의 얼굴을 마주 보고 활짝 웃었다. 모두 부러운 얼굴로 그 둘을 쳐다보았다. 기준은 보다 못해 장난 섞인 목소리로 투덜댔다.

"두 분 연애소설 권리금 크게 쳐주고 전업할 생각 없으세요? 저보다 더 간판에 어울리시는데! 나도 하루빨리 장가를 가든지 해야지. 아이고, 배 아파."

"배 아프면 어서들 짝 찾아. 결혼을 하든 말든 혼자보다는 짝이 있는 게 낫지. 안 그래? 아무튼 마음고생 많이 했던 미자, 류 사장, 기준 씨, 순영 그리고 새 출발할 분들 내가 내는 문제 잘 듣고 맞춰 봐. 딸애 방에서 이 책을 발견했는데 정말 반가웠어. 나 처녀 때 읽은 책을 우리 딸도 읽더라고."

박 여사는 그렇게 말하며 추억에 잠긴 눈빛으로 흐뭇하게 웃었다.

"자, 그럼 문제 내겠습니다. 제목을 맞추는 거예요. 작품은 총 두 가지입니다. 모두 같은 작가의 단편들이고요. 백 년 전쯤 생을 마감한 미국 작가예요. 첫 번째는……."

박 여사는 다시 한 번 목을 가다듬으며 준비해 온 종이를 펴들었다.

"'아무튼 의술의 힘이 닿는 데까지 최선을 다해 보겠습니다. 그런다 해도 저 환자가 자기 장례식에 올 마차 수나 세기 시작한다면 아무리 약을 써도 효과는 반으로 줄어들 것입니다.'"

역시 답은 금방 나오지 않았다. 박 여사는 두 번째 문제를 냈다.

"'그녀의 머리채는 무릎 밑까지 옷을 입은 것처럼 떨어져 내렸다. 그녀는 곧 재빨리 머리채를 다시 감아올렸다. 그러더니 잠시 가만히 서 있다가 붉은색의 낡은 융단 위에 눈물방울을 떨어뜨렸다.'"

박 여사는 주위를 둘러봤다. 답을 아는 사람은 여전히 없는 것 같았다.

"이 유명한 작품을 아무도 모른다는 거야? 상품도 준비했는데! 울 엄니가 팔순도 넘는 나이에 만들어 주신 간장게장. 지금 냉장고에 잘 모셔져 있지."

"이거 아무도 맞추지 마세요. 저 간장게장 엄청 좋아한단 말이에요. 힌트 좀 주세요."

기준은 상품이 게장이라는 말에 흥분한 목소리로 끼어들었다.

'아름답고 풍성한 머리채를 가진 여자가 머리를 풀었다가 다시 올려 묶고는 눈물을 흘린 이유가 뭘까…… 미국 작가의 단편이라…… 백 년 전쯤 생존했다고?'

미자는 여기까지 생각하고는 앞의 문제까지 답이 떠오르고 말았다.

"기준 씨. 내가 힌트 줄게. 자, 지금 내가 말하는 단어들을 잘 연상해 봐. 앞의 문제는 화가, 나무, 폐렴이고, 뒤는……."

미자의 힌트에 모두들 알겠다는 듯이 손과 입을 가만두지 못했다.

"내 거라니까요. 제가 상품 받으면 맞은 보여 드릴게요. 화가?

나무? 폐렴……? 아, 알겠다.「마지막 잎새」맞죠?"

기준이 정답을 맞히자 류와 순영은 아쉽다는 듯 탄성을 질렀다.

"그럼 뒤에 거는?"

"뒤에는 뭐지?"

미자는 다시 힌트가 되는 단어를 나열했다. 기준과 전 실장을 제외하고는 모두 뒤의 답까지 알고 있는 눈치였다.

"시계, 부부, 선물. 너무 쉽다. 이거 못 맞추면 기준 씨 학교 다닐 때 진짜 공부 못했다는 게 증명되는데."

미자의 놀림에 기준의 얼굴이 붉으락푸르락했다. 하지만 역시 생각나지 않았다. 류 선생은 한숨을 푹 내쉬더니 기준에게 귀엣말을 했다. 그냥 보고 있기에 답답했는지 그는 속삭이는 목소리로 제목 대신 단편의 줄거리를 말해 주었다.

"왜 있잖아. 여자는 머리카락을 잘라서 남자 시곗줄 해 주고, 남자는 시계를 팔아서 여자 머리핀인가 해 주는 거."

"어, 얘기는 어디서 많이 들은 얘긴데."

기준의 반응에 모두들 손뼉을 치며 깔깔거렸다.

누가 입을 맞추자고 하지도 않았는데「크리스마스 선물」, 이 바보야!" 하고 동시에 기준을 놀려 댔다. 그제야 기준은 "아아, 그게 그거군!" 하고 머리를 긁적였다.

"아니, 상호는 연애소설로 지어 놓고 연인들이면 꼭 읽어야 할「크리스마스 선물」도 몰라? 오 헨리가 들으면 답답해서 무덤에서 뛰쳐나오겠다. 어쨌든 하나만 맞췄으니까 상품은 없고, 기준 씨만 빼고 다들 내일 저녁에 다산으로 밥 먹으러 와."

기준은 입을 비쭉거렸지만 박 여사가 흔쾌히 저녁 식사에 모두를 초대했다는 일은 누구나 다 알고 있는 사실이었다.

"오 헨리의 단편들은 너무 낭만적이야. 그렇게 희생적이고 아름다운 커플들이 실제로 있을까? 가짜로 그린 나뭇잎도 그래. 너무 극적이잖아. 리얼리티가 없어. 실제로는 좀 추하고 이기적이지 않나? 사람들이?"

순영은 「마지막 잎새」와 「크리스마스 선물」에 시니컬한 반응을 보였다.

기준은 고개를 크게 끄덕이며 적극적인 공감의 의사를 표시했고, 류도 현실이 그렇기에 오 헨리의 단편들이 더 돋보이는 거라고 동의했다.

반면, 다산의 커플만은 고개를 내저었다. 그리고 남편보다 먼저 박 여사가 반대 의사를 표시했다.

"실제로도 있어. 우리 남편. 우리 남편은 딱 오 헨리 작품이야."

"당신은 안 그렇나?"

다산 커플의 행각에 모두들 치를 떠는 척하며 술 한 모금씩들을 넘겼다.

미자의 목구멍으로도 쓰고 달콤한 알코올이 부드럽게 흘러들었다. 얼마 전까지만 해도 소리조차 잃을 뻔한 목구멍이었다.

미자는 순영의 말에 공감했다. 그리고 박 여사의 말 역시 맞는 말이라고 생각했다. 꼭 지금 넘기고 있는 블루먼데이 칵테일처럼 미자의 인생엔 늘 쓰고 단맛이 공존했다. 컨디션에 따라 쓴맛이 더 강하게 느껴지기도 하고, 단맛이 더 나기도 하는 것처럼.

반짝이는 먼지

오롯이 너에게 가는 그 험난하고 반짝이는 길 위에서

연애소설 자리에 새로 들어선 수제 빵집에는 늘 손님들이 그득했다. 그득하다 못해 빵집 오픈 시간에 맞춰 줄을 서는 것이 당연하게 이루어졌다. 와우산로에서는 보기 힘든 광경이었다.

유기농 밀가루와 설탕, 유제품을 사용하는 빵집의 이름은 '와우슈가'였다. 주인들은 삼십대 후반의 남자와 여자인데 둘은 서로 친구 사이라고 주장했다. 하지만 믿는 사람은 아무도 없었다.

아무튼 와우슈가 덕분에 와우산로는 전보다 꽤 북적이는 유명 골목이 되었다. 물론 헌책방 마크툽과 앤티크 숍 세상에단 하나도 이제는 골목의 유지 자격을 얻어 유명세에 일조하는 것은 물론이었다.

S대를 떠나 가게세가 좀 더 싼 K대 앞에 연애소설을 확장해 옮긴 기준은 이런 사실을 알고 꽤 배 아파했다.

친구인지 커플인지 모를 와우슈가의 공동 사장들을 블먼알로 초대한 사람은 역시 다산의 박 여사였다. 덕분에 이들이 모임에 참여한 이후로는 유통기한이 임박한 각종 빵들을 공짜로 맛보게 되는 행운이 주어졌다.

그리고 술보다는 패스트리나 머핀, 티라미수에 어울리는 커피나 홍차를 마시는 것으로 모임이 이루어지기도 했다.

물론 빵 때문에 술을 마시는 횟수가 줄어들었다고 생각하는 사람은 별로 없었다. 미자는 마흔 둘이 되었고, 순영도 드디어 마흔에 입문했다. 다산 커플은 말할 것도 없었고, 모두들 예전의 컨디션이 아니었다.

어젯밤부터 내리던 비가 추적추적 아침까지 내리고 있었다. 가을비였다. 미자가 순영의 집에 세 들어 살면서 마크툽으로 '출근'이란 것을 하게 된 지도 벌써 두 해가 흘렀다.

미자는 빗물에 무거워진 나뭇잎들 사이로 우산을 받친 채, 천천히 와우산로를 걷고 있는 중이었다. 모퉁이에는 어젯밤 가져가지 못한 그녀의 소형차가 주인을 원망하듯 하루 새에 더 작아진 것 같은 몸체로 주차되어 있었다.

모처럼 내린 비 때문에 어젯밤엔 빵과 커피는 생략하고 블먼알 사람들끼리 소주를 마셨다. 오랜만에 마시는 소주는 차갑게 목을 넘어가다가 모세혈관을 타고 온몸을 따뜻하게 매만졌다. 물론 소주를 마신 다음 날 아침은 역시나 항상 버거웠다. 예전 같았으면 거뜬했을 양이었는데도 세월은 거짓말을 하지 않았다.

두 달 전부터 금연을 하고 있는 순영은 벌써 가게를 열고 물건들을 정리하고 있었다. 미자는 세상에단하나의 유리문 앞에서 순영에게 손짓으로 아는 체를 했다.

나이가 들수록 점점 더 말라가는 자신과는 달리 순영은 전남편과 결합하고는 점점 더 살이 올랐다.

담배를 안 피운 두 달 사이에는 통통한 얼굴이 하얗다 못해 투명해질 것처럼 맑았다. 미자는 그런 순영이 내심 부러웠다.

미자는 뒤돌아서며 손바닥으로 자신의 얼굴을 쓸어내렸다. 여전히 메마르고 까칠한 느낌이 전해져 왔다. 마흔둘……. 비타민을 잊지 않고 챙겨 먹어야겠다고 미자는 다시 한 번 다짐을 했다.

모퉁이를 돌았는데도 비가 와서 그런지 와우슈가에서 풍기는 아침 빵 냄새가 오늘은 나지 않았다. 미자는 마크툽의 간판 아래에서 우산을 접고 가방에서 열쇠를 꺼냈다. 문 앞에 놓인 오렌지주스 병을 발견한 것은 자물쇠를 열려고 막 고개를 숙인 순간이었다.

손아귀에 잡힐 정도로 사이즈가 작은 오렌지주스 병이 미자도 본 적이 있는 책 위에 올려져 있었다.

미자는 책과 주스 병을 집어 들었다. 몇 해 전『탄소의 변주』로 해외 문학 시장을 접수한 프랑스 작가의 신작이었다.

미생물과 곤충, 원소기호를 소재로 써 오던 작가는 이번에는 텔레파시에 능수능란한 한 여자의 일대기를 소설화했다.『텔레파시 걸』은 이번에도 빠른 시일 안에 베스트셀러에 진입하는 중이었다.

그저께 아침에도 오렌지주스와 책 한 권은 문 앞에 놓여 있었다. 미자는 주위를 두리번거렸다. 비 오는 아침의 와우산로는 지나가는 사람도 없이 다른 때보다 고요하기만 했다.

미자는 주스 병을 손에 든 채 한 달 전쯤 도착한 발신지 불명의 우편물을 떠올렸다. 하얀 편지 봉투 안에는 백만 원짜리 수표 세 장이 들어 있었다. 쪽지도 한 장 들어 있었는데 컴퓨터 서체로 간단히 이렇게만 적혀 있었다.

나미자 씨께.

얼마 되지 않습니다.

마크툽을 위해 써 주세요.

미자는 수표를 받아 들고 잠시 고민스러웠다. 누굴까, 한참을 생각했다. 미자는 벽화 〈대문호들〉의 버지니아 울프처럼 기다란 얼굴을 하고는 봉투에 적힌 마크툽의 주소를 힘없이 내리 깔은 눈으로 응시했다.

주소는 누군가 손으로 적은 것이었다. 잠시 후 그녀는 수표를 다시 봉투에 넣고는 카운터 아래 서랍 속에 집어넣었다.

은행이나 경찰서에 갈까도 생각해 보았다. 하지만 정체를 숨기고 싶은 사람의 뜻을 당분간만이라도 존중해 주고 싶었다. 수표를 보내온 사람이 결국 나타나지 않으면 그때는 돈의 주인을 추적해 봐야겠다고 생각했었다.

와우슈가에서는 갓 만든 폭신하고 따뜻한 빵을 사려는 몇몇의 부지런한 사람들이 빵을 고르고 있었다. 빵집 주인들은 그 누구보다 일찍 문을 열었다. 미자는 책과 주스 병을 가방에 넣고 다시 우산을 펴 들었다.

와우슈가로 걸어 들어간 미자는 인사를 나누고는 이렇게 물었다.

"혹시 우리 가게 앞에다 뭐 놓고 가는 사람 본 적 있어요?"

"아니요. 누가 뭘 놓고 갔어요?"

와우슈가의 남자가 페스트리 반죽을 꼬면서 미자에게 되물었다.

"책이랑 음료가 놓여 있어서요. 그제도 주스랑 책 한 권이 놓여 있었는데, 찾아가는 사람이 없더라고요."

"어머, 저 본 거 같아요."

와우슈가의 여자가 손님에게 호밀빵을 포장해 주고는 갑자기 기억난 듯 호들갑스럽게 얘기를 꺼냈다.

"오늘은 못 봤는데, 그제 아침에는 본 거 같아요. 어떤 총각이었는데 잘생겨서 한 번 더 봤죠. 그런데 마크툽 안을 슬쩍 들여다보는 것 같았어요. 문도 안 열 시간이어서 왜 그러나 싶었죠. 뭘 놓고 갔는지는 못 봤고요."

와우슈가의 여자는 자기가 본 남자를 총각이라 부르며 재미있어했다.

"혹시 나 사장님을 짝사랑하는 총각 아니에요? 벌써 두 번이나 놓고 갈 정도면 마음이 있는 거 아니겠어요?"

수선을 떠는 여자 때문에 빵을 고르던 손님 몇몇이 미자를 돌아다봤다. 민망했지만 미자는 어쩔 수 없이 질문을 계속했다.

"어떻게 생겼는지 설명해 줄 수 있어요?"

"음, 곱상했어요. 미소년처럼. 피부도 여자처럼 하얗고 매끄러워 보였고, 으음, 슬쩍 훔쳐본 거니까 확실치는 않지만 꼭 레오나르도 디카프리오 어렸을 때 같았어요."

레오나르도 디카프리오라고 했다. 미자는 자신이 아는 사람 중에 그렇게 잘생긴 사람이 있었는지 떠올려 봤다. 동양 사람을 서양 배우에 빗대다니. 와우슈가 여자의 과장이 심한 것 같았다.

금발 머리, 부드러운 선, 신비스러운 눈매, 소년 같은 얼굴……. 미자는 디카프리오의 어린 시절은 생각이 나지 않았다. 그냥 〈타이타닉〉에 나오는 그의 얼굴만 자꾸 떠오를 뿐이었다.

'설마, 그 앤 아니겠지……. 에이, 설마.'

부인을 하는데도 이상하게 심장이 빠르게 뛰기 시작했다. 빵 냄새가 너무 진해서인지, 어젯밤의 과음 때문인지 어지럽고 속도 울렁거렸다.

미자는 고맙다는 말을 던지고 황급히 와우슈가를 빠져나왔다.

마크톱에서는 오랜만에 〈운명의 힘〉 서곡과 〈시바여왕의 도착〉이 흐르고 있었다. 밤색 머릿수건을 한 미자는 상처 입은 책들을 매만지면서도 마음을 집중할 수가 없었다.

미자는 고개를 가로저었다.

'이제 와서, 설마……'

아직까지 소식이 없는 그 못된 녀석이라 해도 이 년이란 세월이 흐른 지금 자신의 심장이 빠르게 뛰는 이유는 납득할 수가 없었다.

그리고 자꾸만 이 말이 떠올랐다. "재밌잖아요, 술통에 오렌지주스를 담아 먹는 거." 오렌지주스라……. 미자가 기태를 만나고 처음으로 던진 말이었다.

어처구니없게도 그런 말을 던졌었다. 미자는 옛 일을 떠올리고 그저 실소만 머금었다. 아무래도 심장이 뛰고 어지러운 건 어제 먹은 술 때문에 생긴 숙취 때문인 것 같았다.

또다시 며칠 후, 마크툽의 닫힌 문 앞에는 아직 온기가 남아 있는 카페라테와 시집 한 권이 놓여 있었다. 미자는 시집을 집어 들고 잠시 멍한 채로 서 있었다.

"육첩방은 남의 나라"란 구절을 쓴 시인의 시집이었다.

어려운 시를 쓰는 시인들을 질색하던 녀석이 또다시 생각났다. 시는 쉽게 쓰이면 안 된다고 녀석에게 얘기했었다.

'머리 나쁜 녀석이 이런 걸 기억할 리 없잖아.'

미자는 고개를 가로저었다.

점심시간이 다가올 즈음 출입문에 달아 둔 작은 종이 딸랑거렸다. 순영이었다.

"언니, 빵집에서 들었어. 도대체 누구야? 누군지는 모르겠지만 낭만적이다. 짐작 가는 사람 없어?"

"없어. 아마 이 동네 다른 헌책방으로 착각한 거 아닐까 싶어."

"설마, 마크툽이 몇 년째 같은 자리에 있는데 누가 그걸 착각해?"

"글쎄다. 그게 아니라면 정말 많이 심심한 사람이겠지."

"언니는 참 이상해. 왜 좋은 쪽으로 해석을 못해? 이참에 연애라도 하면 얼마나 좋아?"

"왜 왔니? 나 바쁘다."

미자는 태연한 척했지만 불안한 마음을 감출 수가 없었다. 이 년 전의 일을 떠올리면 더 그러했다. 평온한 자신의 일상에 누군가가 다시 끼어들어 파문을 만드는 일은 없기를 바랐다.

"사실 언니에게 고백할 게 있어서."

순영은 잠시 말을 머뭇거렸다.

"며칠 전에 현식 씨한테서 전화가 왔어."

순영의 표정은 조금 쓸쓸해 보였다.

"그냥 커피 한 잔 마셨어. 얼굴 한 번 보고 싶었대."

미자는 순영에게 들은 뜻밖의 소식 때문에 자신의 일은 잠시 잊을 수 있었다.

현식은 미자와만 이메일로 연락을 주고받았는데, 일 년 전부터는 소식이 끊겨 모두를 걱정에 빠뜨렸었다.

말은 안 하지만 순영이 현식의 소식을 가장 궁금해하고 걱정한다는 것을 미자는 알고 있었다. 그런 현식이 순영에게 연락을 한 것이었다.

"언제 한국에 왔대?"

"온 지는 꽤 됐나 봐. 출판사를 차렸대. 직접 번역도 하고. 잘됐지. 정말 잘된 거 같아."

순영은 꼭 준이를 기특해하는 것처럼 현식을 자랑스러워했다. 미자는 그런 순영을 바라보며 입술을 달싹거렸다. 예전부터 묻고 싶은 것이 있었다.

"순영아, 너 후회 안 하니?"

"뭘?"

"현식 씨 떠나보낸 거."

미자의 물음에 순영은 아무 말이 없었다.

"대답 안 해도 돼. 지금 네 모습도 충분히 행복해 보여."

"……응, 언니. 솔직히 갈등 안 했다면 거짓말이고, 그렇다고 결정이 어려운 건 아니었어. 남편이 밉기는 했지만 그런 감정은 점점 옅어지더라. 그리고 훨씬 편했어, 현식 씨보다는. 준이에게도 좋은 결정이었지만 내가 남편을 꽤 좋아했나 봐. 그립더라, 그 감정이. 남편과 나눈 추억들이 다 물거품이 돼 버리는 게 가장 힘들었는데 생각만 달리하면 다시 내 것이 될 수 있더라. 지금은 언니 말처럼 충분히 행복한 건 아니어도, 행복하지 않은 것도 아니야."

순영의 조곤조곤한 말에 미자는 저절로 웃음이 머금어졌다. 잔잔한 기쁨이 둘 사이에 부드러운 바람이 되어 흐르는 것 같았다.

"언니, 근데 누군지 정말 궁금하다. 나 같으면 누군지 알아내고야 말겠어."

기어코 순영은 이 말을 남겼다. 미자는 다시금 초조해졌다.

와우슈가의 여자는 미자를 보자 깜짝 놀랐다. 이렇게 아침 일찍 빵집을 찾은 것은 처음이었다.

"어머, 이렇게 일찍 웬일이세요?"

"으응, 오늘은 일찍 일어나져서 나도 따끈한 빵 좀 사려고."

미자는 애써 웃는 표정을 하였다. 눈치 빠른 여자는 미자가 고른 빵을 싸 주더니 커피 한 잔을 권했다.

"이거 들고 가세요. 갓 뽑은 커피예요. 혹시 알아요. 마시고 있다 보면 디카프리오가 나타날지?"

여자의 말에 미자는 못 이기는 척하며 창가 테이블에 앉았다. 이른 아침의 공기가 제법 쌀쌀해서인지 커피 향이 더욱 진하게 느껴졌다. 미자는 커피를 최대한 천천히 음미하며 와우슈가의 사람들과 이야기를 나눴다.

두 공동 사장은 미자를 위해서인지 주로 책 얘기를 꺼냈는데, 남자가 뭔가를 아는 체하면 여자가 핀잔을 놓는 식이었다.

'저 둘은 동업자로 만나 막 연애를 시작하려는 사이일까, 아니면 결혼은 하지 않고 친구처럼 지내는 게 여러 사람의 입방아에 오르내릴까 봐 염려하는 걸까?'

누가 봐도 연인 사이인데 극구 그 사실을 부인하는 이유를 짐작해 보며 미자의 얼굴에는 남몰래 미소가 지어졌다.

빵집 사장들의 만담 같은 대화에 긴 지 얼마 되지 않아 미자의 커피 잔은 바닥을 보였다. 그만 일어서야 할 것 같았다.

그때였다. 와우슈가 남자가 창밖을 가리켰다.

"저 사람 아닌가?"

미자는 남자가 가리킨 손가락을 따라 고개를 돌렸다. 확실히 마크툽의 출입문 앞에 어떤 남자가 서 있었다. 비닐봉지에서 막 음료 병을 꺼내 놓으려는 순간이었다.

"아는 사람이에요?"

남자와 여자가 동시에 물었다.

미자는 왼쪽 가슴에 오른쪽 손바닥을 가져다 댔다. 대책 없이 쿵쾅거리는 가슴을 빨리 진정시키지 않으면 그 자리에서 쓰러질 것만 같았다.

미자는 어느새 촉촉해진 눈으로, 이번에는 가방에서 책을 꺼내 놓는 남자를 물끄러미 바라다봤다.

미자는 자리에서 일어섰다. 그리고 이 말과 함께 며칠 전처럼 황급히 와우슈가를 빠져나왔다.

"아는 사람이 맞네요."

마크툽의 서가 사이로 가을 햇살이 내려앉았다. 햇살은 파편처럼 눈에 박혀 모든 것을 눈부시게 만들었다. 세상에단하나의 양철 간판도 바람이 불 때마다 삐걱거리며 번쩍번쩍 빛을 냈다.

청명한 하늘에 어느 때보다 높게 떠 있는 양떼구름은 와우산로에 알록달록한 그림자를 남기고는 어디론가 흘러갔다. 미자는 먼지떨이를 든 채 설레는 표정으로 창밖을 바라봤다. 아름다운 풍경이었다.

그때 모퉁이에서 누군가가 갑작스레 모습을 드러냈다. 지나치게 빛의 노출이 많이 된 사진처럼, 희뿌옇게 빛나는 풍경 때문에 미자는 눈을 감았다가 다시 떴다.

남자는 이미 마크툽의 문에 달린 종을 울리며 성큼 안으로 들어서고 있었다.

기태였다. 조금은 마른, 하지만 여전히 소년 같은 그가 성큼성큼 다가와 넋을 잃고 서 있는 미자의 손에서 먼지떨이를 빼앗았다.

"제가 할게요."

"괜찮다니까 왜 왔어."

"오고 싶으니까 왔죠."

기태는 미자에게 존댓말을 쓰고 있었다. 예전에는 만난 지 얼마 되지도 않아 줄기차게 반말을 하던 그였다.

"기준이 가게는?"

"일요일은 저 쉬는 날이에요."

"커피 좀 끓일까?"

"그럼 좋죠."

기태가 활짝 웃었다. 미자는 커피 머신에 며칠 전 새로 구입한 인도네시아산 원두 가루를 듬뿍 담았다. 커피를 내리는 동안 기태는 예전에 했던 것처럼 마크툽의 실내를 구석구석 청소하기 시작했다.

기태는 독특한 벽화들이 있는 더 넓어진 마크툽을 진심으로 마음에 들어 했다.

미자를 보자마자 기태는 얼굴을 가리고 도망치려 했다. 미자가 이름을 부르며 뒤돌아서는 자신의 팔을 잡지 않았다면 그대로 달아나 다시는 나타나지 않았을지도 몰랐다.

"정말 죄송해요. 나중에야 들었어요. 쓰레기통에 들어 있던 담배 때문에 불이 났다고……. 아버님께서 누님을 구하려다……. 정말 어떻게 사죄를 해야 할지……."

기태는 미자 앞에 무릎을 꿇고는 고개를 들지 못했다.

"제가 죽일 놈인 거 알아요. 자수할게요……."

그날 새벽의 일들을 모두 털어놓고, 기태는 한참 동안 어깨를 들썩였다.

"일부러 그런 건 절대로 아니에요. 정말 그렇게 될 줄, 정말, 몰랐어요……."

손바닥으로 눈물을 훔치는 기태의 모습이 미자의 가슴을 무겁게 짓눌렀다.

아버지 생각을 하면 아직도 온몸이 무너져 내리는 것 같았다. 미자는 차마 무릎 꿇은 기태를 일으켜 세울 수는 없었다.

"좀 더 빨리 고백해 줬으면 좋았잖아……. 왜 이제야 온 거야?"

"죄송해요. 솔직히, 겁이 났어요. 도망친 것도 겁이 나서였어요. 아버님이 돌아가신 건 너무 늦게야 알았고……."

기태는 어떤 결심을 한 듯 그제야 바닥에서 스스로 일어났다.

"저랑 같이, 지금 바로, 경찰서로 가 주세요. 저 준비됐어요······.
진작 이랬어야 했는데······."

잠시 침묵이 흘렀다. 미자는 이미 오래전에 결심해 둔 것을 기
태에게 전했다.

"기준 씨한테 이런 말을 했었어. 네 실수로 불이 난 게 밝혀진다
해도 널 전과자로 만들 생각은 없다고."

"그래도, 실수라도, 사람이 죽었는데······."

미자는 기태의 말이 끝나기도 전에 황급히 돌아서 버렸다. 그러
고는 최대한 냉정한 말투로 이렇게 말했다.

"솔직히 말해 준 것으로 됐어. 그만, 오늘은 그만 돌아가."

그날 이후 기태는 날마다 미자를 찾아왔다. 미자는 처음 기태를
만났을 때처럼 냉랭하게 대했다. 그녀는 이렇게 말하기도 했다.

"더 이상 찾아오지 마. 너에게나 나에게나 서로에게 상처를 내
는 일이야."

하지만 냉랭한 표정 뒤로는 이렇게 말하고 있었다.

'마음고생을 많이 했구나. 비쩍 말랐어.'

'너를, 봤으니, 이제 됐어. 너에게도 잔혹한 일이었을 거야.'

'나는 아버지의 사랑만큼 묵직하게 살기로 했어. 그러니 너도
이젠 네 인생을 좋은 방향으로 이끌어 가.'

어느 날 기태는 미자 앞에 하얀 봉투를 내밀었다. 몇 달 전인가

발신인 불명으로 온 편지 봉투 속 수표가 생각났다.

"많이 모으질 못했어요."

"이것도 네가 보낸 거니?"

미자는 서랍 속에 넣어 두었던 봉투를 꺼내 들었다. 기태는 주소를 적은 글씨를 확인하더니 조용히 고개를 끄덕였다.

미자는 잠시 생각에 빠졌다. 이제 된 것 같았다. 자신이 묵직하게 살기로 결심했다고 해서 기태에게까지 평생 그 무거움을 지게 해선 안 됐다.

"받을게. 하지만 이것까지만. 네 자신에게 솔직한 것만으로도 네가 많이 변했다는 게 느껴져."

기태는 그런 미자를 안타까운 눈빛으로 바라보았다.

자기로 인해 미자는 너무 많은 상처를 안게 되었다. 참으려 해도 자꾸만 눈물이 고였다. 너무도 쉽게 용서받은 것에 죄스러운 마음은 배가되었다.

"재희랑 끝냈어요."

"……."

"많이 좋아했는데, 그 앤 아니었나 봐요. 그 앤…… 불이 난 얘기를 듣고도 태연했어요. 마치 다른 사람이 저지른 일이라고 생각하는 것처럼……. 나는 내내 마음에 걸려 힘들었는데 그 앤 안 그랬어요. 너무 달라요, 보통 애들하고는."

기태는 결정적으로 재희와 헤어진 계기에 대해서는 차마 말을 할 수가 없었다. 재희는 기태와 같이 지내면서도 공공연하게 다른 남자들을 만났고, 그들로부터 돈을 얻었다. 기태는 그런 재희를 타이르고 설득해 보려 했지만 잠깐 동안 말을 듣는 척할 뿐 오래가지 못했다.

"아마, 그 애도 나중에 알게 될 거야. 너를 만난 게 행운이었단 걸……."

미자의 목소리가 가늘게 떨려 나왔다.

"너처럼 잘해 줄 수 있는 사람은 앞으로 그 애에게는 아마 없을 거야."

기태는 고개를 들어 미자를 올려다봤다. 미자는 애써 무덤덤한 표정을 지었다.

기태는 이상한 기분이 들었다. 결국 자기 때문에 마크툽에 불이 났고, 아버지가 돌아가셨고, 치유될 수 없는 상처를 입었을 텐데, 이 여자는 그저 무덤덤했다. 게다가 상대의 마음을 꿰뚫는 것처럼, 말하지 않아도 진심을 알아주었다.

당황스러웠다. 처음 만났을 때 휴대용 은제 술통을 들고 위스키를 홀짝이던 그때의 미자를 다시 보는 것만큼이나 당황스럽고, 또 신비스러웠다.

바닥을 쓸던 기태는 미자를 힐끗 쳐다봤다. 이제 당황스러운 감정은 없어졌다. 하지만 여전히 안타까웠다. 그리고 여전히 신비스러웠다.

미자는 너무 많이 말라 있었다. 예전처럼 술을 많이 마시는 것 같지는 않았지만 여전히 술 마시는 것을 좋아했다. 그리고 여전히 혼자였다.

혼자 있는 것이 잘 어울리기도 했지만, 기태는 자기가 옆에 있을 때의 미자 모습이 더 평온해 보인다는 것을 알고 있었다.

"커피 마셔."

미자는 두 개의 머그컵에 넘칠 만큼 가득 커피를 담아 왔다. 둘은 소파에 앉아 여유롭고도 조용하게 그것을 음미했다.

시간이 얼마나 지났을까. 기태는 문득 자신이 메고 온 가방에서 무언가를 주섬주섬 찾아 꺼냈다.

휴대용 은제 플라스크.

미자가 전에 가지고 있던 것과는 모양이 조금 달랐다. 하지만 반짝거리는 외형이 날씬하게 잘 빠진, 보기 드물게 멋진 물건이었다.

"선물이에요."

미자의 눈이 반짝 빛났다.

"이제 이거 사용 안 하는데……."

미자는 민망한 표정을 지으며 어눌한 말투로 얘기했다. 하지만 손은 이미 술통에 가 있었다.

기태는 그녀의 옛 모습을 떠올렸다.

"그 영화 봤어요. 〈라스베이거스를 떠나며〉."

"정말? 그런 옛날 옛적 감성을 네가 공감할 수 있었어?"

"공감했으니까 그걸 사 왔죠."

미자는 고맙다는 말도 잊은 채 술통을 눈앞에 들어 이리저리 살펴보았다. 뜻밖의 선물은 아주 오랜만이었다.

기태는 그런 미자를 흐뭇하게 바라보다가 서가 사이로 부서져 내리는 햇빛에 눈길을 돌렸다. 햇빛이 나지 않으면 잘 보이지 않는 작은 먼지들이 햇빛 속에서 빼곡히 부유하고 있었다. 수만 개의 먼지 알갱이들은 꼭 춤을 추는 것처럼 반짝였다. 기태는 가만히 그 모습을 감상했다.

"있잖아요. 사람은 그런 거 같아요. 저기 저 햇빛 속에 먼지처럼, 자기를 빛나게 해 주는 사람은 따로 있는 것 같아요."

기태의 말에 미자도 서가 사이로 떨어지는 햇빛 속을 들여다봤다. 정말로 수많은 먼지 알갱이들이 반짝거리며 미자의 사랑스러운 헌책들 사이를 떠돌아다녔다.

"별 실없는 소리를 다한다."

미자는 그렇게 말하면서도, 반짝이는 먼지들을 뚫어지게 보고 있는 기태의 옆모습을, 조심스레, 천천히 감상했다.

아름다웠다, 기태는 역시 그때도 지금도.

기태도 고개를 돌려 천천히 미자의 옆얼굴을 감상했다. 미자는 머그잔을 들고 기태가 눈길을 주던 곳을 바라보고 있었다.

미자의 눈가에 잔주름이 보였다. 흘러내린 몇 개의 머리카락 사이로는 립스틱도 바르지 않은 건조한 입매가 보였다. 외로워 보이는 기다란 목이 느슨히 묶은 머리털 사이로 비죽이 나와 있었다.

그 누구보다 외롭게 보이지만 그것 때문에 강인해 보이는 여자.

그녀가 자기 앞에 있었다.

기태는 자리에서 일어나 서가 사이를 거닐었다. 낡고 오래된 책들 사이로 여전히 햇살은 눈이 부셨다.

기태는 꽤 볼륨 있는 두께의 양장 책 한 권을 빼 들었다. 진초록색 표지는 조금 바래 있었지만 기품이 있어 보였고, 군데군데 구겨지고 뜯어졌지만 여전히 튼튼해 보였다.

기태는 문득 이 책이 미자를 닮았다고 생각했다.

책장을 펼치니, 맨 앞장에는 그리 매끈하지 못한 누군가의 필체로 이렇게 적혀 있었다.

나는 지금 너를 찾는 길 위에 서 있다.

오롯이 너에게 가기 위해…….

이 밤 와우산로에 비가 내리고 있다.

거리는 물로 넘친다. 사람들은 모두 울고 있다. 울음소리가 사방에 가득하다. 잔인하게도 비는 그칠 줄을 모른다.

처음, 이야기의 첫 문장을 시작하던 때,

나는 사람들의 뒷모습을 보고 있었다. 기다란 그림자를 드리우고 가로등 밑에서 아무 말도 않던 사람들이 내게 말을 걸어 왔다. 그들의 정수리는 외로움으로 높아져 갔고, 나는 점점 땅으로 내려가 그들 그림자를 안아 들었다. 안아 들어도 할 수 있는 것은 없었다. 이미 나의 그림자도 끈적하게 가로등 밑을 지키고 있었으니까.

그렇다 해도 상관없다 생각한 것은 다행이었다.

너 혼자 지키는 가로등 밑으로 내가 걸어 들어간 것만으로, 내가 지키던 가로등 주위에 그들이 있어 준 것만으로, 우리는 정말 다행이었다. 다행이라 생각한 것만으로도 우리는 한 뼘씩 자랐다.

어느 날 멈춰 버린 성장판에 다시금 통증이 찾아왔고, 통증은 그 옛날의 통증처럼 변함이 없었지만, 그 옛날보단 훨씬 더 같잖아 보였다.

이 소설은 어느 여자의 '제2의 성장기'라고 말할 수 있다. 우리는 십대와 이십대를 거쳐 어느덧 삼사십대를 관통하면서도 제대로 뿌리내리지 못하고 곪고 있는 '상처받은 청춘의 재생(再生)'을 위해 발버둥 친다. 낡고 버림받은 헌책들에 감정을 이입하며 술에 의지하는 이 책의 주인공도 과거의 상처 속에서 빠져 나오지 못하고 현재에 적응하지 못하며 마음의 빗장을 가로지른다.

하지만 우리가 누구인가. 결국은 서로의 손을 잡게 되는 이웃이 아니던가.

우리는 또다시 성장통을 겪는, '외롭고 높고 쓸쓸한' 그녀를 통해 '블루 먼데이' 같은 오늘날을 조금이라도 위로받을지 모른다. 그리고 나는 그 '위로와 위안'을 스스로 받고, 또 주기 위해 어느 해의 겨울을 이 책의 마지막 문장과 함께 고스란히 견뎌냈다.

그동안 말간 눈으로 나의 뒷모습을 지켜보아 준 모두에게 감사드린다.

이 밤 우리가 함께 있어야 하는 이유가 지금 내리는 빗속에 있다.

2014년 여름 와우산로에서
한결

블루 먼데이 알코올

ⓒ한결 2014

초판1쇄 인쇄 2014년 8월 27일
초판1쇄 발행 2014년 9월 1일

지은이 한결

펴낸이 김재룡
펴낸곳 도서출판 슬로래빗

출판등록 2014년 7월 15일 제25100-2014-000043호
주소 (139-806) 서울시 노원구 동일로183길 34, 1504호
전화 02-6224-6779
팩스 02-6442-0859
e-mail otomboy@naver.com

편집 김가인   디자인 변영은 miyo_b@naver.com

값 12,000원
ISBN 979-11-953250-0-9 03810

「이 도서의 국립중앙도서관 출판시도서목록(CIP)은 서지정보유통지원시스템 홈페이지(http://seoji.nl.go.kr)와 국가자료공동목록시스템(http://www.nl.go.kr/kolisnet)에서 이용하실 수 있습니다. (CIP제어번호 : CIP2014023274)」